LE RÉVEIL
DES MAGICIENS

ŒUVRES DE KATHERINE KURTZ
CHEZ POCKET

LES DERYNIS

1. LE RÉVEIL DES MAGICIENS
2. LA CHASSE AUX MAGICIENS
3. LE TRIOMPHE DES MAGICIENS (AVRIL 1995)
4. CAMBER DE CULDI (OCTOBRE 1995)

AVEC MARION ZIMMER BRADLEY
   Redécouverte

SCIENCE-FICTION
Collection dirigée par Jacques Goimard

KATHERINE KURTZ

LES DERYNIS

LE RÉVEIL DES MAGICIENS

Traduit de l'américain par
Guy Abadia

Titre original de l'ouvrage :

DERYNI RISING

*Cette traduction a été publiée avec l'accord de
Ballantine Books, département de
Random House Inc.*

PRESSECO

PAPIER RECYCLÉ
NATURE PROTÉGÉE

La loi du 11 mars 1957 n'autorisant aux termes des alinéas 2 et 3 de l'article 41, d'une part, que les « copies ou reproductions strictement réservées à l'usage privé du copiste et non destinées à une utilisation collective », et, d'autre part, que les analyses et les courtes citations dans un but d'exemple ou d'illustration, « toute représentation ou reproduction intégrale ou partielle, faite sans le consentement de l'auteur ou de ses ayants droit ou ayants cause, est illicite » (alinéa 1er de l'article 40).

Cette représentation ou reproduction, par quelque procédé que ce soit, constituerait donc une contrefaçon sanctionnée par les articles 425 et suivants du Code pénal.

© 1970, Katherine Kurtz.
© 1994, Pocket pour la traduction française.
ISBN 2-266-05648-4

*À Carl M. Selle,
qui savait depuis toujours
que cela commencerait ainsi.*

CHAPITRE PREMIER

> Afin que le chasseur ne devienne pas la proie.

Brion d'Haldane, roi de Gwynedd, prince de Meara et seigneur des Marches Pourpres, retint son cheval d'un geste vif au sommet de la colline et scruta l'horizon.

Il n'était pas particulièrement grand, bien que son port de roi et son élégance féline eussent persuadé plus d'un adversaire en puissance qu'il avait la stature d'un géant. Il est vrai que ses ennemis avaient rarement le temps de remarquer ce détail pratique.

Sombre, mince, les tempes à peine grisonnantes, la barbe noire taillée avec précision, il imposait d'emblée le respect par sa seule présence dans une pièce. Quand il parlait, que ce soit sur le ton sec de l'autorité ou celui, plus subtil, de la douce persuasion, les hommes l'écoutaient et lui obéissaient.

Et si les belles paroles ne suffisaient pas à les convaincre, bien souvent c'était la persuasion de l'acier qui le faisait. Le fourreau usé de la large épée qu'il portait au côté l'attestait amplement, tout comme la fine dague attachée à son poignet dans une gaine de daim noir.

Les mains qui refrénaient le fougueux destrier étaient douces mais fermes autour des rênes de cuir rouge. C'étaient les mains d'un guerrier, celles d'un homme habitué à commander.

En l'étudiant de plus près, cependant, on était amené à réviser la première impression qu'il donnait d'être un roi guerrier. Ses grands yeux gris, en effet, promettaient bien plus que de simples accomplissements et prouesses militaires. Ils brillaient d'une intelligence et d'un esprit sans pareils, admirés et reconnus à travers les Onze Royaumes.

S'il y avait autour de cet homme une aura de mystère et même de magie interdite, on n'en parlait qu'à mots couverts. Car, à trente-neuf ans, Brion d'Haldane pouvait se targuer d'avoir maintenu la paix sans discontinuer sur le territoire de Gwynedd depuis près de quinze ans. Le roi qui dominait la colline du haut de son cheval avait bien gagné les rares moments de félicité qu'il s'accordait comme en ce moment.

Il laissa glisser ses pieds des étriers et s'étira les jambes. La matinée n'était pas encore très avancée, et la brume qui couvrait le sol commençait à peine à se dissiper. Le froid de la nuit précédente, inhabituel pour la saison, pesait encore sur tout. Même la protection de la cuirasse de chasse n'empêchait pas la fine cotte de mailles que portait Brion sous sa tunique d'être froide comme de la glace. La soie sous la cotte n'offrait qu'une piètre consolation.

Il se drapa de plus près dans son manteau de laine pourpre, plia plusieurs fois ses doigts gantés de cuir et enfonça sur son front la toque de chasse rouge dont la plume oscillait doucement dans l'atmosphère sans vent.

Un bruit de voix, des aboiements, le tintement des mors et des étriers lui parvinrent à travers la brume. Il se tourna pour scruter le versant de la colline et aperçut les taches de couleurs de fiers destriers avançant dans la brume, montés de leurs non moins fiers cavaliers, resplendissants de cuir poli et de velours ornés d'ors et de dentelles.

Il sourit en contemplant ce spectacle. Malgré les apparences de splendeur et d'assurance, il était certain que les cavaliers qu'il voyait n'appréciaient pas plus que lui leur sortie. Le temps ingrat avait fait de cette partie de chasse une corvée plutôt qu'un plaisir.

Pourquoi avait-il promis à Jehana qu'il y aurait du gibier ce soir sur la table ? Il se doutait, quand il avait prononcé ces paroles imprudentes, que la saison n'était pas encore suffisamment avancée. Mais on ne revient pas sur la parole donnée à une dame, surtout lorsqu'il se trouve que cette dame est la reine bien-aimée et la mère de l'héritier du trône royal.

L'appel lointain et plaintif des cornes de chasse confirma ce qu'il soupçonnait déjà. Les chiens avaient perdu la piste. Il poussa un soupir résigné. À moins que le ciel ne s'éclaircisse spectaculairement, il y avait peu d'espoir de rassembler la meute dispersée en moins d'une demi-heure. Et avec des chiens aussi peu aguerris, cela risquait de prendre des jours, voire des semaines !

Il secoua la tête en gloussant à la pensée d'Ewan, si fier de sa nouvelle meute au début de la semaine. Il savait que le vieux seigneur des Marches trouverait mille excuses pour les piètres résultats de la chasse d'aujourd'hui. Mais, malgré ses excuses, Brion se disait qu'Ewan aurait bien mérité les railleries dont il allait immanquablement être l'objet au cours des semaines à venir. Un duc de Clairbourne était censé avoir suffisamment de bon sens pour ne pas utiliser de si jeunes chiens en début de saison.

Les pauvres bêtes n'ont probablement jamais vu de chevreuil !

Un bruit de sabots plus rapproché parvint à ses oreilles, et il se retourna sur sa selle pour voir qui s'avançait. Au bout de quelques instants, un jeune cavalier vêtu de soie rouge et de cuir sortit de la brume et guida son hongre bai vers le sommet de la colline. Brion le regarda avec fierté tandis qu'il mettait sa monture au pas pour venir se placer à côté de son père.

— Messire Ewan a dit qu'il fallait attendre un peu, Père, annonça le jeune garçon dont les yeux brillaient de l'excitation de la chasse. Les chiens ont levé quelques lapins.

— Des lapins ! fit Brion en éclatant d'un rire sonore. Tu veux dire qu'après toutes les fanfaronnades que nous avons dû subir toute la semaine, Ewan va nous faire attendre dans ce froid glacial pendant qu'il rameute ses chiots ?

— J'en ai bien l'impression, Père, répondit Kelson avec un sourire. Mais, si cela peut vous consoler, tous les chasseurs pensent exactement la même chose.

Il a le sourire de sa mère, songea Brion avec tendresse. *Mais les yeux et les cheveux sont de moi. Il paraît si jeune. Est-il possible qu'il ait bientôt quatorze ans ? Ah, Kelson, si seulement je pouvais t'épargner les épreuves qui t'attendent...*

Brion chassa ces pensées d'un sourire. Il secoua la tête.

— Bon, si tout le monde se sent aussi misérable que moi, je suppose que cela devrait me remonter le moral.

Il réprima un bâillement, s'étira, puis se décontracta sur la selle. Le cuir poli crissa lorsqu'il changea de position, et il soupira.

— Si seulement Morgan était avec nous. Brume ou pas brume, je suis sûr qu'il pourrait, s'il le voulait, attirer un ou deux chevreuils jusqu'aux portes de la cité.

— Vous croyez vraiment ? demanda Kelson.

— Peut-être pas tout à fait jusqu'aux portes, concéda Brion. Mais il sait y faire avec les animaux, et pas seulement avec eux.

Le regard du roi se fit soudain songeur et lointain. Il joua distraitement avec la cravache qu'il tenait dans sa main gantée.

Ce changement d'humeur n'avait pas échappé à Kelson. Au bout de quelques instants de silence délibéré, il rapprocha son cheval de celui de son père. Celui-ci n'avait pas été très disert sur le sort de Morgan au cours des trois ou quatre semaines qui venaient de s'écouler. L'absence de toute allusion au jeune général avait été durement ressentie par tout le monde. Peut-être le moment était-il propice pour faire une nouvelle tentative. Il décida de ne pas y aller par quatre chemins.

— Pardonnez-moi, Père, si je parle hors de propos, mais pourquoi n'avez-vous pas fait revenir Morgan des zones frontalières où il se trouve ?

Les muscles de Brion se tendirent, mais il se força à dissimuler sa surprise. Comment son fils était-il au courant ? La mission de Morgan était secrète, et cela faisait près de deux mois que personne, pas même le Conseil, ne savait précisément où il se trouvait ni pour quelle raison. Il lui fallait mesurer ses paroles jusqu'à ce qu'il sache de quoi son fils était exactement au courant.

— Pourquoi me poses-tu cette question, Kelson ?

— Je ne voudrais pas être indiscret, Père, répondit ce dernier. Je suis certain que vous avez de bonnes raisons dont le Conseil lui-même n'a pas idée, mais c'est qu'il me manque terriblement, tout comme à vous, je pense.

Khadasa ! Quelle intuition avait ce garçon ! On aurait dit qu'il lisait dans sa pensée. S'il voulait éviter d'avoir à trop parler de Morgan, il fallait orienter d'urgence la conversation sur un autre sujet.

Brion s'autorisa un léger sourire.

— Merci de ton vote de confiance, dit-il. Je crains bien, malheureusement, qu'il n'y ait pas beaucoup de gens, à part toi et moi, qui déplorent son absence. Tu es au courant, je pense, des rumeurs qui circulent sur lui depuis quelques semaines.

— Selon lesquelles il serait sur le point de vous déposer ? répliqua Kelson, sur ses gardes. Vous n'y croyez pas vraiment, j'espère ? Et ce n'est certainement pas la raison pour laquelle il est encore à Cardosa.

Brion étudia son fils du coin de l'œil tout en battant son talon droit de sa cravache, à un endroit que Kelson ne pouvait pas voir. Même pour Cardosa, il était au courant !

Quelle que soit sa source d'information, elle était fiable, en tout cas. Et Kelson avait de la suite dans les idées. Il avait délibérément ramené la conversation sur l'absence de Morgan malgré les efforts qu'il déployait pour parler d'autre chose. Il avait peut-être sous-estimé son fils. Il oubliait trop que celui-ci allait bientôt avoir quatorze ans, l'âge de la majorité légale. Brion lui-même avait été âgé de quelques années de plus à peine lors de son accession au trône.

Il décida de lui lâcher quelques informations concrètes pour voir comment il allait réagir.

— Tu as raison, ce n'est pas du tout pour cela, dit-il. Je ne peux pas te donner trop de détails pour le moment, mon fils, mais il y a effectivement une crise grave qui se prépare en ce moment à Cardosa, et Morgan est là-bas pour veiller au plus près. Wencit de Torenth cherche à s'emparer de la ville. Il a déjà violé deux traités dans ses efforts pour l'annexer. La guerre me semble inévitable d'ici le printemps prochain. Cela ne t'angoisse pas ?

Kelson contempla songeusement la boucle de la bride qu'il tenait à la main avant de répondre.

— Je n'ai jamais connu de vraie guerre, dit-il en mesurant ses paroles, le regard fixé sur les lointains. Depuis ma naissance, la paix a toujours régné sur les Onze Royaumes. Après quinze ans de paix, on aurait pu croire que les hommes auraient oublié comment on fait pour guerroyer.

Brion eut un sourire et se détendit légèrement. Il avait au moins réussi à détourner la conversation de Morgan, et c'était déjà une bonne chose.

— Ils n'oublient jamais ces choses-là, Kelson. Cela fait partie de la condition humaine, je regrette d'avoir à le dire.

— Je suppose qu'il en est effectivement ainsi, soupira Kelson.

Il caressa le cou du cheval bai, lissa quelques crins emmêlés, puis tourna la tête vers son père pour le fixer de ses grands yeux gris.

— C'est encore Celle de l'Ombre qui est derrière tout cela, n'est-ce pas, Père ? demanda-t-il soudain.

Le monde bascula momentanément pour Brion à l'énoncé de cette simple question et de tout ce qu'elle impliquait. Il était prêt à n'importe quel commentaire de la part de son fils, à l'exception de la mention de Celle de l'Ombre. Il n'était pas juste que quelqu'un d'aussi jeune eût à faire face à une si terrible réalité ! Cela le contrariait tellement qu'il en resta bouche bée durant un long moment.

Comment Kelson pouvait-il être au courant de la menace représentée par Celle de l'Ombre ? Par saint Camber, ce garçon devait posséder le talent !

— Tu n'étais pas censé être au courant de ces choses, bredouilla-t-il d'une voix accusatrice tout en essayant de rassembler ses pensées pour répondre de manière plus cohérente.

Kelson était surpris de la réaction de son père, et il ne cherchait pas à le dissimuler, mais il ne laissa pas dévier son regard. Il y avait un soupçon de réticence et même de défi dans sa voix lorsqu'il répliqua :

— Il y a beaucoup de choses que je ne suis pas censé savoir, Père. Mais cela ne m'a jamais empêché d'apprendre. Auriez-vous préféré qu'il en fût autrement ?

— Non, répondit Brion à voix basse.

Il baissa les yeux d'un air incertain et chercha la meilleure façon de formuler la question qu'il lui fallait poser maintenant.

— C'est Morgan qui t'a mis au courant de tout cela ?

Embarrassé, Kelson changea de position sur sa selle. Il comprenait que les rôles s'étaient soudain inversés, et qu'il ne pouvait plus reculer à ce stade. C'était sa faute. C'était lui qui avait insisté pour aborder la question. À présent, son père ne s'estimerait satisfait que lorsqu'il se serait expliqué jusqu'au bout. Il s'éclaircit discrètement la voix.

— C'est bien lui, dit-il en hésitant. Juste avant son départ. Il avait peur que vous ne soyez pas d'accord. Il a aussi... euh... mentionné vos pouvoirs, et... euh... l'assise qu'ils constituent pour votre règne.

Brion fronça les sourcils. *Ce Morgan !* Il aurait dû en déceler les signes bien avant, car il devinait maintenant ce qui avait dû se passer. Tout de même, son fils avait su dissimuler admirablement son nouveau savoir. Peut-être Morgan avait-il raison depuis le début, après tout.

— Que t'a révélé Morgan, au juste ? demanda-t-il d'une voix tranquille à son fils.

— Trop pour que cela vous fasse plaisir, et pas assez pour me satisfaire, admit le jeune homme avec une certaine réticence. Êtes-vous fâché contre moi, Père ? demanda-t-il en risquant un regard du côté du roi.

— Fâché ?

Brion avait failli hurler de soulagement. Fâché ? Toutes les allusions que son jeune fils avait faites, toutes les demandes voilées, l'adresse avec laquelle il avait orienté la conversation dans une direction puis dans une autre, toujours sur la défensive, par Dieu, si ce n'était pas pour cela, pourquoi Morgan et lui s'étaient-ils donc donné de la peine depuis des années ? Fâché ? Par le Ciel, comment aurait-il pu être fâché contre son fils ?

Il tendit la main pour donner une tape affectueuse sur le genou de Kelson.

— Je n'ai absolument rien à te reprocher, mon fils. Si tu savais, au contraire, comme je suis soulagé ! Tu m'as donné quelques sueurs froides, je te l'accorde, mais je suis plus que jamais certain, à présent, que mon choix était le bon. Il y a toutefois une chose que je voudrais te faire promettre.

— Tout ce que vous voudrez, Père, accepta Kelson, non sans une légère hésitation.

— Ne sois pas aussi solennel, mon fils, déclara Brion en souriant et en lui touchant l'épaule pour le rassurer. Je ne te demande rien de très difficile. Simplement, si jamais il m'arrivait quelque chose, je voudrais que tu envoies immédiatement chercher Morgan. Il peut t'être plus utile que n'importe quelle autre personne de ton entourage qui me vienne à l'esprit. Acceptes-tu de faire cela pour moi ?

Kelson laissa échapper un soupir et un sourire. Le soulagement se lisait dans tous ses traits.

— Cela va de soi, Père. De toute manière, ce serait ma première pensée. Morgan est au courant de... beaucoup de choses.

— Je jouerais ma vie là-dessus, approuva Brion en souriant.

Il se redressa sur sa selle et rassembla les rênes de cuir rouge dans ses longs doigts gantés.

— Vois, j'ai l'impression que le soleil va de nouveau montrer le bout de son nez. Allons nous enquérir d'Ewan et de sa meute.

Le ciel s'était considérablement éclairci tandis que le soleil poursuivait son ascension vers le zénith. À présent, le monarque et son fils projetaient devant eux des ombres courtes en trottant vers les collines. L'atmosphère devenait plus pure de minute en minute, et l'on pouvait à présent distinguer l'orée de la forêt à l'autre bout de la plaine. Tandis qu'ils se rapprochaient du groupe de chasseurs éparpillés, le regard perçant du roi se fixa tour à tour sur chacun des seigneurs.

Il y avait là Rogier, comte de Fallon, vêtu de velours vert foncé, monté sur un splendide étalon gris que Brion voyait pour la première fois. Il semblait engagé dans une conversation animée avec le jeune et impétueux évêque Arilan et un troisième cavalier que les couleurs de son tartan permettaient d'identifier — la chose était digne d'intérêt — comme Kevin, le plus jeune des McLain. Habituellement, Rogier et lui ne s'entendaient pas du tout. (À vrai dire, rares étaient les gens qui s'entendaient vraiment avec Rogier.) Brion se demanda ce que ces trois-là pouvaient bien avoir à se dire.

Il n'eut cependant pas le temps de spéculer davantage, car la voix sonore du duc de Clairbourne attira son attention vers la tête du cortège. Messire Ewan, dont la grosse barbe rousse jetait des éclats à la lumière du soleil, était en train d'administrer une engueulade royale à quelqu'un, ce qui n'était pas du tout inattendu compte tenu du succès de la partie de chasse jusqu'à présent.

Brion se dressa à demi sur ses étriers pour mieux voir ce qui se passait. Comme il le soupçonnait déjà, c'était l'un des piqueurs qui supportait de plein fouet l'ire d'Ewan. Le pauvre homme. Ce n'était pas sa faute si les chiens manquaient d'efficacité. Mais il fallait bien qu'Ewan trouve quelqu'un à blâmer.

Souriant, Brion attira l'attention de Kelson sur la situation, lui faisant signe de voler au secours de l'infortuné piqueur et d'apaiser Ewan. Tandis que son fils s'éloignait au galop, le roi continua de balayer les chasseurs du regard. Il finit par trouver celui qu'il cherchait un peu plus loin, à côté de Rogier.

Piquant de son éperon le flanc de sa monture, il galopa à travers la prairie en direction d'un jeune seigneur qui portait les couleurs pourpre et blanc de la maison de Fianna. Il était présentement occupé à boire à même une gourde de cuir finement ouvragé.

— Tiens, tiens ! Qui vois-je ? s'écria le roi. Le jeune Colin de Fianna en train de lever le coude pour se gorger du meilleur vin, comme d'habitude ! Que diriez-vous de partager quelques gouttes avec votre pauvre roi transi, mon ami ?

Il tira sur les rênes avec un gracieux moulinet, sans quitter des yeux la riche gourde que Colin abaissa aussitôt de ses lèvres.

Le jeune seigneur sourit. Il essuya le goulot sur sa manche et le tendit au roi avec une courbette joviale.

— Bonjour, Sire. Vous savez que mon vin est toujours à votre disposition.

Rogier les rejoignit. Il fit prestement reculer son étalon de quelques pas lorsque le cheval noir de Brion fit un écart pour le mordre.

— Mes respects, Sire, dit-il en inclinant la tête. Je vois que notre roi a suffisamment de nez pour repérer de bon matin le meilleur vin de toute la compagnie. C'est en vérité une fort jolie prouesse !

— Prouesse ? ironisa le monarque. Vous osez parler de prouesse par une journée pareille ? Vous avez vraiment le don de la démesure, Rogier.

Rejetant la tête en arrière, il but une longue gorgée de vin, abaissa la gourde, puis soupira.

— Nul n'ignore que le père de Colin a les plus beaux celliers des Onze Royaumes. Mes compliments, comme toujours, mon jeune ami !

Levant la gourde, il but de nouveau longuement.

Colin lui sourit malicieusement et posa les coudes sur le pommeau de sa selle.

— Majesté, je sais très bien que vous me flattez uniquement pour que mon père vous envoie un nouveau lot de barriques. Mais il ne s'agit pas du tout ici de vin de Fianna. C'est une fort belle dame qui, ce matin à peine, m'a donné cette gourde.

Brion s'interrompit au milieu d'une gorgée et abaissa la gourde en fronçant les sourcils.

— Une dame ? Vous auriez dû me le dire avant, Colin. Je ne vous aurais jamais demandé de me faire partager le présent d'une dame.

Colin se mit à rire.

— Elle n'est pas mienne, Sire. Je ne l'avais jamais vue avant. Elle m'a donné ce vin et c'est tout. De plus, elle serait sans doute très honorée d'apprendre que vous avez goûté et apprécié son présent.

Brion lui rendit la gourde. Il s'essuya la barbe et la moustache du revers de sa main gantée.

— Inutile de me chercher des excuses, Colin, dit-il. J'ai mal agi. Vous chevaucherez aujourd'hui à mon côté, et vous prendrez place à ma droite au banquet de ce soir. Même un roi doit savoir se racheter lorsqu'il prend des libertés avec les faveurs d'une dame.

Tout en retournant vers l'endroit où se tenait le roi, Kelson laissa vagabonder ses yeux et ses oreilles. Derrière lui, Ewan et le chef de meute avaient fini par se mettre d'accord sur les raisons de l'échec de cette journée de chasse, et les chiens semblaient de nouveau obéir aux ordres. Les garçons de meute les avaient rassemblés en un groupe bruyant et frétillant qui n'attendait plus que le signal du roi. Cependant, il était douteux qu'on puisse retenir ainsi les bêtes beaucoup plus longtemps.

L'éclair d'une étoffe d'un bleu royal attira le regard de Kelson. Il reconnut immédiatement son oncle, le duc de Carthmoor.

En tant que frère du monarque et pair du royaume, le prince Nigel avait la charge du recrutement et de la formation des quelque trente pages de la maison royale. Outre ses trois fils, qui bavardaient un peu plus loin, Nigel était entouré, comme à l'accoutumée, de plusieurs de ses protégés, et semblait engagé dans l'une de ses interminables batailles pour essayer de leur inculquer quelque connaissance utile. Ils n'étaient que six à participer à cette chasse aujourd'hui, mais Kelson voyait à l'expression de Nigel qu'ils ne faisaient pas partie de ses recrues les plus brillantes.

Le seigneur Jared, le patriarche des McLain, avançait quelques conseils de son côté, mais les pages semblaient perdus dans le flot d'explications que leur donnait Nigel.

— Mais non, mais non. Si vous vous adressez à un vicomte en public en l'appelant simplement « messire », il sera tenté de vous tanner le cuir pour votre impertinence, et ce n'est pas moi qui l'en blâmerai. Souvenez-vous également qu'un évêque doit être appelé « Votre Éminence ». Peux-tu me dire, Jatham, de quelle manière on s'adresse à un prince de sang royal ?

Souriant, Kelson salua son oncle au passage. Il n'y avait pas si longtemps qu'il avait cessé lui-même d'être sous la tutelle du Duc Royal, et il n'enviait pas les pages. En vrai Haldane qu'il était, Nigel ne demandait ni ne faisait jamais quartier, que ce soit sur le champ de bataille ou face aux pages. Mais, bien que cette formation fût sévère, et parfois sans pitié, les garçons qui passaient entre ses mains faisaient d'excellents écuyers, et d'encore meilleurs chevaliers. Et Kelson était heureux d'avoir Nigel de son côté.

En voyant approcher son fils, Brion interrompit sa conversation avec Colin et Rogier, et leva la main pour le saluer.

— Que se passe-t-il là-bas, mon fils ?

— Je pense que messire Ewan a la situation bien en main, Père. On n'attend plus que votre signal.

— On ne saurait mieux dire, jeune maître, cria Ewan de sa voix de stentor en arrivant sur les pas de Kelson.

Il ôta sa toque vert tilleul et l'agita devant lui en un moulinet complexe.

— Sire, je vous informe que la meute est prête. Mon maître d'équipage m'assure que les chiens ont flairé une piste.

Il replaça la toque sur son abondante chevelure rousse, et en tritura le bord avec énergie avant d'ajouter :

— Ils ont intérêt à marcher droit, ou il y aura des cris et des larmes dans ma maisonnée ce soir.

Éclatant d'un rire sonore, Brion se pencha en arrière sur sa selle et se frappa les cuisses d'un air joyeux.

— Ce n'est qu'une partie de chasse, Ewan. Je ne veux surtout pas qu'il y ait des larmes ni des cris à cause de moi. Allons-y !

Sans cesser de rire joyeusement, il rassembla ses rênes et fit avancer son cheval.

Ewan se dressa sur ses étriers et leva les bras. Le son des trompes se répercuta, en réponse, à travers la prairie tout entière. Loin devant, les chiens donnaient déjà de la voix en cascades de sons clairs et cristallins. Les cavaliers se mirent en marche l'un après l'autre.

Au bas de la pente, à travers champ, la meute, de nouveau lâchée, filait au galop.

Dans la cohue qui s'ensuivit, personne n'aurait pu remarquer un cavalier qui se serait laissé distancer à l'arrière par les autres pour gagner discrètement l'orée de la forêt. Personne, en fait, n'aurait même pu s'apercevoir de son absence.

Au cœur de la forêt figée, Youssef le Maure se tenait immobile à l'orée d'une petite clairière sombre, ses mains fines et brunes agrippant fermement les rênes, les quatre chevaux totalement silencieux derrière lui.

Autour de lui, les feuilles éclatantes d'un automne précoce étaient ourlées de roux, de brun et d'or par suite du gel de la semaine passée, tout en étant assombries, çà et là, par les jeux d'ombre et de lumière moirée filtrant parmi les troncs.

Là, sous les grands arbres denses où la lumière pénétrait rarement si ce n'est au plus profond de l'hiver, les vêtements noirs de Youssef se mêlaient totalement aux ombres, et seuls ses yeux brillaient derrière le noir de la soie en balayant vivement la clairière sans savoir vraiment quelles étaient les formes qu'ils voyaient. Car Youssef n'était pas tant à l'affût d'un spectacle que d'un bruit. Et il savait attendre patiemment.

Dans la clairière, trois autres personnes tendaient l'oreille et guettaient. Deux étaient des Maures comme Youssef, et leurs visages sombres restaient à demi cachés sous le capuchon de leurs longues djellabas de velours noir tandis que leurs grands yeux étaient perpétuellement en mouvement, sur le qui-vive.

Le plus grand des deux pivota légèrement pour jeter un coup d'œil à Youssef à travers la clairière, puis croisa les bras sur sa poitrine et se tourna de l'autre côté pour balayer plusieurs fois du regard l'étendue sombre de la forêt. Ses mouvements écartèrent légèrement le velours noir, et l'éclat argenté d'un baudrier de commandement apparut fugitivement sous son manteau. À ses pieds, sur un coussin de velours gris, était assise Dame Charissa, la duchesse de Tolan, Maîtresse des Brumes d'Argent, quelquefois dénommée Celle de l'Ombre.

La tête penchée en avant, emmitouflée dans une lourde cape et drapée de voiles gris argenté, cette dame se tenait immobile sur son coussin, entourée de riches fourrures et de velours, ses mains délicates gantées de daim et ornées de bijoux reposant délicatement sur ses genoux. Derrière le voile de soie grise, ses pâles yeux bleus s'ouvrirent soudain, fouillant sereinement la clairière avant de remarquer avec satisfaction la présence de Youssef qui, drapé dans sa djellaba noire, montait la garde près des chevaux.

Sans avoir à tourner la tête, elle discernait les silhouettes sombres, aux contours mal définis, des deux autres Maures qui se tenaient derrière elle, de chaque côté. Levant la tête, elle déclara d'une voix musicale et douce :

— Il arrive, Mustapha.

Il n'y avait pas eu le moindre signe annonciateur, pas le moindre froissement de feuilles mortes pour indiquer que quelqu'un approchait de la clairière. Mais jamais les Maures n'auraient songé à mettre en doute une affirmation de leur maîtresse. Une main brune entourée d'une manche aussi ample que noire s'avança sur sa droite pour l'aider à se relever. Celui qui était sur sa gauche occupa aussitôt une position stratégique entre sa maîtresse et les chevaux, montant une garde vigilante, la main sur le pommeau de son épée.

D'un mouvement nonchalant, Charissa brossa les feuilles et les brindilles collées à sa cape, puis ajusta plus confortablement son col en renard argenté. Alors que les craquements dans les sous-bois annonçaient finalement l'arrivée attendue, une brise légère souleva un coin du voile de la duchesse. L'un des chevaux que gardait Youssef renâcla légèrement, piaffa et fut rapidement calmé par le Maure.

Les autres membres de l'escorte abandonnèrent leur attitude défensive au moment où le cavalier, en pénétrant dans la clairière, tira sur les rênes pour arrêter sa monture. Ils connaissaient bien celui qui chevauchait l'étalon alezan.

Le nouvel arrivant portait, lui aussi, une cape grise, qui laissa voir sa doublure jaune d'or lorsqu'il abaissa sa capuche et rejeta le vêtement sur l'arrière-train du cheval. Sous la cape, il portait une tunique gris et or rehaussée de joyaux, qui lança des éclats froids lorsqu'il lissa d'une main gantée de gris son abondante chevelure châtain dont une boucle avait été dérangée par le vent.

Grand et mince, le visage et les traits presque ascétiques, le seigneur Ian Howell considérait le monde à travers une paire d'yeux d'un brun encore plus profond que ses cheveux. Sa barbe et ses moustaches, méticuleusement soignées, encadraient une bouche plutôt fine, accentuant les pommettes hautes et la légère inclinaison des yeux ronds qui éclipsaient l'éclat des joyaux noirs ornant son cou et ses oreilles.

L'espace d'un bref instant, ces mêmes yeux se posèrent sur le Maure, qui tendait la main pour se saisir de la bride de son cheval puis glissèrent nonchalamment jusqu'à la femme au manteau gris.

— Tu es en retard, Ian, déclara-t-elle.

Ce n'était pas un simple énoncé des faits, mais également un défi, et elle soutint calmement le regard de l'homme à travers l'épaisseur de son voile. Voyant que Ian ne faisait pas mine de descendre de sa monture, elle porta lentement la main à son voile, le releva et le laissa retomber en arrière sur sa chevelure roulée en chignon. Ses yeux se firent plus incisifs, mais elle ne formula aucune remarque.

Ian sourit avec indolence, descendit de sa monture en faisant un élégant moulinet du bras, puis se rapprocha de Charissa d'un pas léger. Adressant un bref signe de tête à Mustapha, qui se tenait légèrement en retrait derrière elle, il fit tournoyer sa cape autour de lui en un geste large du poignet.

— Alors ? demanda Charissa.

— Aucune difficulté, ma chère, répondit Ian d'une voix cristalline. Le roi a bu le vin, comme prévu. Colin ne se doute de rien. La chasse est à présent lancée sur notre fausse piste. Ils devraient tous être là dans l'heure qui vient.

— Excellent. Et le prince Kelson ?

— Oh, il ne risque absolument rien, répondit le jeune seigneur en tirant sur l'un de ses gants gris avec une nonchalance étudiée. Mais il me semble que tu te donnes bien du mal à l'épargner aujourd'hui uniquement pour pouvoir le tuer plus tard. Cela ne te ressemble guère, Charissa, de te montrer clémente envers tes ennemis.

Ses yeux bruns légèrement moqueurs rencontrèrent les yeux bleus de la jeune femme.

— Clémente ? répéta celle-ci, prenant la mesure du défi.

Détournant les yeux la première, elle se mit soudain à arpenter la clairière. Ian la suivit.

— Ne t'inquiète pas, poursuivit-elle. J'ai des projets en ce qui concerne notre jeune prince. Je ne puis attirer Morgan vers sa propre mort sans disposer de l'appât adéquat, n'est-ce pas ? Pour quelle raison crois-tu donc que j'aie passé tout ce temps, ces derniers mois, à faire courir les rumeurs les plus diverses ?

— J'avais supposé qu'il s'agissait d'un exercice de pure méchanceté, rétorqua Ian, bien que tu ne donnes pas du tout l'impression de manquer d'entraînement.

Ils étaient arrivés au bout de la clairière. Ian s'arrêta le premier pour s'appuyer négligemment contre un tronc d'arbre, les bras croisés.

— Naturellement, Morgan. Il pose un léger problème, n'est-ce pas, ma très douce ? Alaric Anthony Morgan, duc de Corwyn, Superintendant des armées de Sa Majesté et demi-sang Deryni accepté par les humains. Jusqu'à ces derniers temps, tout au moins. Parfois, j'ai l'impression que c'est cela qui te préoccupe le plus.

— Mesure tes paroles, murmura-t-elle, menaçante.

— Oh ! Je demande pardon à Sa Seigneurie ! fit-il en levant la main pour feindre un geste de conciliation. Mais il y a aussi au milieu de tout ça une légère affaire de meurtre, si je ne me trompe. Ou était-ce une exécution ? J'ai quelquefois tendance à confondre.

— C'est une chose dont tu ferais bien de te souvenir, Ian, répliqua Charissa d'une voix glacée. Morgan a tué mon père il y a quinze ans, comme tu le sais très bien. Nous étions tous deux des enfants à l'époque. Il n'avait que quatorze ans. J'étais plus jeune que lui de quelques années, mais je ne pourrai jamais oublier ce qu'il a fait.

Sa voix descendit d'une octave et ne fut plus qu'un chuchotement rauque tandis qu'elle se rappelait :

— Il a trahi son sang deryni en faisant alliance avec Brion contre nous. Il a défié le Conseil Cambérien en s'associant à un mortel. Je les ai vus assassiner mon père le Marluk et le dépouiller de tous ses pouvoirs. C'est Morgan, avec ses dons de Deryni, qui a montré à Brion ce qu'il fallait faire. N'oublie jamais cela, Ian.

Celui-ci haussa les épaules avec insouciance.

— Ne t'inquiète pas, ma douce biche. J'ai mes propres raisons de souhaiter la mort de Brion. N'oublie pas que le duché de Corwyn est contigu à mes provinces orientales. Je me demandais simplement combien de temps tu avais l'intention de laisser vivre Morgan.

— Il a encore quelques semaines, tout au plus. Et j'ai bien l'intention de le voir souffrir dans l'intervalle. Aujourd'hui, Brion va périr par la magie derynie, et Morgan ne manquera pas de savoir que c'est moi qui suis derrière cela. Il en souffrira plus que par n'importe quelle autre action que je pourrais accomplir. Ensuite, je m'appliquerai à détruire un par un tous les êtres qui lui sont chers.

— Et le prince Kelson ?

— Ne sois pas trop gourmand, Ian, répondit-elle avec un sourire d'anticipation perfide. Tu auras ton précieux Corwyn le moment venu. Et je régnerai sur Gwynedd comme l'ont fait mes ancêtres dans le passé. Tu verras.

Pivotant sur ses talons, elle traversa la clairière et fit un geste impératif à l'adresse de Mustapha, qui écarta les frondaisons pour dévoiler un passage dans le sous-bois. Au bas de la pente douce ainsi découverte s'étendait une vaste prairie verte au sol encore détrempé, silencieuse sous le soleil pâle de cette fin de matinée.

Après une brève hésitation, Ian rejoignit Charissa pour passer la tête dans la trouée. Il posa la main sur l'épaule de la jeune femme.

— J'avoue que ton plan me plaît bien, ma douce biche,

murmura-t-il. La perversité dont ton esprit charmant est capable m'étonnera toujours.

Il la considéra un bon moment à travers ses longs cils noirs, puis ajouta songeusement :

— Es-tu sûre, cependant, que personne, à part Morgan, ne soupçonnera ce qui se passe ? Et si Brion s'apercevait de quelque chose ?

Elle sourit avec complaisance et se laissa aller en arrière contre le creux de son épaule.

— Tu te soucies trop, Ian, roucoula-t-elle. Brion a l'esprit trop embrumé par la *merasha* qui était dans son vin pour sentir quoi que ce soit jusqu'au moment où mes mains se refermeront sur son cœur. Il sera alors trop tard pour lui, bien trop tard. Quant à Colin, la *merasha* ne lui fera absolument rien, à moins qu'il n'ait du sang deryni quelque part dans son lignage. Et, même s'il en avait, il ne risque rien non plus, à condition que tu l'éloignes de Brion le moment venu.

— Colin ne nous gênera pas, tu peux en être certaine.

Ian arracha machinalement un brin d'herbe collé à la cape de Charissa, et le tortilla entre ses doigts gantés tout en poursuivant :

— Je cultive la compagnie de ce nobliau depuis plusieurs semaines. Et si je puis me permettre de m'exprimer moi-même ainsi, il est même plutôt flatté d'être dans les faveurs de ton fidèle serviteur, le comte des Marches de l'Est.

Irritée, Charissa s'écarta de lui.

— Tu commences à devenir ennuyeux, Ian. Si tu continues d'être aussi prétentieux, je te suggère de retourner jouer avec tes compagnons de sang royal. L'air de la cour est beaucoup plus propice aux auto-louanges et aux douteux échanges de platitudes que tu sembles tellement affectionner.

Ian ne répondit pas. Il se contenta de hausser un sourcil mince et de se diriger vers son cheval, dont il se mit à ajuster l'étrier. Quand il fut satisfait de son travail, il regarda obliquement Charissa par-dessus la selle en lui demandant avec un sourire ironique au coin des lèvres :

— Veux-tu que je transmette tes compliments à Sa Majesté ?

Elle sourit lentement, puis marcha posément dans sa direction. Ian fit le tour du cheval pour aller à sa rencontre. Elle prit les rênes et fit un signe au Maure qui ne l'avait pas quittée pour qu'il s'éloigne.

— Eh bien ? murmura Ian tandis que Mustapha s'inclinait et se retirait.

— Cette fois-ci, je pense qu'il est inutile de saluer Brion pour moi, dit-elle, toute séduction, en flattant de sa main gantée l'encolure de l'alezan et en remettant en place un pompon qui avait glissé. Tu ferais mieux de ne pas trop t'attarder ici, ajouta-t-elle. La meute ne va pas tarder à arriver.

— À tes ordres, ma douce, fit Ian en se mettant joyeusement en selle.

Il rassembla les rênes dans son poing et baissa les yeux vers Charissa en lui tendant la main gauche. Sans un mot, elle mit sa main gantée dans la sienne, et il se baissa pour poser les lèvres sur le cuir onctueux.

— Bonne chasse, mon cœur, lui dit-il.

Après avoir exercé une légère pression des doigts sur sa main, il la lâcha, puis guida son cheval vers les sous-bois, où il s'enfonça dans un craquement de branches, en reprenant le même chemin que celui par où il était venu.

Celle de l'Ombre le suivit de ses yeux plissés jusqu'à ce qu'il eût disparu. Puis elle retourna à son poste dans la clairière silencieuse.

Après avoir rejoint le groupe de chasseurs, Ian se rapprocha discrètement du roi et de son entourage. Ils chevauchaient maintenant sur un terrain légèrement boisé, et il apercevait la prairie à quelque distance devant eux. Jetant un coup d'œil rapide à son étrier, il éperonna sa monture pour qu'elle se rapproche de Colin et leva une main gantée pour le saluer.

— Messire Ian, fit Colin en réglant le pas de son cheval sur celui du nouvel arrivant, avez-vous vu des choses intéressantes, en arrière de la meute ?

Ian lança au jeune noble un sourire désarmant.

— Vous ne me croirez pas, mon ami, mais c'était extraordinaire !

Il fit passer le poids de son corps de l'autre côté de la selle, et l'on entendit un claquement de cuir cassé. L'étrier droit avait lâché.

— Zut ! lança-t-il en faisant mine de recouvrer son équilibre au dernier moment. Il va falloir que j'abandonne la chasse !

Il s'écarta du chemin pour laisser passer les autres chasseurs, se pencha pour prendre l'étrier encore pendant au bout de sa botte, et sourit à Colin qui faisait demi-tour pour le rejoindre. Lorsque les autres cavaliers les eurent distancés, il mit pied à terre pour inspecter sa selle tandis que Colin le regardait faire, le visage assombri.

— J'avais pourtant bien dit à ce porc de palefrenier, il y a trois jours, de remplacer ces cuirs ! pesta Ian en retournant entre ses doigts la lanière coupée. Vous n'auriez pas une lanière de rechange, Colin ?

— Je vais voir, dit ce dernier en descendant de cheval.

Tandis qu'il fouillait dans sa sacoche, Ian regarda furtivement à travers la prairie. Le minutage était parfait. La meute était en ce moment au milieu de l'étendue herbeuse. Elle avait de nouveau perdu la trace.

Plus qu'une question de secondes, maintenant...

Tandis que les piqueurs s'efforçaient vaillamment de reprendre le contrôle de la meute, Brion fit claquer sèchement sa cravache contre le côté de sa botte pour montrer sa contrariété.

— Ewan, voilà que tes chiens recommencent ! dit-il en scrutant la prairie devant lui. Kelson, va voir ce qui se passe, s'il te plaît. Comment ont-il fait pour perdre la trace au milieu de la prairie ? Ewan, reste ici avec moi.

Kelson s'éloigna aussitôt. Ewan se dressa sur ses

étriers pour mieux voir, puis se rassit en bougonnant. Au milieu de la cohue des chasseurs, il était impossible de distinguer quoi que ce soit à cette distance. Le vieux guerrier farouche était visiblement sur le point d'éclater.

— Ces saloperies de bêtes sont devenues folles ! grogna-t-il. Attendez un peu que je mette la main sur...

— Voyons, Ewan, il ne faut pas dramatiser, lui dit Brion pour l'apaiser. Il semble que notre destin ne soit pas de... Oh !

Il s'interrompit soudain au milieu de sa phrase, les yeux élargis par la peur.

— Mon Dieu ! murmura-t-il d'une voix rauque.

Fermant les yeux, il se pencha en avant, de douleur, sur sa selle. Ses doigts engourdis lâchèrent la bride et la cravache. Il porta les mains à sa poitrine et s'affaissa en avant contre le pommeau de la selle en étouffant un cri.

— Sire ! s'écria Ewan.

Tandis que le roi basculait de la selle, Ewan et Rogier lui agrippèrent simultanément les bras et réussirent à le déposer doucement par terre entre eux. D'autres cavaliers mirent pied à terre et accoururent. Le prince Nigel, surgi de nulle part, s'agenouilla et souleva la tête de son frère.

Tandis que Rogier et Ewan se penchaient avec émotion sur sa gauche, le roi grimaça de nouveau sous le coup d'une douleur aveuglante, et appela faiblement :

— Kelson !

Loin devant, au milieu de la meute, Kelson n'entendit pas son appel, mais s'aperçut qu'il se passait quelque chose de grave. Piquant des deux, il courut rejoindre le groupe bruyant qui s'était constitué autour du monarque. Son père, étendu à terre, se tordait de douleur. Il tira sur les rênes, faisant déraper sa monture des quatre fers dans l'herbe glissante, et sauta en marche pour courir comme un fou en bousculant les curieux.

La respiration du monarque était saccadée. Il serrait les dents pour ne pas crier sous la douleur qui le transperçait à chaque battement de cœur. Ses yeux ne cessaient de regarder fiévreusement à droite et à gauche pour essayer de localiser son fils. Il ignorait systématiquement les efforts que faisaient Rogier, Ewan et l'évêque Arilan pour le réconforter.

Lorsque Kelson s'agenouilla à sa droite, il fixa ses yeux sur lui et lui saisit fortement la main en poussant un gémissement étouffé sous le coup d'un nouvel accès de douleur.

— Si tôt ! réussit-il à chuchoter, sa main broyant presque celle de son fils dans l'effort qu'il faisait pour se concentrer. N'oublie pas ce que tu m'as promis, Kelson. N'oublie...

Sa main devint soudain molle dans celle de Kelson. Ses yeux se fermèrent à demi. Ses muscles tendus par la douleur se relâchèrent.

Nigel et Ewan se penchèrent pour chercher frénétiquement une pulsation, un signe quelconque indiquant un souffle de vie, mais ils secouèrent lugubrement la tête tandis que Kelson les regardait faire, hébété de douleur incrédule. Avec un sanglot, il porta la main du roi contre son front en baissant la tête.

Près de lui, l'évêque Arilan se signa et se mit à réciter l'office des morts d'une voix rauque et étouffée qui résonnait dans le terrible silence. Autour d'eux, les seigneurs et vasseaux s'agenouillèrent dans l'herbe, l'un après l'autre, pour faire écho à la prière de l'évêque.

— Accorde-lui le repos éternel, ô Seigneur.
— Que ta lumière brille sur lui pour l'éternité.
— *Kyrie eleison.*
— *Christe eleison.*

Kelson se laissait imprégner par les formules familières dont le rythme berçait le grand vide qu'il ressentait au creux de l'estomac, anesthésiant sa douleur. Il se força à relâcher les muscles contractés de sa gorge. Au bout d'un long moment, il trouva la force de relever la tête et de regarder, engourdi, autour de lui.

Nigel paraissait calme et presque serein tandis qu'il

soutenait la tête du roi mort sur ses genoux pliés, ses longs doigts caressant doucement, inlassablement, presque avec tendresse, la chevelure noire et drue sur le front glacé. Ses pensées semblaient être à cent lieues d'ici, dans un endroit qu'il était le seul à connaître.

Rogier suivait d'un regard vide le mouvement des doigts de Nigel. Ses lèvres remuaient machinalement pour accompagner la litanie, mais il n'avait probablement aucune idée de ce qu'il disait ou voyait.

C'est l'image d'Ewan, cependant, qui devait rester gravée dans la mémoire du jeune prince longtemps après que les autres détails de cette triste journée se furent effacés. Il avait retrouvé la toque en cuir rouge de son roi, salie et piétinée dans la confusion, mais dont la plume, par miracle, était restée intacte et avait gardé sa blancheur immaculée. Il la serrait contre son cœur, et elle tremblait de manière presque hypnotique sous le regard de Kelson.

Ewan prit soudain conscience du regard fasciné du prince. Il regarda la toque et la plume blanche comme s'il les apercevait pour la première fois. Il eut un long moment d'hésitation. Puis il prit lentement la plume entre ses doigts et la courba jusqu'à ce qu'elle casse.

Kelson sursauta.

— Le roi est mort... Sire, murmura le veneur, dont le visage était blême derrière sa barbe rousse et ses cheveux en désordre.

Il ouvrit la main et regarda la plume brisée tomber lentement sur la poitrine du roi.

— Je sais, fit Kelson d'une voix à peine audible.

— Qu'est-ce qu'il... commença Ewan d'une voix entrecoupée de sanglots. Est-ce qu'il y a...

Il fut incapable de continuer. Ses épaules se soulevèrent convulsivement tandis qu'il enfouissait son visage dans la toque royale.

Nigel releva la tête et posa la main sur l'épaule du vieux guerrier.

— Allons, Ewan, allons, murmura-t-il,

Il laissa retomber son bras, regarda de nouveau le roi, puis son regard croisa celui de Kelson.

— Tu es roi, maintenant, dit-il. Quels sont tes ordres ?

Kelson baissa à son tour les yeux vers le monarque, dont il tenait toujours la main raidie. Il dénoua ses doigts de ceux du corps glacé, et lui croisa les bras sur la poitrine.

— Je désire, dit-il d'une voix ferme, que l'on fasse revenir d'urgence le général Morgan.

CHAPITRE 2

Des princes ont siégé, et ils ont parlé contre moi.

Psaumes, 119, 23

Deux semaines plus tard environ, Morgan, accompagné de son seul aide de camp en uniforme bleu, se présenta à la porte nord de Rhemuth, la capitale du royaume de Brion. La matinée n'était pas encore bien avancée, mais les chevaux, couverts d'écume, étaient presque épuisés, et leur respiration faisait voler dans l'air glacé de légers flocons de condensation.

C'était jour de marché à Rhemuth. Les rues étaient encore plus encombrées qu'à l'accoutumée. Le couronnement, qui devait avoir lieu le lendemain, avait attiré des centaines de visiteurs supplémentaires. Les voyageurs venaient de toutes les provinces des Onze Royaumes, rendant presque impossible le passage dans les étroites rues pavées.

Charrettes de produits agricoles, chaises à porteurs fermées de rideaux, convois de mules, colporteurs proposant de menus objets à prix d'or, nobles à la figure blasée entourés d'équipages coûteux, tout cela se mêlait en un kaléidoscope de couleurs, de parfums et de sons qui rivalisaient d'éclat avec les riches décors des bâtiments et des arcades de la cité.

On l'appelait Rhemuth la Magnifique, et il n'était pas difficile de voir pourquoi.

Tout en guidant lentement sa monture fatiguée à travers le flot des piétons et des véhicules à la suite de Derry, Morgan jeta un regard pensif à son costume sombre, qui le rendait presque voyant au milieu de toute la splendeur de cette foule bigarrée. Un gilet de cuir noir et poussiéreux recouvrait en partie sa cotte de mailles, et un lourd manteau de laine noire l'enveloppait du heaume jusqu'aux genoux.

Étrange, comme l'atmosphère d'une cité pouvait changer rapidement. Quelques semaines plus tôt à peine, il était sûr que tous ces citoyens gaiement accoutrés qu'il voyait circuler autour de lui étaient tristement vêtus, de manière à peu près identique, pour pleurer sincèrement leur monarque. Aujourd'hui, ils avaient revêtu les couleurs de la fête, de la joie et de la célébration.

Était-ce le fait d'avoir la mémoire courte, ou l'obnubilation bienheureuse des sens par le temps, ou encore la simple excitation du couronnement en préparation, qui faisait que le bon peuple savait oublier si vite son chagrin pour se remettre à vivre comme avant ? Ceux qui ne connaissaient pas vraiment Brion n'avaient sans doute qu'à changer mentalement d'allure, en mettant un nouveau nom derrière le titre de roi.

Un nouveau nom... Un nouveau roi... Un royaume sans Brion...

Il ne pourrait jamais oublier... Neuf longues journées de chevauchée... C'était le soir... Les quatre cavaliers éreintés s'étaient présentés au camp de Cardosa, le visage couleur de cendre. Le seigneur Ralson, Colin et deux gardes. Ils lui avaient annoncé en haletant le terrible nouvelle. Futilité de ses efforts angoissés pour essayer de joindre, à travers la distance, un esprit qui ne pouvait plus lui répondre, même s'il avait été à portée de communication. Engourdissement des sens tandis qu'ils galopaient frénétiquement vers Rhemuth, échangeant leurs chevaux fourbus contre d'autres à chaque relais. Cauchemar de l'embuscade, massacre qui les avait laissés, Derry et lui, seuls survivants, nouveaux kilomètres abrutissants...

Et, à présent, le sentiment écœurant que tout cela était réel, qu'une page était définitivement tournée, que Brion et lui ne chevaucheraient plus jamais ensemble à travers les collines de Gwynedd...

Le chagrin menaçait de submerger Morgan et de l'emporter comme un torrent dévastateur, plus qu'il ne l'avait fait au cours de ces neuf jours de voyage.

Haletant, il se retint au pommeau de sa selle.

Non !

Il ne pouvait pas laisser ses émotions prendre le pas sur le travail qui l'attendait. Il y avait un pouvoir à consolider, un roi à couronner et une bataille à remporter.

Il se força à se relaxer et à respirer lentement, calmement. Il contraignit son angoisse à disparaître. Plus tard, il aurait le temps de se laisser aller à son chagrin personnel. S'il échouait, il rejoindrait Brion dans la mort. Mais il chassa de telles pensées. Le chagrin était un luxe qu'il ne pouvait pas se permettre pour le moment.

Il se retourna pour voir si Derry s'était aperçu du conflit intérieur dont il était la proie, mais le jeune seigneur des Marches n'avait rien vu, ou faisait mine de n'avoir rien vu. En fait, il semblait avoir trop de mal à rester en selle et à éviter les piétons pour s'occuper de quoi que ce soit d'autre. Et Morgan savait que ses blessures le perturbaient plus qu'il ne voulait l'admettre.

Il rattrapa son compagnon et il ouvrait la bouche pour lui parler lorsque la monture de Derry fit un faux pas. Morgan rattrapa les rênes et évita de justesse une chute de l'animal, mais Derry s'affaissa en avant contre le pommeau de la selle, sur laquelle il ne demeura que par miracle.

— Derry, tu te sens bien ? demanda-t-il anxieusement en lâchant la bride pour maintenir son compagnon par le bras.

Ils avaient fait halte au milieu de la rue. Derry se redressa lentement. Une expression de douleur se peignit sur la partie visible de son visage, sous le casque à cimier. Tenant soigneusement dans sa main droite son poignet gauche enveloppé d'un bandage, il ferma les yeux et prit une profonde inspiration. Puis ses paupières se rouvrirent, et il hocha faiblement la tête.

— Ça ira, Monseigneur, murmura-t-il en remettant délicatement son bras blessé dans le bandeau noir qui lui servait d'écharpe et en s'appuyant sur sa main valide. Je l'ai juste un peu cogné à la selle.

Morgan ne cacha pas son scepticisme. Il allait inspecter lui-même la blessure de son compagnon lorsqu'il fut interrompu par un beuglement strident à quelques centimètres de son oreille.

— Place au Suprême de Howicce ! Laissez passer son Apothéose ! (Et, un ton plus bas :) Tu ne peux pas trouver un autre endroit pour lui tenir la main, soldat ?

Au même instant, une lanière de cuir claqua sèchement sur le flanc du cheval de Morgan. L'animal fit un bond de côté avec plus d'énergie que son maître ne l'en aurait encore cru capable, poussant la monture de Derry contre un groupe de piétons hurlants.

Le regard de Derry était devenu brillant de colère, et il était sur le point de répliquer vertement lorsque Morgan lui donna discrètement un coup de coude pour le faire taire. Le général se composa une expression de servilité abjecte qu'il espérait convaincante, et fit un clin d'œil à son compagnon pour qu'il l'imite.

Celui qui avait hurlé était un colosse de plus de deux mètres, protégé par une cotte couleur de bronze, vêtu de la livrée vert et pourpre des Royaumes Unifiés de Howicce et de Llannedd. Dans des circonstances normales, cela aurait suffi à dissuader n'importe qui, mais il était en outre accompagné de six autres gaillards de la même trempe. Sans compter que Derry était blessé. La partie n'était pas tout à fait égale. Au demeurant, ce n'était pas le moment de se faire arrêter et jeter au fond d'un cachot pour une simple bagarre. Trop de choses étaient en jeu.

Il regarda passer avec un intérêt non dissimulé le cortège des géants aux cheveux longs et à la barbe noire. Leurs casques de bronze ailés indiquaient qu'il s'agissait de mercenaires de Connait. Leur livrée verte et pourpre aux motifs barbares portait les armes de Howicce. Ils avaient de longs sabres à la ceinture et un fouet noir à la main.

Morgan ignorait qui était ce Suprême de Howicce mais il

avait sa petite idée. Les géants escortaient une litière richement ouvragée, portée par quatre chevaux gris. Les tapisseries qui dissimulaient l'intérieur offraient au regard des motifs déroutants où dominaient des verts criards, du pourpre, de l'orange et du rose vif. Six autres géants basanés formaient l'arrière-garde. Tout bien considéré, Morgan doutait qu'on le laissât approcher de plus près pour voir qui se trouvait à l'intérieur.

Quoi qu'il en soit, il s'était déjà fait une opinion sur la personne qui avait l'audace de se faire appeler « Son Apothéose ». Et il ne risquait pas d'oublier le Suprême de Howicce ou son escorte.

De toute évidence, les pensées de Derry avaient dû suivre à peu près le même cours, car il se pencha vers Morgan, lorsque le gros du cortège fut passé, pour lui demander :

— Par tous les diables de l'enfer, vous savez ce que c'est qu'un Suprême de Howicce, Monseigneur ?

— Je ne crois pas, répondit Morgan en chuchotant comme au théâtre. Mais je doute que ce soit plus haut qu'une Quintessence ou même une Pénultième. Sans doute un ambassadeur mineur qui se fait des idées sur l'importance de sa petite personne.

Morgan avait délibérément émis cette remarque à haute voix, et il y eut une cascade de rires nerveux autour d'eux. Le dernier géant leur lança un regard mauvais, mais Morgan prit sur sa selle un air tout à fait innocent en inclinant légèrement la tête, et le géant ne jugea pas nécessaire de s'arrêter.

— Je ne sais pas de quel personnage il s'agit, fit remarquer Derry tandis qu'ils continuaient leur chemin, mais je trouve que son escorte est bien mal élevée. Quelqu'un devrait donner une bonne leçon à ces gens-là.

Ce fut au tour de Morgan d'arborer un sourire sardonique.

— Je m'y emploie, dit-il.

Il désigna d'un mouvement de menton le coin de rue où le cortège était sur le point de tourner. Maintenant qu'ils approchaient du palais et qu'il y avait encore plus de gens importants à impressionner, les colosses qui ouvraient la marche s'en donnaient à cœur joie avec leurs fouets.

Une chose étrange se produisit alors. La longue lanière noire que faisait claquer le géant de tête sembla soudain s'animer d'une vie propre. Au retour d'une morsure particulièrement injustifiée sur la personne d'un jeune badaud en train de détaler, elle s'enroula abruptement et inexplicablement autour des pattes avant de la monture du colosse. Homme et cheval tombèrent sur la chaussée pavée dans une inextricable confusion de hurlements et de claquements métalliques.

Le géant se releva péniblement, livide de fureur, en laissant échapper un chapelet d'obscénités sous les rires déchaînés de la foule. Il dut finalement trancher la lanière de cuir du fouet pour libérer sa monture affolée.

Morgan en avait assez vu. Arborant un demi-sourire satisfait, il fit signe à Derry de le suivre dans une ruelle moins encombrée.

Derry lança un regard oblique au général tandis qu'ils émergeaient à l'autre bout de la voie.

— Quel plaisir pour nous que d'avoir vu ce lourdaud s'empêtrer dans son propre fouet, Monseigneur, dit-il avec une pointe d'admiration dans la voix. Le hasard fait parfois bien les choses, n'est-ce pas ?

Morgan haussa un sourcil.

— Serais-tu en train de suggérer que je pourrais y être pour quelque chose, mon bon Derry ? Il s'agit d'un malencontreux accident, rien de plus. On dit, au demeurant, que les géants ont parfois des troubles de coordination. Je crois que cela vient du fait que leur cerveau est trop petit par rapport à leur taille. Mais je reconnais que c'était bien fait pour lui. Je n'aime pas les gens qui font les matamores avec un fouet.

La cour d'honneur du palais royal était plus encombrée que Morgan ne se souvenait de l'avoir jamais vue, même enfant. Derry et lui eurent du mal à se frayer un chemin jusqu'aux portes. Qu'est-ce que tous ces gens faisaient là ?

De toute évidence, beaucoup de dignitaires de passage étaient logés dans l'enceinte du palais. Le pied de l'escalier principal était encombré de litières, chaises à porteurs, attelages et bêtes de somme chargées de malles. Partout, seigneurs et belles dames, accompagnés de hordes de serviteurs, allaient et venaient dans une confusion apparemment totale. Les bruits et les odeurs qui se dégageaient de tout cela étaient épouvantables.

Morgan était fort étonné que tant de nobles des Onze Royaumes eussent pris la peine de se déplacer pour la circonstance. Le couronnement d'un nouveau roi de la lignée des Haldane n'était pas un événement insignifiant, loin de là, mais il était remarquable de voir se rassembler en un même endroit, pacifiquement et de propos délibéré, tant de seigneurs et vassaux habituellement au bord de la dissidence. Il serait surprenant, se disait-il, que des altercations majeures ne surgissent pas avant la fin des festivités.

Déjà, des groupes d'écuyers appartenant à deux des États-Tampons de Forcinn se querellaient pour savoir lequel de leurs maîtres aurait la préséance au banquet de ce soir. Le plus ridicule était que l'un et l'autre passeraient, de toute manière, après un autre seigneur. Car les cinq États-Tampons étaient sous la protection et sous le contrôle économique du Hort de l'Orsal, dont la bannière flottait déjà à l'un des mâts qui hérissaient le rempart principal. L'émissaire du Hort aurait la préséance sur tous les seigneurs rivaux de Forcinn.

L'Orsal lui-même, qui avait la maîtrise du commerce dans la majeure partie de la mer du Sud, ne s'était probablement pas donné la peine de venir. Ses relations avec R'Kassi, au sud, n'étaient pas particulièrement amicales ces derniers temps. Et le vieux lion de mer avait dû juger préférable de rester chez lui pour veiller sur son monopole marin. Le vieil Orsal ne prenait pas de risques.

Le jeune Orsal, cependant, était là. Sur la droite du rempart, ses armes émeraude flottaient sur quatre ou cinq étendards, et plusieurs serviteurs portant sa livrée étaient occupés à décharger son fastueux équipage.

Morgan prit mentalement note de dire un mot au jeune Orsal après le couronnement, demain, si toutefois il était encore vivant, naturellement. Car il avait, lui aussi, ses problèmes avec les États de Forcinn. Peut-être pourraient-ils trouver un terrain d'entente pour régler ces problèmes. L'Orsal était bien placé pour comprendre ce qu'il ressentait actuellement. Corwyn et l'État hortique avaient toujours entretenu d'excellentes relations.

Morgan salua au passage d'un signe de tête le Grand Chancelier de Torenth, mais son esprit n'était pas aux mondanités avec les émissaires étrangers. Il lui faudrait affronter les dignitaires du Conseil de Régence d'ici ce soir. Il devait particulièrement veiller aux arrivées des personnalités locales.

Il aperçut l'éclat du costume de velours orange que portait le seigneur Ewan, avec ses cheveux roux familiers. Il sortait par la porte en haut de l'escalier. Le vieux comte avait à sa remorque le seigneur Bran Coris et le vicomte des Marches de l'Est. Plus loin sur la gauche, un page guidait vers les écuries royales deux chevaux à la selle ornée du tartan flamboyant des McLain.

Il y avait là, au moins, un soutien solide sur lequel il pouvait compter. Le seigneur Jared, son oncle adoptif, régnait sur près du cinquième de Gwynedd, si l'on incluait dans le lot le comté de Kierney, jouxtant sa propre province de Cassan. Et le comte de Kierney, Kevin, était un ami de longue date de Morgan, en passe, qui plus est, de devenir son beau-frère. Sans parler du troisième McLain, Duncan, dont beaucoup de choses allaient dépendre avant que la journée ne se termine.

Faisant signe à Derry de le suivre, Morgan se fraya un chemin à travers la cour encombrée, sur la gauche du grand escalier. Derry aligna sa monture sur la sienne, du côté gauche, et ils mirent pied à terre. Après avoir passé d'un geste rapide la main sur les jambes de son cheval, Morgan confia les rênes à Derry et ôta son heaume. Machinalement, il lissa des doigts ses cheveux blonds ébouriffés tout en cherchant du regard un visage connu.

— Ah ! Richard FitzWilliam ! appela-t-il en levant une main gantée en guise de salut.

Un jeune écuyer de haute taille, aux cheveux bruns, à la livrée royale pourpre, se retourna et sourit en reconnaissant Morgan. Mais le sourire s'effaça aussitôt pour laisser place à une expression préoccupée tandis qu'il se rapprochait nerveusement du général.

— Seigneur Alaric, murmura-t-il en inclinant rapidement la tête, le regard plein d'une sombre appréhension. Votre Grâce ne devrait pas venir ici. On dit que le Conseil s'est ligué pour vous défaire corps et âme, et c'est la stricte vérité !

Son regard alla nerveusement de Morgan à Derry, puis inversement. Derry, qui était en train d'accrocher son cimier au pommeau de sa selle, se figea dans son mouvement, puis fit mine de s'occuper du harnachement de son cheval lorsque Morgan lui jeta un regard d'avertissement.

— Le Conseil s'est ligué contre moi, Richard ? demanda le général en prenant un air innocent. Et pourquoi donc ?

L'écuyer évitait nerveusement de croiser le regard de son interlocuteur. Il avait été formé par Morgan, et il avait pour lui une admiration sans bornes en dépit de toutes les rumeurs qui couraient. Cependant, l'idée d'être le premier à lui annoncer la nouvelle ne l'enchantait pas.

— Je... Je ne sais pas grand-chose, Votre Grâce, balbutia-t-il. Ils ont... Vous devez être au courant des bruits qui circulent, n'est-ce pas ?

Il regarda craintivement le général, comme s'il craignait que celui-ci ne soit au courant de rien, mais Morgan haussa un sourcil entendu.

— Je les connais, Richard, dit-il en soupirant. J'espère que tu n'y crois pas.

L'écuyer secoua timidement la tête. Morgan donna une tape d'exaspération sur l'encolure de son cheval, et celui-ci sursauta.

— Qu'ils rôtissent en enfer ! s'écria-t-il. C'est bien ce que je craignais. Tu te souviens, Derry, de ce que je t'ai dit sur le Conseil de Régence ?

Derry hocha la tête avec un sourire navré.

— Bon, murmura Morgan. Et si tu allais t'occuper des membres de ce Conseil pendant que je me mets au travail ?

— Vous voulez *gagner du temps*, Monseigneur ?

Morgan éclata de rire et donna une tape sur l'épaule de son compagnon.

— Derry, mon garçon, j'aime bien la manière dont ton cerveau fonctionne. Rappelle-moi de te trouver une récompense digne de toi.

— Oui, Votre Grâce.

Se tournant vers Richard, Morgan lui confia son heaume et les deux paires de rênes.

— Veux-tu t'occuper de nos chevaux et de nos affaires, Richard ? demanda-t-il.

— Oui, Votre Grâce, répondit l'écuyer en regardant avec perplexité les deux hommes qui souriaient. Mais soyez prudents, je vous en conjure, tous les deux.

Morgan hocha gravement la tête. Il donna une tape affectueuse sur l'épaule de Richard, et se dirigea résolument vers les larges marches, Derry sur ses talons.

Le haut de l'escalier et l'entrée étaient, eux aussi, encombrés de visiteurs aux habits somptueux. Morgan eut brusquement conscience de détonner parmi cette assistance avec ses habits noirs et poussiéreux. Mais il n'y avait pas que cela. Sur son passage, les conversations s'interrompaient, particulièrement chez les dames. Quand il les regardait pour les saluer d'un mouvement de tête avec son demi-sourire habituel, elles détournaient les yeux comme s'il leur faisait terriblement peur. Quant à leurs maris, ils rapprochaient sensiblement la main de leur épée.

Brusquement, il comprit le problème. Malgré sa très longue absence, les gens le reconnaissaient et faisaient la liaison avec les folles rumeurs qui couraient sur lui en tant que Deryni. Quelqu'un, décidément, s'était donné beaucoup de mal pour salir son nom. Ces gens l'assimilaient au maléfique sorcier deryni des légendes !

Très bien. Qu'ils le regardent à loisir. Il était prêt à jouer leur jeu. S'ils désiraient voir en action un seigneur deryni dans toute sa prestance, sa suavité et son caractère vaguement menaçant, il allait se faire un devoir de les contenter !

D'un air digne et conquérant, il s'arrêta devant la porte pour chasser du revers de la main la poussière qui s'agglutinait à ses vêtements. Puis il prit délibérément une pose qui mettait en valeur son épée et sa cotte de mailles en les faisant briller sinistrement. Sa chevelure lançait des reflets d'airain sous les rayons du soleil. L'assistance fut dûment impressionnée.

Quand il eut la certitude d'avoir obtenu l'effet désiré, il balaya de nouveau le grand hall du regard, très lentement. Puis il pivota à demi sur ses talons comme un jeune garçon insolent et s'engouffra dans le hall, entraînant derrière lui le jeune Derry, attaché à ses pas comme une fidèle ombre bleue, son expression énigmatique sous l'épaisse crinière de ses cheveux bruns bouclés.

Le hall était immense. C'était normal, car Brion avait été un grand roi, régnant sur de nombreux vassaux et sur une cour dont les fidèles n'avaient jamais eu à se plaindre de sa générosité.

Le haut plafond était décoré de solides poutres de chêne où étaient accrochées des douzaines d'oriflammes de combat en soie brodée. Ce plafond symbolisait presque la nouvelle unité dont avaient joui sous Brion les Onze Royaumes en vingt-cinq ans de règne. Il y avait là les bannières de Carthmoor et de Cassan, celles de Kierney et de la province de Kheldish, celle du Libre Port de Concaradine, celle du Protectorat de Meara, celles de Howicce, de Llannedd, de Connait, du Hort de l'Orsal, ainsi que les pennons épiscopaux de la majorité des chefs spirituels des Onze Royaumes. Tout cela se balançait aux hautes poutres de chêne en jetant des éclats d'or et de soie dans la lumière qui filtrait des lanterneaux et des trois immenses cheminées qui chauffaient la salle.

Aux murs, de somptueuses tapisseries rivalisaient de couleurs et de splendeur avec les bannières du plafond.

Au-dessus de la cheminée principale, dominant le hall, le Lion Doré de Gwynedd dardait ses sombres rayons sur un fond de velours écarlate.

De gueules à un lion rampant gardant d'or, proclamaient les armoiries des Haldane au-dessus de la cheminée. Mais le jargon héraldique ne pouvait suffire à décrire les somptueuses broderies, le talent artistique sans prix et l'orfèvrerie qui étaient entrés dans leur création.

Le panneau avait été commandé, plus de cinquante ans auparavant, par le grand-père de Brion, le roi Malcolm. C'était une époque plus dure, et il avait fallu près de trois ans aux habiles tisseurs de la province de Kheldish pour achever le seul motif de base. Cinq autres années s'étaient écoulées pour permettre aux orfèvres et aux joailliers de Concaradine d'exercer leur art avant que le père de Brion, Donal, pût finalement accrocher le chef-d'œuvre dans le grand hall.

Morgan n'avait pas oublié la réaction du petit garçon aux cheveux blonds qu'il était lorsqu'il avait vu le Lion pour la première fois. Ces premières impressions étaient indélébilement gravées dans sa mémoire ainsi que le premier regard qu'il avait posé sur Brion, le monarque puissant qui s'était tenu devant le Lion de Gwynedd et avait accueilli un jeune page timide à sa cour.

Savourant ce souvenir, Morgan regarda de nouveau, longuement, la tapisserie, comme il se sentait toujours poussé à le faire après une longue absence. Une fois ce rite accompli, il s'autorisa à laisser errer son regard sur la droite, où pendait une autre bannière.

Vert sur fond de soie noire, le Griffon de Corwyn défiait un bon nombre de règles de l'héraldique traditionnelle, du moins en ce qui concernait les couleurs. Mais peut-être était-ce là que résidait une partie du charme de l'héritage deryni, quelles que fussent les critiques dont le lignage avait par ailleurs fait l'objet au cours des dernières décennies.

Le griffon émeraude, dont les ailes laissaient tomber une pluie d'or et de joyaux, avait la tête dressée et les griffes sorties dans la posture dite rampante — ou plutôt *ségréante* en parlant d'un griffon. Ses yeux luisaient d'un éclat sombre et mystérieux, et le fond noir brillant lui donnait une aura sinistre. La bordure dorée, faite d'un double galon — le double trescheur floré-contrefloré des anciennes armes des Morgan — rendait hommage à son héritage paternel.

Il avait trop tendance à oublier ses terres ancestrales. Mais c'était aussi bien, peut-être, car la vingtaine de manoirs et de propriétés diverses éparpillés dans tout le royaume faisaient partie, pour la plupart, de la dot de sa sœur Bronwyn, qui les gérait avec compétence et allait bientôt les réunir aux terres des Kierney lorsqu'elle épouserait Kevin McLain au printemps prochain. La seule chose qui resterait alors à Morgan de l'héritage de son père serait le trescheur d'or sur cet écusson noir, et, naturellement, le nom qu'il portait.

Quelqu'un, justement, prononça ce nom, tirant Morgan de sa demi-rêverie. Quelques mètres plus loin, messire Rogier était en train de se frayer un chemin à travers la foule des nobles, le front plissé de préoccupation, sa petite moustache brune hérissée d'impatience.

— Morgan ! Il y a des jours que nous vous attendons ! Que vous est-il arrivé ? Où sont Ralson et Colin ?

Il regardait nerveusement Derry, qu'il ne reconnaissait visiblement pas, mais dont la présence semblait le troubler.

Ignorant la question de Rogier, Morgan s'éloigna délibérément vers le centre du hall. Il avait, en effet, aperçu Ewan, qui arrivait en compagnie de Bran Coris et de Ian Howell. S'il attendait qu'ils soient tous ensemble, cela lui éviterait la tâche pénible de raconter deux fois son histoire. Ralson et lui, en effet, avaient été très proches.

Kevin McLain s'était, lui aussi, rapproché sur sa gauche. Il lui donna une petite tape sur l'épaule pour lui exprimer muettement sa sympathie. Rogier faillit les bousculer tant il était impatient.

— Vous n'avez pas répondu à ma question ! s'écria-t-il. Leur est-il arrivé quelque chose ?

Morgan inclina la tête pour saluer le petit groupe qui s'était formé autour de lui.

— Je regrette, Rogier. Ralson, Colin, les deux gardes et trois de mes meilleurs officiers sont morts.

— Morts ! répéta Ewan avec un petit cri.

— Mon Dieu ! murmura Kevin. Racontez-nous ce qui s'est passé, Alaric.

Nouant ses mains dans son dos, Morgan s'apprêta à faire face à l'épreuve.

— Je me trouvais à Cardosa lorsque la nouvelle m'est parvenue. J'ai pris une escorte, trois de mes meilleurs hommes et Derry, et nous sommes partis immédiatement pour Rhemuth. Des jours plus tard, nous sommes tombés dans une embuscade en franchissant un col dans la région de Valoret. Ralson et l'escorte ont péri les premiers. Colin est mort de ses blessures le lendemain. Derry a eu la vie sauve, mais il risque de perdre l'usage de sa main gauche.

Ian fronça les sourcils et se lissa la barbe en feignant une grande douleur.

— C'est affreux, Morgan. Absolument affreux. Combien avez-vous dit qu'ils étaient, ceux qui vous ont attaqués ?

— Je n'ai rien dit, fit Morgan d'une voix neutre en étudiant suspicieusement Ian pour essayer de discerner ses motifs. Mais je pense qu'ils étaient au moins dix ou douze. Qu'en penses-tu, Derry ?

— Nous en avons tué huit, Votre Grâce, répondit promptement Derry. Mais plusieurs ont pris la fuite dans la confusion qui s'est ensuivie.

— Hum ! s'étonna Ewan. Vous étiez neuf de Gwynedd, et vous n'avez tué que huit de ces manants ? J'aurais attendu mieux de votre part !

— Moi aussi, fit Ian en croisant nonchalamment les bras sur un pourpoint broché d'or et de soie. Je ne prétends pas être un expert comme le seigneur Ewan en cette matière, mais il me semble que c'est un bien piètre exploit que vous avez accompli là. Naturellement, aucun de nous n'était présent pour...

Il haussa les épaules sans achever sa phrase, dont le ton était plus qu'accusateur.

— C'est vrai, ça, fit Bran Coris, dont les yeux se plissèrent d'un air soupçonneux. Aucun de nous n'a été témoin de ce qui s'est passé. Quelle certitude avons-nous que les choses se soient déroulées exactement comme vous le dites ? Pourquoi n'avez-vous pas fait usage de vos précieux pouvoirs derynis pour sauver vos hommes, Morgan ? Mais peut-être ne désiriez-vous pas vraiment les sauver ?

Morgan se raidit tout en pivotant pour faire face à Bran d'un air mauvais. Si cet imbécile ne faisait pas attention à ses paroles, il allait créer une situation qu'il faudrait régler dans le sang. Et Morgan estimait que ce n'était ni l'heure ni le lieu de déclencher un conflit ouvert.

Bon sang ! C'était la deuxième fois, aujourd'hui, qu'il lui fallait reculer devant le combat !

— Je préfère ne pas avoir entendu cette remarque, dit-il d'une voix incisive. J'ai obéi aux ordres de mon roi et je suis venu aussitôt. Sais-tu où est Kelson ? demanda-t-il en se tournant vers Kevin.

— Je vais le prévenir de ton arrivée, répliqua ce dernier en s'éloignant de Bran avant que le noble en colère pût faire un seul mouvement pour l'arrêter.

Son plaid aux couleurs vives vola sur son épaule tandis qu'il s'éloignait à pas rapides et que Bran, qui avait posé la main sur le pommeau de son épée, fustigeait Morgan du regard en poursuivant :

— Bien manœuvré, Morgan. Mais sept morts... je trouve que c'est chèrement payé pour votre seule présence ici !

Il allait dégainer son épée lorsque le seigneur Ewan l'en empêcha en lui saisissant le poignet.

— Arrête, Bran. Franchement, Alaric, dit-il en se tournant vers Morgan, j'aurais préféré ne pas vous voir ici. La reine ne souhaitait pas que Kelson vous envoie chercher. En tout état de cause, il me semble préférable que vous demandiez audience à Sa Majesté avant de vous entretenir avec son jeune fils.

— Je n'ignore pas les sentiments de la reine à mon égard, Ewan. Heureusement pour ma conscience, peu m'importe ce qu'elle peut penser. J'ai fait une promesse au père de Kelson, et j'ai la ferme intention de la tenir. Je ne suis pas du tout certain, ajouta-t-il en jetant négligemment un regard autour de lui, que Brion approuverait le fait que l'on me cite à l'ordre du jour au Conseil qui va se tenir tout à l'heure. Car c'est bien pour cela que vous êtes tous réunis ici aujourd'hui, messeigneurs, n'est-ce pas ?

Les membres du Conseil échangèrent des regards furtifs. Sans doute essayaient-ils de deviner lequel d'entre eux avait mis Morgan au courant de leurs intentions. À l'autre bout du hall, celui-ci aperçut le prince Nigel en train d'échanger quelques mots avec Kevin, puis de se diriger vers leur groupe.

— Vous devez comprendre, Morgan, déclara Rogier, que personne ici n'a rien, personnellement, contre vous. Mais il se trouve que la reine a très mal pris la mort de Brion.

— Moi aussi, Rogier, répliqua Morgan sans ciller, ses yeux gris lançant des éclairs.

Nigel s'interposa vivement entre Rogier et Ewan, et prit le bras de Morgan.

— Je suis heureux de vous revoir, Alaric, dit-il. Et Derry aussi, naturellement.

Ce dernier s'inclina, visiblement flatté d'avoir été reconnu par le duc royal, et soulagé de cette interruption des hostilités. Autour d'eux, les autres s'inclinèrent aussi.

— Mais j'ai une faveur à vous demander, Derry, continua Nigel, jouant son rôle d'hôte à la perfection. Cela vous ennuierait-il de prendre la place d'Alaric au Conseil ? Il y a un certain nombre d'affaires urgentes dont j'aimerais lui demander de s'occuper.

— Ce sera un plaisir pour moi, Votre Altesse.

— Parfait, murmura Nigel en commençant à s'éloigner avec Morgan dans la direction où Kevin avait disparu. Si vous voulez bien nous excuser, Messeigneurs...

Tandis que les deux hommes s'éloignaient rapidement vers les appartements royaux, Ian félicita mentalement le prince pour l'habileté avec laquelle il avait sauvé Morgan. Mais celui-ci ne perdait rien pour attendre. Même s'il n'était plus possible de l'empêcher de voir Kelson, le Deryni allait encore avoir un certain nombre de surprises pas très agréables.

Restait le problème de ce Derry. Et de Bran Coris, ce qui était pour le moins inattendu. L'influence de Morgan au Conseil avait été réduite d'une voix par la mort opportune de Ralson, ce qui était prévu, mais Bran Coris était maintenant passé de l'autre côté. Il serait intéressant de connaître les raisons de ce changement. Bran avait toujours été neutre dans le passé.

Morgan était étonné, en quittant le grand hall avec le prince Nigel, de la manière dont le frère cadet du roi avait changé au cours des deux derniers mois. Bien que le duc royal n'eût guère plus de trente-cinq ans, à peine quelques années de plus que Morgan lui-même, il paraissait à présent en avoir le double.

Ce n'était pas quelque chose de vraiment physique. Ses cheveux noirs n'étaient nullement parsemés de gris, il n'était pas voûté et sa main ne tremblait pas comme celle d'un vieillard. Mais c'était plutôt son regard. Nigel avait toujours été un homme tranquille, plus studieux et plus sédentaire que son frère, et ce regard hanté — ou plutôt *traqué* — était quelque chose de tout à fait nouveau chez lui. Il avait dû mal prendre, lui aussi, la mort de son frère.

Dès qu'ils furent hors de portée de voix et d'oreille des gardes postés devant la porte, Nigel abandonna son sourire factice et regarda Morgan en plissant le front d'un air soucieux.

— Il n'y a pas une seconde à perdre, murmura-t-il tandis que ses pas résonnaient sur le sol de marbre. Jehana se prépare à réunir le Conseil pour vous mettre en accusation. Je n'ai jamais vu les membres de ce Conseil dans un état d'agitation pareil. On croirait presque que certains ajoutent sérieusement foi aux rumeurs qui circulent sur la mort de Brion.

— Ils y croient vraiment, murmura Morgan. Ils sont persuadés que j'ai tué Brion à distance, de Cardosa, avec ma magie derynie. Même un Deryni pur sang ne dispose pas d'un tel pouvoir. (Il renifla dédaigneusement.) Et il y a aussi ceux qui croient innocemment qu'il est mort d'une « crise cardiaque ».

Ils arrivèrent au croisement de deux corridors. Nigel prit sur la droite, en direction des jardins du palais.

— Les deux théories sont envisagées, c'est vrai, dit-il. Je suppose que c'est inévitable, en pareil cas. Mais Kelson en a une troisième, et j'ai plutôt tendance à pencher pour celle-là. C'est que Charissa serait pour quelque chose dans cette affaire.

— Il a probablement raison, fit tranquillement Morgan. Mais revenons au Conseil. Vous pensez pouvoir contrôler la situation ?

Nigel fronça les sourcils.

— Franchement, non. Je ne puis que les retarder pendant quelque temps.

Ils passèrent devant un poste de garde, et Nigel salua distraitement.

— Voyez-vous, continua-t-il, la situation ne serait pas la même si Kelson avait atteint sa majorité. Dans ce cas, il régnerait automatiquement, et il aurait le pouvoir d'interdire au Conseil de lancer des accusations contre vous sans preuves formelles. Mais il est encore mineur, même si ce n'est pas pour longtemps, et le Conseil de Régence dispose de pouvoirs contre lesquels il ne peut rien. L'ordre du jour sera voté à la majorité, et une simple voix de différence pourra vous faire condamner. L'issue dépendra largement de l'habileté dont Kelson fera preuve au cours des débats.

— Vous pensez qu'il est capable de remporter cette bataille ?

— Je n'en sais rien, Alaric. Ce garçon est malin, autant qu'on peut l'être, mais je n'en sais vraiment rien. Vous avez vu l'humeur des principaux membres. Ralson est mort, et Bran Coris ne se prive pas de lancer ouvertement ses accusations. La situation ne me paraît guère brillante.

— Je m'en doutais déjà quand j'étais à Cardosa.

Ils s'arrêtèrent devant un pavillon d'été treillissé, à l'orée d'un labyrinthe de haies. Approuvant mentalement le choix du lieu de rencontre, Morgan regarda autour de lui à la recherche d'un signe de présence de Kelson.

— À propos des dernières tentatives de Jehana pour me discréditer, murmura-t-il, quelles charges pensez-vous qu'elle retiendra contre moi ?

Nigel posa le pied sur un petit banc de pierre sculptée et regarda calmement Morgan, le coude appuyé sur son genou levé.

— Hérésie et trahison, murmura-t-il. Et ce n'est pas une conjecture, mais une certitude.

— Une certitude ! explosa Morgan. Bon sang, Nigel, ne comprend-elle pas qu'elle condamne son fils à mort si elle me prive de tout moyen de l'aider ?

Nigel haussa les épaules en un geste d'impuissance.

— Qui peut avoir une idée de ce que Jehana comprend ou ne comprend pas ? Tout ce que je sais, moi, c'est qu'il incombera à notre cher Rogier de formuler l'accusation de trahison, et que l'archevêque Corrigan soutiendra la thèse de l'hérésie. Jehana a même fait venir un autre archevêque de Valoret — j'ai oublié son nom. C'est lui qui s'occupe des procès intentés dans le nord aux Derynis.

— Loris ! souffla Morgan en détournant les yeux d'écœurement.

Bouillonnant intérieurement, il regarda, par-dessus la balustrade du pavillon d'été, le labyrinthe végétal dont la complexité n'apparaissait pas d'ici. Mais il lui vint subitement à l'esprit que ce dédale symbolisait parfaitement la situation dans laquelle ils se trouvaient présentement. Une situation énigmatique, inextricable, avec de nouvelles difficultés qui surgissaient à chaque tournant. La seule différence était que le labyrinthe végétal possédait bel et bien une issue.

De nouveau maître de lui, il se tourna vers Nigel.

— Je suis convaincu que dans un combat loyal, sans tricherie, Kelson serait parfaitement capable de battre définitivement Charissa, mais à condition de posséder les pouvoirs de Brion. Il me faut un peu de temps pour m'assurer de cela. Jehana ne se rend-elle donc pas compte de ce qui est en jeu ? Que deviendrait son fils s'il devait affronter Charissa sans ce pouvoir ? Vous êtes le plus proche par le sang. Vous savez de quoi je parle.

— Si elle s'en rend compte, elle refuse de l'admettre, en tout cas, soupira Nigel. Mais, si vous voulez, je peux essayer de lui en parler encore. Cela nous fera peut-être gagner un peu de temps.

— C'est cela, approuva Morgan. Et s'il est impossible de la raisonner, essayez une petite dose de coercition.

— Je ferai ce que je pourrai, déclara Nigel en hochant sombrement la tête. Il serait temps qu'elle comprenne ses responsabilités et qu'elle agisse en adulte. À bientôt.

— Je l'espère, fit Morgan, à moitié pour lui-même, tandis que le duc disparaissait déjà au détour d'une allée.

Perché sur la balustrade du pavillon en attendant l'arrivée de Kelson, Morgan eut un sourire désabusé en songeant qu'il faudrait un peu plus de pouvoir de persuasion que n'en possédait Nigel, qui, par surcroît, avait toujours été ouvertement son partisan, pour convaincre la capricieuse reine. D'un autre côté, Nigel était son beau-frère, et cela avait peut-être du poids sur elle. Qui pouvait savoir ? Après tout, dans un monde où les dieux se recrutaient parmi les morts et où des demi-mortels invoquaient à leur gré les forces du Bien et du Mal, il supposait que n'importe quoi était, au moins théoriquement, possible.

Il n'avait jamais réussi à comprendre vraiment les raisons de l'hostilité de Jehana. Elles étaient fondées, il ne l'ignorait pas, sur les anciennes suspicions, profondément enracinées, à l'égard de la magie derynie. Ces suspicions avaient été renforcées, au fil des générations, par la condamnation que l'Église militante avait prononcée à l'encontre de tous les arts occultes. Mais ce n'était pas suffisant. Il devait y avoir autre chose.

Morgan était le premier à admettre que les pratiques des Derynis dans le passé avaient pu être critiquables. Mais près de trois cents ans s'étaient écoulés depuis le début de l'Interrègne deryni. Même si les Onze Royaumes étaient restés durant près de trois générations sous la dictature derynie, cette époque était révolue depuis maintenant près de deux siècles.

Dans les plus sombres années de la férule imposée par les Derynis, il n'y avait jamais eu qu'une poignée de membres de la Confrérie qui s'étaient livrés à des atrocités sans nom. Par contre, des milliers de Derynis avaient chéri leurs attaches humaines, et c'étaient ceux-là même qui, plus tard, avec à leur tête Camber de Culdi, avaient découvert que, dans des conditions précises, et chez certains individus uniquement, la totalité des pouvoirs derynis *pouvaient être acquis par de simples humains !*

Il y avait eu un nouveau soulèvement, à l'instigation de Camber, et l'Interrègne deryni avait pris fin aussi brusquement qu'il avait débuté. Les tyrans avaient été exécutés par leurs propres frères. Le pouvoir avait été rendu aux descendants des vieux seigneurs humains.

Cependant, le peuple en colère et l'Église militante avaient vite oublié que leur libération, tout comme leur servitude, était due à l'action de seigneurs derynis. Ils avaient cessé de faire la différence entre les bons et les mauvais Derynis.

Moins de quinze ans après la Restauration, pas même le temps d'une génération, la Confrérie s'était retrouvée en butte à l'une des persécutions les plus sanglantes jamais vues dans les annales de la civilisation humaine. Le nombre des Derynis fut réduit des deux tiers à l'occasion d'un massacre qui ne dura que le temps d'une tornade. Ceux qui en réchappèrent se cachèrent en répudiant leur héritage, ou menèrent une pénible vie d'angoisses sous la protection des quelques seigneurs humains qui n'avaient pas oublié la vérité.

Les années passant, les souvenirs s'estompèrent, et les persécutions s'effacèrent de tous les esprits à l'exception des plus fanatiques. Quelques familles derynies parvinrent à se hisser de nouveau jusqu'à une prééminence circonspecte, mais la magie ne fut plus utilisée, ou le fut avec une prudence et une discrétion extrêmes. La plupart des Derynis, quelle que fût la classe sociale à laquelle ils appartenaient, refusaient en toute circonstance de se servir de leur pouvoir. Découverts, en l'absence d'un protecteur puissant, ils auraient risqué leur vie.

Parmi les humains, cependant, la magie du temps de la Restauration continuait de se développer. Il devint peu à peu admis, sinon ouvertement reconnu, que les dirigeants de Gwynedd, ainsi que certains autres des Onze Royaumes, possédaient des pouvoirs particuliers, plus ou moins mystérieusement liés à leur droit divin de régner. L'origine derynie de ces pouvoirs n'était jamais mentionnée. On l'avait, en fait, oubliée, la plupart du temps. Mais c'étaient bien ces pouvoirs, rituellement transmis de père en fils depuis près de deux cents ans, qui avaient permis à Brion de vaincre les Marluks, quinze ans plus tôt.

Le conflit entre Morgan et Jehana avait commencé là. Un peu avant cette bataille historique, en fait, mais c'était bien la véritable cause.

Lorsque Brion avait ramené pour la première fois à sa cour la petite princesse aux cheveux auburn pour en faire sa reine, Morgan s'était réjoui, en même temps que tout l'entourage royal, de voir quel beau couple ils formaient. Il était écuyer du roi, à cette époque, et il était tombé amoureux, comme tous les jeunes hommes de la cour, de la séduisante reine. Elle avait apporté un rayon de soleil et de gaieté à Rhemuth, et le peuple l'adorait pour cela.

Jusqu'au jour où Brion avait évoqué devant elle, sans y penser, les origines à moitié derynies de Morgan. Elle était devenue toute pâle. Juste après cela, la guerre avec les Marluks avait éclaté.

Il ne pourrait jamais oublier le jour où Brion et lui étaient

55

revenus victorieux à Rhemuth, après avoir écrasé les armées du Marluk. Brion était fier de son jeune écuyer, qui avait à peine un peu plus de quatorze ans, et ils s'étaient rendus, joyeux, dans les appartements de la reine, pour lui raconter leur victoire. Mais une expression d'horreur et de consternation à peine dissimulées s'était peinte sur le visage de Jehana quand elle avait compris que son mari avait conservé son trône et remporté la victoire avec l'aide de la magie derynie.

Immédiatement après cela, Jehana avait quitté la cour pour se retirer durant près de deux mois dans l'abbaye de Saint-Giles, disait-on, au bord du lac de Shannis. À l'issue de cette période de réclusion, Brion et elle s'étaient réconciliés. Elle était retournée à Rhemuth, mais elle avait désormais évité la compagnie de Morgan. Quand Kelson était né, l'année suivante, elle avait clairement fait savoir qu'elle ne voulait plus entendre parler du jeune seigneur deryni.

Cette décision n'avait pas eu d'impact particulier sur l'existence de Morgan. Son amitié avec le roi continuait de mûrir et de se fortifier. Brion l'encouragea à prendre une part active dans l'éducation et les loisirs du jeune Kelson. Mais le roi savait qu'il était inutile d'essayer de le réconcilier avec Jehana. Au fil des années, il s'était accoutumé à l'idée que sa reine bien-aimée et son ami le plus fidèle ne s'entendraient jamais.

Morgan ne voyait plus la reine que lorsque le protocole ou des questions concernant Kelson l'exigeaient. Ces rares rencontres inévitables étaient généralement ponctuées de véritables feux d'artifice verbaux. Connaissant le caractère de la reine, Morgan avait peu d'espoir que ses relations avec elle puissent changer un jour.

Un crissement de pas sur le gravier de l'allée brisa le silence du jardin, et Morgan leva les yeux. Il descendit de la balustrade sur laquelle il était perché au moment où Kelson et Kevin apparaissaient au détour de l'allée principale pour s'avancer jusqu'au pavillon.

Kelson était maintenant vêtu de la pourpre royale. Son

visage, au-dessus du col en renard noir de son manteau de velours, était sombre et tendu. Il avait grandi de quelques pouces depuis que Morgan l'avait quitté, et le regard exercé du jeune général décela la présence d'une cotte de mailles sous la tunique de soie richement brodée. Un bandeau de crêpe noir ceignait son bras au-dessus du coude, et un autre était passé à sa ceinture.

Ce qui frappait le plus Morgan en retrouvant Kelson était la ressemblance avec Brion au même âge. Il lui semblait que c'était le regard du défunt roi qui rencontrait le sien. Les mêmes yeux gris l'examinaient sous le velours des cheveux noirs, la même fierté lui faisait tenir la tête haute, et la pourpre royale lui seyait de manière naturelle. Avec une froideur clinique, Morgan nota l'apparente fragilité du corps, mais il n'avait pas oublié la poigne d'acier qu'elle dissimulait, pour avoir exercé de longues heures à ses côtés la pratique des armes.

C'était Brion aux yeux rieurs, Brion à l'épée étincelante et à l'humeur songeuse, qui apprenait l'équitation et l'escrime à son jeune fils, qui brillait au milieu de sa cour de toute la splendeur de sa monarchie, avec son jeune garçon ébloui à ses pieds. L'image de l'enfant vacillait entre la lumière et l'obscurité, entre les cheveux blonds et le noir corbeau, tandis que les souvenirs des années lointaines s'enchevêtraient, confus, avec ceux des plus récentes.

Il eut de nouveau Kelson sous les yeux, puis Brion, qui avait demandé à un ami plus cher que sa propre vie de lui jurer que son fils aurait toujours un protecteur s'il venait à disparaître prématurément. Brion qui, quelques mois seulement avant sa mort, avait donné la clé de son pouvoir divin à l'homme qui se tenait maintenant devant son fils.

Hésitant, Kelson baissa les yeux. Il voyait Morgan encore plus intimidé que lui. Il aurait voulu se jeter dans ses bras comme lorsqu'il était enfant, laisser aller sa tête sur son épaule et donner libre cours à ses sanglots, à son soulagement, à ses terreurs et à sa douleur. Les deux semaines qui venaient de s'écouler avaient été pour lui un cauchemar. Le calme et quelquefois mystérieux seigneur deryni avait le pouvoir de calmer ses angoisses et d'apaiser son esprit troublé avec sa magie. Il s'était toujours senti en sécurité avec Morgan. Si seulement il pouvait...

Mais il n'en fit rien.

Il était un homme, à présent. Ou, du moins, il était censé l'être. Qui plus est, un roi.

Pas si sûr ! se dit-il avec appréhension. *Seulement si Morgan m'aide à survivre assez longtemps !*

Timidement, mal à l'aise dans son nouveau rôle, Kelson leva de nouveau les yeux pour croiser le regard de l'ami de son père. *Son* ami.

— Alaric ?

Il hocha la tête en hésitant, essayant de paraître plus sûr de lui qu'il ne l'était en réalité.

Morgan lui adressa un sourire rassurant et marcha lentement à sa rencontre. Il allait s'agenouiller pour lui rendre officiellement hommage, mais sentit que le jeune garçon était mal à l'aise, et décida de lui épargner cette situation. Il se contenta de dire :

— Mon prince !

Kevin McLain, demeuré en retrait à quelques pas du futur roi, ne pouvait manquer de saisir le caractère tendu de cette rencontre. Il se racla la gorge et se tourna vers Morgan pour lui dire :

— Duncan vous fait savoir qu'il vous attend à Saint-Hilaire, Alaric. Je... euh... crois qu'il vaut mieux que je retourne participer au Conseil, à présent. J'y serai plus utile qu'ici.

Morgan hocha la tête, sans quitter Kelson un instant des yeux. Voyant cela, Kevin se hâta de les saluer et de se retirer.

Le jeune garçon regarda le sol en mosaïque du pavillon d'été, puis traça une courbe dans la poussière avec l'extrémité de sa botte vernie.

— Kevin m'a raconté ce qui est arrivé à Colin et à Ralson, murmura-t-il. Je me sens responsable de leur mort. C'est moi qui ai insisté pour qu'ils aillent te chercher.

— Il fallait bien que quelqu'un le fasse, Kelson, répliqua Morgan en posant une main rassurante sur l'épaule du jeune garçon. Je me doutais de ta réaction. J'ai pris la liberté de faire transporter leurs corps à l'abbaye de Saint-Marc. Lorsque tout sera terminé, tu auras peut-être le désir de faire quelque chose pour leurs familles. Des funérailles d'État, par exemple.

Kelson le regarda en hochant la tête.

— Piètre consolation pour ceux qui restent. Des funérailles d'État. Mais tu as raison, bien sûr. Il fallait bien que quelqu'un s'en charge.

— Bien parlé, fit Morgan en souriant. Viens, faisons quelques pas.

De la porte où il se tenait, Kevin McLain balaya vivement le hall du regard, puis le traversa vers l'endroit où Derry attendait, à l'entrée de la salle du Conseil.

— Ils sont tous là ? demanda-t-il au jeune aide de camp.

— Pas encore. On attend encore du monde. J'espère qu'ils ne vont surtout pas se presser. À moins, naturellement, qu'ils ne soient de notre côté.

— Je m'appelle Kevin McLain, fit ce dernier en souriant. Je suis le cousin de Morgan. Pas de formalités entre nous, si vous êtes l'ami d'Alaric.

Il tendit la main à Derry, qui la serra en disant :

— Sean Derry, aide de camp du général Morgan.

Kevin hocha la tête et jeta un nouveau coup d'œil autour de lui.

— Tu n'es pas au courant des dernières rumeurs ? demanda-t-il. J'imagine que tout le monde, à Rhemuth, sait déjà que Morgan est de retour.

— Sans doute, répliqua Derry. Qu'en penses-tu ?

— Ce que j'en pense, *moi* ? fit Kevin en pointant un doigt incrédule sur sa poitrine. Mon ami, j'en pense que nous sommes tous dans de bien vilains draps. Sais-tu de quoi ils ont l'intention de l'accuser ?

— J'ai peur de le deviner.

— Premièrement, crime d'hérésie. Et deuxièmement,

haute trahison. Tu sais quelle est la peine prévue pour n'importe lequel de ces deux crimes ?

Derry soupira. Ses épaules s'affaissèrent.

— La mort, répondit-il dans un souffle.

CHAPITRE 3

> Il n'est nulle fureur en enfer pareille à celle d'une femme dédaignée ou d'une femme en deuil.

Jehana de Gwynedd étudiait d'un œil critique son reflet dans le miroir tandis qu'une femme de chambre lui roulait sa longue tresse auburn en arrière de la tête et la fixait avec une paire d'épingles filigranées.

Brion n'aurait pas aimé cette coiffure. Sa simplicité était trop sévère pour ses traits délicats. Elle faisait trop ressortir les pommettes hautes et la mâchoire légèrement carrée, faisant de ses yeux bleu-gris le seul élément animé de son visage blême.

Le noir ne lui seyait pas davantage. La soie légère et le velours de sa robe de deuil, que ne rehaussaient aucun bijou, aucune broderie ni dentelle, accentuaient l'effet monochrome de noir et blanc, augmentaient sa pâleur et la faisaient paraître beaucoup plus âgée que ses trente-deux ans.

Brion n'aurait vraiment pas approuvé sa mise.

Il ne lui aurait certainement rien dit, songeait-elle tandis que la femme de chambre couvrait les tresses brillantes d'un délicat voile de dentelle. Il n'était pas dans son habitude de faire ce genre de remarque. Mais il aurait simplement tendu la main pour retirer les épingles et laisser la longue chevelure retomber librement en cascade dans son dos. Puis il aurait doucement placé deux doigts sous son menton pour lui relever le visage jusqu'à ce que leurs lèvres...

Les doigts de la reine se crispèrent, sous la longue

manche qui les dissimulait, à l'évocation non désirée de ces souvenirs. Rageusement, elle battit des paupières pour refouler une nouvelle fois ses larmes.

Ce n'était pas le moment de penser à Brion. Elle ne devait pas croire un seul instant qu'il pût savoir ce qu'elle s'apprêtait à faire. Elle avait de bonnes raisons de se donner cette apparence aujourd'hui. Lorsqu'elle se présenterait devant le Conseil pour lui faire part des terribles dangers qui menaçaient Kelson, il ne fallait pas qu'elle passe, aux yeux de certains, pour une jeune femme écervelée. Elle était toujours la reine de Gwynedd, ne fût-ce que pour vingt-quatre heures, et elle devait s'assurer que le Conseil n'oublie pas cela quand elle lui demanderait la vie de Morgan.

D'une main qui tremblait légèrement, elle saisit la couronne d'or posée sur la coiffeuse devant elle. En faisant des efforts pour ne pas trembler, elle plaça fermement le diadème sur son voile de deuil. Ce qu'elle allait faire aujourd'hui lui répugnait. Quels que fussent ses sentiments personnels envers ce maudit Morgan et ses pouvoirs défendus, il n'en restait pas moins que l'homme avait été le plus proche confident et ami du roi. Si Brion savait ce qu'elle se préparait à accomplir...

Elle se leva brusquement, renvoyant ses femmes d'atour d'un geste impatient. Brion n'avait aucun moyen de savoir. Bien que son cœur soit déchiré à cette pensée, il était mort et reposait dans sa tombe depuis deux semaines. Malgré les vieilles légendes sur les terribles pouvoirs des Derynis, des pouvoirs si étranges qu'elle ne pourrait jamais espérer les comprendre, il n'existait aucun moyen de faire revenir quelqu'un du tombeau. Si la mort du général Morgan était nécessaire pour que son fils règne en tant que mortel, sans l'aide des pouvoirs maudits, cette mort était obligatoire, quel qu'en soit le prix.

D'un pas résolu, elle traversa la chambre et s'arrêta sur le seuil du solarium. Dans un coin, un jeune ménestrel grattait discrètement un luth en bois pâle et poli. Autour de lui, cinq ou six dames d'honneur, entièrement vêtues de noir, s'occupaient silencieusement de leurs travaux d'aiguille ou se contentaient d'écouter la complainte lugubre jouée et fredonnée par le ménestrel. Au-dessus du groupe, des rosiers grimpants s'enroulaient aux poutres, et les pétales des fleurs rouges, roses et orangées brillaient à la lumière du ciel d'automne tandis que le soleil du matin dardait ses pâles rayons sur les ouvrages des dames, formant des jeux de lumière et d'ombre sur les dalles de pierre polie. Lorsque Jehana apparut sur le seuil ; tous les regards se tournèrent vers elle, et le ménestrel cessa de jouer.

La reine leur fit signe de poursuivre leurs activités. Le ménestrel se remit à jouer. Jehana s'avança jusqu'au mur opposé, cueillant une rose au passage. Elle s'assit sur un banc drapé de noir, au-dessous d'un berceau de roses.

C'était peut-être ici, sous les roses et le soleil que Brion aimait tant de son vivant, qu'elle trouverait la paix intérieure dont elle avait le plus grand besoin pour affronter les épreuves qui l'attendaient et faire ce qu'il y avait à faire.

Ses frêles épaules furent agitées d'un léger frisson. Elle serra ses vêtements autour d'elle comme si elle avait soudain besoin d'un peu plus de chaleur. Elle n'avait jamais fait condamner quelqu'un à mort jusque-là. Pas même un Deryni.

Pour la cinquième fois, Nigel tira impatiemment sur le cordon de sonnette brodé qui pendait à la porte des appartements de la reine. Ses yeux gris commençaient à flamboyer de colère. Il préparait déjà sa tirade. La bonne humeur causée par son bref entretien avec Alaric s'était rapidement estompée. Si quelqu'un ne lui ouvrait pas la porte à cette minute même, il allait...

Il venait de lever la main pour tirer une sixième et dernière fois sur le cordon lorsqu'il perçut un léger bruissement derrière la porte. Il recula d'un pas. Un judas s'ouvrit au milieu de la porte, à hauteur d'yeux. Un œil brun timide apparut dans l'ouverture.

— Qui est là ? demanda Nigel en se penchant pour regarder à son tour.

L'œil se retira précipitamment, et Nigel aperçut une jeune servante qui reculait, la bouche silencieusement figée en O.

— Jeune fille, si vous ne m'ouvrez pas immédiatement cette porte, par mon âme, je jure que je l'enfonce ! hurla Nigel.

Les yeux de la servante s'agrandirent encore plus quand elle reconnut la voix du frère du roi. Elle s'empressa d'obéir. Nigel entendit le verrou qui glissait et vit la lourde porte qui commençait à bouger. Sans hésiter, il poussa le battant jusqu'à ce qu'il s'ouvre grand et s'engouffra dans la pièce.

— Où est la reine ? demanda-t-il en balayant la chambre d'un œil exercé. Dans le jardin ?

Ayant fini d'inspecter les lieux, il fit abruptement volte-face et saisit la jeune fille effrayée par le bras. Puis il la secoua violemment en la transperçant de ses yeux gris de Haldane.

— Répondez-moi donc, mon enfant. Je ne vais pas vous manger !

Elle fit une grimace de douleur en essayant de dégager son bras.

— S... S'il vous plaît, Votre Altesse, bredouilla-t-elle. Vous me faites mal !

Il relâcha l'étau qui la maintenait, mais ne la laissa pas aller.

— J'attends ! dit-il avec impatience.

— Elle est... dans le solarium, Votre Altesse, murmura la fille, les yeux baissés.

Hochant la tête, Nigel la lâcha et traversa à grands pas la chambre pour gagner le passage voûté qui conduisait aux jardins royaux. Il savait que le solarium donnait d'un côté sur les appartements royaux, mais était également accessible par les jardins.

Il prit l'allée de gravier qui conduisait à l'entrée des

jardins, puis s'arrêta devant une grille de fer forgé où grimpaient des rosiers. Lorsqu'il se pencha pour l'ouvrir, il aperçut, de l'autre côté, à travers l'épais feuillage, le début des appartements royaux.

La reine était bien dans le solarium, et elle levait en ce moment la tête vers la servante apeurée qui accourait en passant par la chambre royale. Elle se pencha pour dire quelques mots rapides à l'oreille de sa maîtresse. Celle-ci abaissa la rose qu'elle tenait à la main et se tourna vers l'endroit où se trouvait Nigel.

La surprise avait déjà disparu de son visage lorsque Nigel ouvrit la grille d'un geste décidé. Un instant, sa silhouette se découpa dans l'entrée. Puis il s'avança pour affronter la reine.

— Jehana, fit-il en inclinant la tête.

Elle baissa les yeux, gênée, affectant de regarder les dalles à ses pieds.

— Je... j'aimerais me recueillir quelque temps, dit-elle. Ça ne peut pas attendre ?

— J'ai bien peur que non. Pouvons-nous avoir un entretien privé ?

Elle serra les lèvres en regardant tour à tour son beau-frère et les personnes qui l'entouraient. Elle se rendit soudain compte qu'elle avait froissé la rose qu'elle tenait encore à la main, et la laissa tomber en un geste irrité. Elle croisa lentement les mains sur ses genoux avant de répondre.

— Je n'ai rien à te dire que mes dames d'honneur ne puissent entendre, Nigel. Tu sais très bien quel est mon devoir. Ne me rends pas les choses plus difficiles, je t'en conjure.

Voyant qu'il ne répondait pas, elle leva de nouveau les yeux vers lui. Il n'avait pas bougé d'un pouce. Ses yeux gris avaient un éclat menaçant sous l'épaisse chevelure noire. Il ressemblait beaucoup à Brion quand il était dans cet état-là, l'air farouche, les pouces enfoncés sous le ceinturon, le regard fixé sur elle dans un silence total.

Elle détourna la tête.

— Tu ne comprends donc pas, Nigel ? Je n'ai pas envie de discuter de cette affaire avec toi. Je sais pourquoi tu es venu me voir. Inutile d'essayer de me faire changer d'avis, tu n'y arriveras pas.

Elle sentit qu'il se rapprochait d'elle. Sa cape lui frôla la main lorsqu'il se pencha en avant.

— Jehana, chuchota-t-il de manière à n'être entendu que d'elle, je n'ai pas du tout l'intention de te laisser tranquille. Si tu ne renvoies pas ces gens immédiatement, c'est moi qui le ferai, et ce sera très embarrassant pour nous deux. Je ne crois pas que tu aies vraiment envie de discuter de Morgan devant eux, et encore moins de parler de la manière dont Brion est mort.

Elle sursauta.

— Tu n'oseras pas faire ça !

— Ah, tu crois ?

Elle soutint son regard l'espace de quelques battements de cœur, puis se détourna, résignée, en faisant signe à ses gens de se retirer.

— Je ne comprends vraiment pas, Morgan. Pourquoi ferait-elle une chose pareille ?

Le général se promenait avec Kelson à la lisière du labyrinthe végétal. Ils arrivèrent devant un bassin à l'eau miroitante, au milieu du jardin principal. Morgan ne cessait de jeter des regards dans toutes les directions, à la recherche d'une présence suspecte, mais personne ne semblait s'intéresser à eux pour le moment.

— Tu me demandes les raisons qui peuvent pousser une femme à agir, mon prince ? Mais si je connaissais la réponse à une telle question, je serais beaucoup plus puissant que ne l'ai jamais rêvé. Dès l'instant où ta mère a entendu parler de mes origines derynies, elle ne m'a plus jamais laissé la moindre chance.

— Je sais, soupira Kelson. Peux-tu me dire exactement à quel sujet vous vous êtes disputés ?

— Tu veux parler de notre dernier conflit ?

— Je suppose, oui.

— Si je me souviens bien, c'était de toi qu'il s'agissait. Je lui avais fait remarquer que tu avais grandi et que tu serais roi un jour. Je ne me doutais pas que ce jour-là arriverait si tôt.

— Elle croit toujours que je suis un gamin, soupira amèrement Kelson. Comment faire pour convaincre sa propre mère qu'on n'est plus un enfant ?

Méditant cette question, Morgan se pencha sur la surface réfléchissante du bassin.

— Franchement, je l'ignore, mon prince. Ma mère est morte alors que j'avais quatre ans. Ma tante, Vera McLain, qui m'a élevé, avait assez de bon sens pour ne pas trop aborder ces questions avec moi. À la mort de mon père, je suis venu à la cour de Brion comme page. J'avais neuf ans. Et les pages royaux, même à cet âge, ne sont plus des enfants.

— Je me demande pourquoi il n'en est pas de même pour les princes de sang royal, murmura Kelson d'une voix songeuse.

— Peut-être parce qu'il faut plus longtemps pour faire un prince. Après tout, un prince royal est appelé à grandir pour devenir roi.

— Si on lui en laisse le temps, grommela Kelson.

Baissant la tête avec accablement, le jeune garçon s'assit sur un rocher au bord du bassin et se mit à jeter des cailloux dans l'eau. Il les regarda disparaître un par un, en suivant des yeux les rides concentriques jusqu'à ce qu'elles se dissolvent à leur tour dans le néant.

Morgan avait déjà vu Kelson dans cet état d'âme, et il jugeait préférable de ne pas intervenir. Il avait le même air de concentration que son père. C'était un trait des Haldane au même titre que les yeux gris, ou la force des bras, ou encore la ruse diplomatique. Nigel avait hérité aussi de tout cela, et il aurait fait un roi formidable n'eût été le hasard de sa naissance qui avait voulu qu'il soit le cadet et non l'aîné. Aujourd'hui, c'était le plus jeune des

Haldane qui s'apprêtait à faire valoir son droit de naissance.

Morgan s'assit pour attendre patiemment. Au bout d'un long moment de silence, Kelson releva la tête pour demander gravement :

— Alaric, toi qui me connais depuis ma naissance et qui connaissais mon père mieux que personne, crois-tu que je serai un jour digne de prendre sa place ?

Prendre sa place ? se dit Morgan en essayant de ne pas laisser voir son chagrin. *Comment occuper une place restée vide dans le cœur d'un homme ? Comment remplacer quelqu'un qui a été un père et un frère depuis presque toujours ?*

Il ramassa une poignée de cailloux et les fit rouler dans sa main, en se forçant de nouveau à écarter son chagrin pour se concentrer sur des questions plus pressantes.

Brion n'était plus là. Mais Kelson était bien présent. Et il fallait maintenant qu'il lui serve de père et de frère, comme Brion l'avait fait pour lui. Telle était la volonté sacrée du roi défunt.

Il lança un caillou dans l'eau, puis se tourna vers son... fils.

— Je mentirais si je te disais que tu peux *remplacer* Brion, mon prince. Aucun homme ne pourrait le faire. Mais tu seras un bon roi, peut-être même un grand roi, si je sais lire les signes.

D'une voix plus ferme, plus terre à terre, il poursuivit :

— Brion t'a bien préparé à cette tâche. Dès que tu as pu tenir assis tout seul, il t'a mis chaque jour sur la selle d'un cheval. Tu as eu les meilleurs maîtres d'escrime que l'on pût trouver. Ton adresse à l'arc et à la lance était prodigieuse, même pour un enfant qui aurait eu deux fois ton âge.

« Tu as étudié les annales de l'histoire militaire, la stratégie, les langues, la philosophie, les mathématiques, la médecine. Il t'a même initié aux arts occultes, qui feront un jour partie des choses importantes de ta vie, en opposition avec les désirs de ta mère, je dois le dire, bien qu'il ait pris toutes les précautions pour que nul n'en sache rien.

« Mais il y a eu aussi des côtés plus pratiques dans ton éducation. Il fallait une sagesse infinie en même temps qu'un grand mépris des conventions pour laisser un jeune prince royal, quelquefois impatient, s'asseoir aux côtés de son père dans la chambre du Conseil. Très tôt, même si tu n'en as pas eu conscience au début, tu as acquis les rudiments d'une rhétorique et d'une logique impeccables, qui constituaient tout autant la marque de Brion que n'importe quel haut fait d'armes.

« Il t'a appris à conseiller et à écouter les conseils avec sagesse et sans prétention. Tout cela t'a fait comprendre qu'un roi n'a pas le droit de s'exprimer sous l'effet d'une colère passagère, ni de juger sans avoir préalablement établi tous les faits.

Marquant un temps d'arrêt dans son discours, Morgan regarda la poignée de cailloux qu'il tenait à la main, comme s'il était surpris de les avoir encore. Doucement, il inclina sa main ouverte et les regarda glisser par terre.

— Je ne devrais peut-être pas te dire cela, Kelson, mais je pense que tu possèdes peut-être plus d'atouts pour régner que n'en avait ton père. Tu as une sensibilité et une manière d'apprécier... la vie elle-même, je pense, que Brion n'avait peut-être pas à un degré si poussé. Cela n'a en rien diminué sa grandeur de roi, et il a toujours écouté avec autant d'assiduité les discours des philosophes que ceux des soldats, mais je ne suis pas sûr qu'il ait toujours bien compris les premiers. Je pense que tu es mieux équipé que lui sur ce point.

Kelson regardait fixement le sol entre ses jambes. Il refoulait les larmes amères des souvenirs que ces paroles avaient fait surgir. Relevant la tête pour laisser son regard se perdre au loin, par-dessus le bassin, il murmura :

— Je sais que tes paroles sont destinées à me rassurer. Mais elles ne répondent pas vraiment à ma question. Ou, plutôt, elles répondent à la question que j'ai posée, mais ce n'était pas la bonne. Ce que je voulais savoir vraiment, je suppose, c'est le rôle joué par Celle de l'Ombre dans tout cela.

Morgan haussa un sourcil prudent.

— Que vient-elle faire là-dedans ? demanda-t-il en songeant à ce que Nigel lui avait révélé.

Kelson soupira avec un rien d'exaspération.

— Écoute, Morgan, si tu commences à éluder mes questions, nous n'aboutirons nulle part. Je sais déjà que Père a gagné et conservé son royaume en partie par le recours à la magie. C'est toi-même qui me l'as appris. Je connais aussi la raison pour laquelle tu es allé à Cardosa trois mois à peine après la signature du nouveau traité. C'est elle qui est depuis toujours derrière tout cela, et je ne comprends pas pourquoi tout le monde est si réticent à aborder cette question devant moi. Je ne suis plus un enfant.

Morgan changea de position, mal à l'aise. La question était cruciale. Si le jeune garçon avait réussi à dresser dans sa tête un tableau suffisamment précis de ce qui s'était passé, ils avaient une chance raisonnable de succès, même en s'y prenant aussi tard.

Il lança prudemment un regard oblique au jeune prince.

— C'est Brion qui t'a dit que Celle de l'Ombre préparait quelque chose ?

— Il ne me l'a pas dit en paroles, mais il ne l'a pas nié non plus.

— Et alors ?

— Et alors... commença Kelson, cherchant la meilleure formulation possible, je ne suis pas convaincu, Morgan, que mon père ait succombé à une crise cardiaque ordinaire. Je pense qu'il y a eu autre chose. Pour tout te dire, je crois que Celle de l'Ombre...

— Continue.

— Que Celle de l'Ombre l'a assassiné par magie ! lança finalement le jeune prince.

Morgan sourit. Il hocha lentement la tête tandis que les traits de Kelson retombaient.

— Tu le savais déjà ? demanda-t-il sur un ton de surprise indignée.

— Disons que je m'en doutais, corrigea Morgan en adoptant une position plus confortable et plus détendue sur le rocher qui lui servait de siège. Nigel m'a rapporté votre discussion, et je suis d'accord avec toi. À présent, je voudrais que tu me rapportes exactement ce qui s'est passé le jour de cette tragique chasse. Tâche de n'oublier aucun détail.

Lorsque les dames d'honneur et le ménestrel eurent quitté le solarium, Jehana se leva lentement pour faire face à Nigel.

— Tu joues un jeu dangereux, lui dit-elle. Tu es peut-être le frère du roi, mais je te rappelle que je suis toujours ta reine.

— Kelson est mon roi, répondit tranquillement Nigel. Et ce que tu t'apprêtes à lui faire en détruisant Morgan s'apparente dangereusement à une trahison.

— Une trahison ? Je croyais que nous étions d'accord pour réserver ce terme à Morgan. Protéger mon fils, tu appelles cela une trahison ?

— Nous n'avons jamais été d'accord sur rien en ce qui concerne Morgan. Quant au terme de trahison, il s'applique pour moi à tout ce qui peut mettre en danger la vie de Kelson. Tu sais très bien que, sans les pouvoirs de Brion, ce garçon n'a pas la moindre chance. Et Morgan est le seul qui puisse l'aider à les acquérir.

— Les pouvoirs de Brion ne l'ont pas sauvé de la mort.

— C'est exact, mais ils pourront peut-être sauver Kelson.

— Ce n'est pas ainsi que je vois les choses, déclara gravement Jehana. Morgan est le seul homme qui cherche à détruire mon fils de l'unique manière qui compte vraiment, c'est-à-dire en s'attaquant à son âme. C'est l'influence maléfique de Morgan qui a corrompu Brion dès le début. C'est cet horrible pouvoir deryni, je le comprends maintenant, qui a souillé tout ce que Morgan a touché. Je refuse de voir mon fils contaminé de la même façon.

— Jehana, pour l'amour de Dieu...

La reine tourna vers lui un visage en furie où ses yeux froids brillaient d'un éclat glacé que Nigel n'avait jamais vu avant.

— Je t'interdis d'invoquer le nom de Dieu à ce propos, Nigel ! Tu n'en as pas le droit ! Ni pour cela ni pour autre chose. Si tu soutiens Morgan, tu embrasses l'hérésie derynie. Permets-moi de te signaler, mon cher beau-frère, que tu mets ton âme en danger rien qu'en t'approchant de cet homme !

Elle se détourna brusquement. Nigel se mordit la lèvre pour se forcer à maîtriser la fureur qui montait en lui. La discussion tournait court, comme toujours, lorsque la ferveur religieuse de Jehana prenait le pas sur son simple bon sens. Il savait qu'il était inutile de poursuivre un entretien qui ne menait visiblement à rien. Mais il fallait qu'il le fasse, même s'il en connaissait déjà l'issue. Peut-être la meilleure tactique consistait-elle à aller droit au but.

— Je ne discuterai pas théologie avec toi, Jehana, dit-il d'une voix tendue. Mais il y a un certain nombre de choses au sujet de Brion que tu devrais connaître avant de condamner son âme aux pires tourments réservés à ceux que l'Église traite d'hérétiques. Pour commencer, les pouvoirs de Brion n'appartenaient qu'à lui. Il ne les a reçus d'aucune source extérieure, derynie ou autre. Toute sa puissance et toute son autorité lui venaient de notre lignée mâle, qui remonte à l'époque de Camber et de la Restauration. Il est certain que Morgan l'a aidé à réaliser son potentiel, et qu'il l'a guidé dans l'utilisation des pouvoirs ainsi acquis. Mais ces pouvoirs étaient siens de naissance, de même qu'ils sont dans tous les enfants mâles de la lignée des Haldane. Je les porte en moi, ainsi que mes fils, exactement comme Kelson.

— C'est ridicule, laissa tomber Jehana. De tels pouvoirs ne peuvent pas être héréditaires.

— Je n'ai pas dit qu'ils se transmettaient automatiquement. Seul le potentiel est héréditaire. Un seul Haldane peut les détenir à un moment donné. Aujourd'hui, c'est au tour de Kelson.

— Je ne le permettrai jamais.

— Ne crois-tu pas que c'est à lui d'en décider ?

— C'est encore un enfant, dit la reine en s'impatientant. Il ne sait pas ce qui est bon pour lui.

— Kelson est roi. Il sera couronné demain à la cathédrale de Saint-George. Veux-tu le priver des moyens de continuer longtemps à porter cette couronne, Jehana ?

— Qui oserait la lui enlever ?

Nigel sourit.

— Certainement pas moi, Jehana, si c'est à cela que tu penses. Je suis heureux de demeurer duc de Carthmoor. C'était ce que souhaitait Brion.

— Et si tu ne voulais plus te contenter d'être duc, en quoi le souhait de Brion aurait-il pour toi une quelconque importance ?

Nigel sourit de nouveau.

— Je crois que tu n'as pas compris. Brion était mon frère en même temps qu'il était mon roi. Même si je n'avais pas accepté ce duché pour lui faire plaisir — et je n'avais droit à rien, tu le sais, il était le seul héritier, en tant qu'aîné — et que le fait qu'il soit mon frère eût été sans importance, j'aurais été lié envers lui, car il était mon suzerain, chargé de maintenir la paix du royaume. Je l'aimais au double titre de frère et de souverain, Jehana.

— Je l'aimais aussi, fit la reine, sur la défensive.

— Tu choisis d'étranges manières de le montrer.

— Ne m'est-il pas permis d'aimer l'homme et de détester certaines de ses actions ?

— Je ne sais vraiment pas, Jehana. Je crois que nous

donnons peut-être des définitions différentes au mot amour. Pour moi, il ne s'agit pas seulement d'une affirmation ou d'un vague sentiment que l'on éprouve à l'égard d'un autre être humain. Cela implique une acceptation totale de cette personne et de ses actes, même si l'on n'est pas d'accord avec certains d'entre eux. Mais tu n'as jamais été capable de l'accepter de cette manière, n'est-ce pas ? Si tu l'avais été, tu aurais admis depuis le début l'idée que sa magie faisait intégralement partie de lui, d'une manière spéciale et merveilleuse, et que la seule manière pour lui de régner était d'utiliser les pouvoirs qu'on lui avait transmis pour maintenir la paix dans ce royaume qui était si cher à son cœur.

Il se tourna pour lui faire face.

— Si tu réfléchis bien, je pense que tu seras obligée d'admettre que Brion n'a jamais fait mauvais usage de ces pouvoirs. Pas plus que Morgan, d'ailleurs. Jamais, durant toutes les années où nous les avons connus, aucun des deux n'a mis ses dons au service d'une mauvaise cause. Lorsque Brion a terrassé le Marluk, par exemple, j'étais à ses côtés avec Morgan, Jehana. Peux-tu douter un seul instant qu'ils aient agi comme il le fallait ? Songe à ce que nous serions tous devenus aujourd'hui si le Marluk avait gagné.

Jehana se tordit les doigts, mal à l'aise, en repensant au passé.

— Brion ne m'a jamais rien dit de tout cela, murmura-t-elle.

— Il connaissait tes sentiments à l'égard de Morgan. Mais tu te trompes. Je sais qu'il a essayé plus d'une fois de t'en parler. Tu ne te souviens pas ? ajouta-t-il en la regardant droit dans les yeux. J'étais présent, plusieurs fois, quand il a mentionné son règne et son pouvoir de monarque divin. Il ne s'agissait pas d'une simple légende commodément transmise par une lignée de souverains pour justifier leur droit divin.

— Comment en es-tu sûr ? rétorqua Jehana, obstinée.

Toutes les maisons royales disent la même chose. Tous les rois prétendent tenir de Dieu leur droit de régner.

Nigel, exaspéré, abattit son poing droit dans le creux de son autre main.

— Quand commenceras-tu à par m'écouter vraiment, Jehana ? Tu n'as pas compris un seul mot de ce que je viens de t'expliquer. Je suis en train de te dire que, même si tu as une aversion pour les pouvoirs derynis de Morgan — et tu ne t'en es jamais cachée —, ils n'ont absolument rien à voir avec Brion. Les pouvoirs que celui-ci avait n'appartenaient qu'à lui !

Il y eut un long silence. Puis la reine releva les yeux. Son visage était froid et figé.

— Je ne te crois pas, dit-elle. Si tu disais vrai, cela signifierait que Brion n'était pas un simple humain, et qu'il aurait acquis ses horribles facultés par des moyens et à des sources auxquels le commun des mortels ne peut avoir accès. Mais il n'en est pas ainsi. Ton précieux Morgan l'a peut-être corrompu de son vivant, mais son âme était sans tache. C'était un humain à part entière.

— Jehana...

— Inutile d'insister, Nigel. Je te répète que Brion était un humain normal. Malgré l'influence de ces maudits pouvoirs derynis, il est mort dans des circonstances normales, en poursuivant des plaisirs humains ordinaires, et non en défiant le Tout-Puissant par l'exercice de pratiques occultes chères à ton Morgan.

— Des circonstances *normales* ?

Nigel avait bondi sur ces mots comme un aigle sur un mulot.

— Qu'est-ce que tu trouves de normal dans la manière dont il est mort ? Tu peux me le dire ? demanda-t-il avec véhémence.

Jehana était devenue pâle.

— Qu'essaies-tu d'insinuer encore ? murmura-t-elle avec appréhension. Il est mort d'un arrêt du cœur. Tu le sais très bien.

Nigel hocha lentement la tête.

— Tout le monde meurt d'un arrêt du cœur. C'est évident.

— Que signifient ces paroles ? demanda Jehana sur un ton de défi.

Nigel croisa les bras et considéra la jeune reine d'un regard perplexe. Il avait peut-être trouvé, finalement, l'approche qu'il cherchait. De toute évidence, il n'était pas encore venu à l'esprit de Jehana que son mari avait pu mourir d'une cause non naturelle. Il s'en voulait de ne pas y avoir pensé plus tôt. En mettant le plus de conviction possible dans sa voix, il demanda :

— Dis-moi, Jehana, est-ce qu'il te paraît normal qu'un homme en parfaite santé comme Brion meure soudain d'un arrêt du cœur que rien ne laissait prévoir ? Il n'avait que trente-neuf ans. Notre lignage est doté d'une longévité supérieure à la moyenne.

— Mais ses médecins ont tous dit...

— Ses médecins ne sont pas compétents en la matière, Jehana.

Elle voulut répondre par une objection, mais il l'arrêta d'une main levée.

— Tu ne t'es pas non plus posé de questions sur la mort de Ralson et de Colin, je suppose. Je ne cherche pas à détourner la conversation, crois-moi, mais tu savais tout de même que Kelson avait envoyé chercher Morgan, n'est-ce pas ?

— Contre ma... (Elle baissa les yeux.) Que s'est-il passé ?

— Ils sont tombés dans une embuscade non loin de Valoret. Tous les membres de l'expédition ont été tués à l'exception de Morgan et du jeune Derry.

Elle porta la main à ses lèvres pour masquer une involontaire expression d'horreur.

Le regard de Nigel se durcit.

— Morgan pense que la personne ou les personnes qui ont organisé l'embuscade sont également responsables de l'assassinat de Brion.

— Assassinat ! s'écria Jehana. Tu veux dire que quelqu'un aurait assassiné mon mari en faisant passer cela pour une crise cardiaque ?

— Connais-tu un meilleur moyen pour Celle de l'Ombre de se lancer à la conquête du pouvoir ? Elle savait qu'elle n'aurait aucune chance en affrontant directement Brion. Mais Kelson n'est encore qu'un enfant. En empêchant Morgan de l'aider à acquérir les pouvoirs de Brion, elle le neutraliserait facilement. Grâce à toi, il n'a aucune connaissance dans ce domaine. Quelles sont ses chances face à une sorcière derynie dotée de tous ses pouvoirs ?

— Tu es complètement fou ! s'exclama Jehana, dont le visage était devenu encore plus blanc par contraste avec ses vêtements de deuil. Ce doit être le chagrin qui te fait inventer de telles histoires !

— Ce ne sont pas des inventions, Jehana.

— Sors d'ici ! Retire-toi avant que j'appelle la garde ! Si ce ne sont pas des inventions, c'est une grossière machination destinée à déstabiliser le Conseil, et cela relève de la haute trahison ! Le frère du roi, maintenant !

— Très bien, fit Nigel en reculant et en inclinant légèrement la tête. Je ne pensais pas que tu m'écouterais, mais il fallait essayer. Au moins, lorsque les événements commenceront à se produire comme je viens de le dire, tu ne pourras pas prétendre qu'on ne t'avait pas prévenue.

Il se tourna pour partir.

— Je serai dans l'antichambre pour t'escorter jusqu'à la salle du Conseil, ajouta-t-il avant d'ouvrir la porte. Il ne faut pas faire attendre les bourreaux.

Lorsqu'il eut quitté la chambre, Jehana poussa un soupir de soulagement et s'efforça d'empêcher ses mains de trembler. Maintenant qu'elle avait entendu le point de vue de Nigel, elle était plus persuadée que jamais qu'elle agissait comme il le fallait et que Kelson devait régner en mortel. Le problème était d'amener son fils à participer au Conseil sans s'opposer ouvertement à elle.

D'un geste résolu, elle tira sur le cordon de la sonnette pour faire venir un domestique. Elle devait s'entretenir avec Kelson le plus tôt possible. Il n'y avait pas une seconde à perdre.

Kelson se cala confortablement le dos contre le rocher où il était assis. Le soleil avait momentanément disparu derrière un banc de nuages, et l'air s'était rafraîchi.

— Tu n'as donc à aucun moment examiné le corps toi-même ? demanda Morgan, les traits affligés par les informations qu'il venait de recueillir.

Kelson secoua la tête.

— Je n'en ai pas eu l'occasion, dit-il. Le corps est resté exposé deux jours, avec une triple garde d'honneur autour de lui jour et nuit. Personne, pas même moi, n'était autorisé à s'en approcher à moins de six mètres. Lorsque j'ai demandé à Mère pourquoi on prenait toutes ces précautions et pourquoi on était si pressé de l'enterrer, elle n'a pas voulu me répondre. Elle a seulement déclaré que c'était ce qu'il convenait de faire, et que je comprendrais quand je serais plus grand. Je me suis dit, sur le moment, qu'elle voulait t'éviter, en organisant rapidement les funérailles, d'avoir à y participer, car elle savait que ton chagrin était immense.

— Je ne peux pas dire le contraire, fit Morgan. Mais je me demande si toute cette hâte n'avait pas d'autres motivations. Elle devait se douter, même si elle ne pouvait pas se résoudre à l'admettre, de ce qui s'est réellement passé à Candor Rhea. C'est pour cela que personne n'a eu le droit de s'approcher du corps. C'est aussi la raison, sans doute, pour laquelle on ne t'a pas permis d'envoyer chercher Duncan à temps. En mon absence, il était probablement la seule personne capable de dire avec certitude si Brion était mort par suite de pratiques magiques ou non.

— Tu crois qu'elle sait que le père Duncan a été mon précepteur ?

— Je suis sûr qu'elle le sait. La question est de savoir si elle se doute du *contenu* de son enseignement.

— Il y aurait là de quoi l'inquiéter singulièrement, n'est-ce pas ?

— Aucun doute là-dessus, fit Kelson en hochant la tête. Mais il y a une autre question que j'aimerais aborder à ce propos. Ce n'est qu'une possibilité, et je ne voulais pas t'en parler, mais nous sommes obligés de considérer que ta mère pourrait être impliquée dans cette histoire.

— Ma mère ! fit Kelson en redressant vivement la tête. Morgan, tu ne crois pas que tu...

— Je n'ai aucune certitude pour le moment. Mais il y a seulement trois personnes à qui je fais absolument confiance. Deux d'entre elles sont assises ici sur ces rochers, et la troisième n'est certainement pas Jehana. Si elle trempe dans cette affaire, même sans le savoir elle-même, cela risque de rendre la situation beaucoup plus compliquée que nous ne l'avions prévu.

— Je... je ne sais vraiment que dire, bredouilla Kelson. Il est vrai qu'elle s'est...

— Kelson, ne bouge surtout pas.

Morgan s'était figé sur place. Il regardait fixement un point situé à une trentaine de centimètres derrière Kelson, là où le bras du jeune prince s'appuyait sur la roche.

— Qu'est-ce que...

— Pas un mot, pas un geste, murmura Morgan tandis que sa main tirait lentement son épée du fourreau. Il y a une grosse créature rampante, très venimeuse, à quelques centimètres de ta main droite. Si tu fais un seul mouvement, tu es mort.

Morgan fit passer le poids de son corps sur un genou tout en levant silencieusement l'épée. Kelson demeurait immobile, confiant. Seuls ses yeux trahissaient son appréhension en allant du visage de Morgan à l'épée qu'il portait lui-même au côté. Il essayait vainement de voir ce qu'il y avait derrière lui sans bouger la tête.

Avec un éclair d'acier, la lame s'abattit. Au même instant, un cri de femme déchira le silence.

Tandis que la lame frappait plusieurs fois, Kelson roula

sur le côté et bondit sur ses pieds, le poignard de sa manche glissant dans sa main, pour faire face au danger. Mais il se figea, médusé, en voyant l'horreur qui se tordait au sol sous les coups redoublés de l'épée de Morgan.

Il eut l'impression fugace d'un corps bulbeux orangé, à peu près de la taille d'une tête humaine, moucheté de bleu et monté sur de très nombreuses pattes frêles qui s'agitaient désespérément pour essayer de le mettre hors d'atteinte des coups de Morgan, de deux pinces ou aiguillons qui s'avançaient et qui reculaient frénétiquement dans le vide, avant que la créature se transforme en une bouillie informe de rouge et d'orange, à laquelle Morgan porta un coup final de la pointe de son épée.

Kelson prit de nouveau conscience, à ce moment-là, du hurlement de femme, qui n'avait pas cessé durant tout l'épisode.

Sortant de l'espèce de transe où il était plongé, il fut surpris de constater qu'une douzaine d'hommes en armes, l'épée tirée, accouraient vers eux à travers le parc. Il y avait avec eux une femme vêtue de noir. Haletant, Morgan abaissa son arme tandis que les hommes encerclaient le prince et lui.

— Jetez votre épée ! cria le capitaine des gardes à Morgan.

La femme dont les cris avaient alerté la garde se cachait à demi derrière le capitaine, les yeux agrandis d'horreur.

— Je l'ai vu ! Je l'ai vu ! hurla-t-elle d'une voix hystérique en pointant le doigt sur Morgan. Il a essayé de tuer le prince Kelson ! Il lui a lancé un sort, et il a voulu le tuer lorsque mon cri l'a arrêté !

— Je vous ai dit de lâcher votre arme ! aboya le capitaine en agitant son épée. Sire, éloignez-vous lentement de lui. Nous allons nous en occuper.

Morgan ne fit pas un geste pour obéir. Kelson s'interposa entre le chef des gardes et le général.

— Ne vous inquiétez pas, capitaine, dit-il en faisant un geste d'apaisement tandis que les gardes se raidissaient en le voyant ainsi se mettre devant l'épée de Morgan. Ce n'est pas ce que vous croyez. Dame Elvira s'est méprise.

— Méprise ! hurla la dame avec indignation. Votre Altesse, vous devez être encore sous l'influence de ses sortilèges ! Il a failli vous assassiner alors que vous étiez cloué sur place. C'est grâce à mes cris qu'il a raté sa cible et que...

— Madame, lui dit Morgan d'une voix parfaitement calme, coupante comme un stylet, lorsque je vise une cible, je l'atteins toujours, et les hurlements d'une femme hystérique ne m'ont encore jamais fait rater mon coup !

D'un geste de défi, il enfonça la pointe de son épée dans le sol meuble, et elle vibra quelques instants, comme pour ponctuer ses paroles.

Les gardes, déconcertés, avaient abaissé leurs armes pendant ce temps. Sur un signe du capitaine, ils rengainèrent.

— Pardonnez-moi, Sire, mais il m'avait semblé...

— Je sais ce qu'il vous a semblé, coupa impatiemment Kelson. Inutile de me présenter des excuses. Vos hommes et vous avez agi dans l'intention de me protéger. Comme vous pouvez le constater, cependant, ajouta-t-il en s'écartant pour laisser voir les restes de la créature en bouillie, le général Morgan a seulement tué... Qu'est-ce que c'est que cette horrible chose, Morgan ?

Ce dernier reprit son épée et la glissa dans son fourreau avant de s'approcher de la masse sanglante.

— Il s'agit d'un stenrect, mon prince, répliqua-t-il d'une voix dépourvue d'intonation en touchant la chose du bout de sa botte. Et si mon premier coup l'avait manqué, ajouta-t-il en se tournant vers la femme, si cette créature vous avait piqué, mon second coup vous aurait tranché le poignet. Car il n'existe pas d'antidote à la piqûre d'un stenrect.

Il y eut un murmure parmi les gardes. Certains se

signèrent furtivement. Le stenrect était censé être un monstre mythique d'origine surnaturelle, né, disait-on, du feu et de la haine avant la naissance du monde. De toutes les créatures réelles ou imaginaires, celle-ci était la plus redoutable. Et si personne ici n'en avait jamais vu avant — tous, en fait, auraient juré qu'il s'agissait d'un monstre imaginaire —, nul n'ignorait la légende, et nul ne tenait à imaginer les conséquences si leur jeune prince avait été piqué.

Le capitaine, remis du choc causé par la vue d'un stenrect en chair et en os, était maintenant en train de se rendre compte de l'importance de celui qui l'avait détruit. Car Morgan, lui aussi, était un être de légende. Et s'il avait, par inadvertance, offensé le puissant seigneur deryni, cela pouvait être pour lui, si la rumeur disait vrai, encore plus dangereux que de rencontrer un stenrect sur sa route.

Il s'inclina nerveusement devant Morgan en disant :

— Pardonnez-moi, Votre Grâce. Si j'avais su que mon suzerain était sous la protection de votre épée, je n'aurais pas été si prompt à dégainer la mienne. Votre réputation vous précède.

Il fit signe à ses hommes de se disperser. Morgan lui rendit son salut en réprimant un sourire.

— Je comprends votre position, capitaine.

Celui-ci s'éclaircit nerveusement la voix en se tournant vers Kelson.

— Encore toutes mes excuses, Sire. Désirez-vous que j'escorte Dame Elvira jusqu'à ses quartiers ?

— Certainement, capitaine, répondit le prince en jetant un coup d'œil ironique à la femme en question. À moins, naturellement, que cette dame ne désire rester un peu plus longtemps pour contempler le stenrect ?

Dame Elvira pâlit et recula de plusieurs pas.

— Oh, non, Votre Altesse ! S'il vous plaît ! Je ne pensais pas à mal. J'ignorais qu'il s'agissait de Sa Grâce, et à cette distance...

Confuse, elle n'acheva pas sa phrase.

— Nous apprécions votre sollicitude, Dame Elvira, fit Kelson avec un geste nonchalant qui indiquait que l'entretien était terminé.

La femme fit une brève révérence et prit le bras du capitaine. Ensemble, ils traversèrent le parc en direction de l'entrée voûtée des bâtiments. Il n'était pas difficile de deviner ce que le sujet de leur conversation allait être.

Tandis qu'ils disparaissaient dans le palais, Morgan fit remarquer en gloussant :

— Les dames de votre cour et vos gardes ont l'œil sur vous, mon prince.

— Dame Elvira a une imagination débordante, répliqua Kelson, cela lui a déjà été signalé. Quant aux gardes, ils sont nerveux en ce moment. Ils arrêteraient leur propre reflet en le voyant bouger. C'est une bonne chose qu'ils ne t'aient pas reconnu tout de suite. Les rumeurs qui courent en ce moment sur toi n'ont pas contribué à leur redonner le moral.

— Je commence à avoir l'habitude de ce genre de réaction, fit Morgan avec un sourire amer. Mais c'est plutôt le stenrect qui m'inquiète.

Kelson hocha la tête.

— Cette créature est-elle bien ce dont elle a l'air ? J'avais toujours cru qu'il s'agissait d'un mythe juste bon à faire peur aux enfants.

— Comme tu as pu le constater, c'est une créature réelle. Mais je me demande comment celle-ci a pu s'introduire dans tes jardins. Les stenrects ne sortent que la nuit. Il faut posséder un très grand pouvoir pour en invoquer une en plein jour. Charissa en est capable, naturellement, mais si elle a l'intention de te défier demain je ne vois pas très bien l'intérêt qu'elle aurait eu à faire cela.

— Tu ne penses pas qu'on ait voulu me tuer ?

— Te faire peur, oui, mais pas te tuer.

Morgan prit le bras de Kelson. Ensemble, ils se dirigèrent vers la grille d'entrée.

— Compte tenu de ce qui vient de se produire, déclara le général après avoir jeté un regard circulaire aux jardins, je crois qu'il serait préférable de poursuivre cette conversation entre quatre murs, dans la relative sécurité du palais. Maintenant qu'on a attenté à ta vie, sérieusement ou non...

— Tu n'as pas à me convaincre, répliqua Kelson en ouvrant la grille. Où veux-tu que nous allions ?

— Chez Duncan.

Morgan le précéda dans une longue galerie qui conduisait à la cour d'honneur.

— Le bon père Duncan a pour toi un certain nombre de choses qui pourront être utiles, ajouta-t-il.

— Je le savais ! s'exclama le jeune garçon. C'est bien toi qui détiens la clé des pouvoirs de mon père ! Pourquoi ne pas l'avoir dit plus tôt ? Je n'osais pas te le demander moi-même !

— Il fallait que je voie d'abord ce que tu avais déduit par toi-même, fit Morgan avec un sourire. En fait...

— Oh ! Votre Altesse ! Vous êtes là ! glapit à ce moment-là une jeune voix féminine.

Morgan s'arrêta net, les sourcils froncés. Kelson se retourna pour laisser échapper un incrédule :

— Oh, non ! Pas ça !

— Kelson, murmura Morgan entre ses dents, si tu me dis que c'est encore cette Dame Elvira à l'imagination débordante, je crois que...

— Désolé de te décevoir, chuchota le prince en essayant de ne rien laisser voir sur son visage de ce qu'il disait, mais il s'agit, cette fois-ci, de Dame Esther, qui est aussi écervelée qu'émotive.

Croisant patiemment les bras, il demanda :

— Qu'y a-t-il, Dame Esther ?

Morgan se tourna juste à temps pour voir une jeune dame d'honneur un peu dodue qui arrivait vers eux en courant, hors d'haleine, et s'arrêtait pour leur faire une révérence quelque peu essoufflée.

— Votre Altesse ! dit-elle d'une voix tremblante, Madame votre Mère m'a envoyée à votre recherche. Elle vous a fait quérir *partout*. Vous savez qu'elle n'aime pas du tout vous voir errer tout seul dans le palais. C'est *très* dangereux !

— Tu entends ça, Morgan ? fit Kelson en lançant un clin d'œil à son ami. C'est *très* dangereux !

— Vraiment ? ironisa le général en haussant un sourcil. Je ne l'avais pas remarqué.

Tandis que Dame Esther tendait vainement l'oreille pour essayer d'entendre ce qu'ils se disaient, Kelson se tourna vers elle.

— Chère Dame Esther, voulez-vous avoir la bonté d'informer Madame ma Mère que je suis en parfaite sécurité avec mon ami le général Morgan ?

Les yeux de Dame Esther s'arrondirent tandis qu'elle saisissait enfin l'identité du compagnon de Kelson. Une main dodue se porta devant ses lèvres pour étouffer un « oh ! » prononcé dans un souffle.

Faisant une nouvelle révérence, elle murmura :

— Je n'avais pas reconnu Votre Grâce.

Morgan fronça les sourcils en se tournant vers Kelson.

— Par tous les diables, Kelson, j'ai donc tellement changé ? C'est la vingtième personne qui ne me reconnaît pas aujourd'hui. À quoi sert la célébrité si personne ne sait jamais qui je suis en me voyant ?

— C'est peut-être parce que tu as laissé tes cornes et tes sabots fourchus au vestiaire, fit sèchement remarquer Kelson.

— Hum... C'est possible. Dites-moi, Dame Esther, n'aviez-vous pas non plus reconnu votre roi ?

— Je vous demande pardon, Votre Grâce ?

Morgan croisa les mains sur sa poitrine en soupirant.

— Dame Esther, poursuivit-il patiemment, je suis sûr que vous êtes à cette cour depuis assez longtemps pour savoir comment on s'adresse à son roi. Votre apparition dans cette galerie ne fut pas à mes yeux, malgré toute la compréhension dont je suis capable, un modèle de décorum. Vous feriez bien, à l'avenir, de manifester un peu mieux votre respect. Est-ce clair ?

— Oui, Votre Grâce, murmura Dame Esther en déglutissant avec peine.

Kelson regarda Morgan comme pour lui demander s'il avait terminé. Le général hocha légèrement la tête. Le jeune prince se tourna alors vers Dame Esther, de plus en plus nerveuse.

— Parfait. Excepté l'inquiétude prévisible de ma mère à mon sujet, y a-t-il un message particulier ?

Dame Esther exécuta une nouvelle révérence.

— Elle m'a ordonné de vous dire que le Conseil est sur le point de se réunir, Votre Alt... Majesté. Elle vous demande de vous y rendre sur-le-champ.

— Morgan ? demanda Kelson en se tournant vers le général.

— Plus tard, mon prince. Nous avons des affaires plus pressantes qui nous attendent ailleurs. Dame Esther, vous pouvez informer la reine que Sa Majesté sera légèrement en retard.

— Et que je suis en parfaite sécurité, ajouta Kelson avec emphase. Vous pouvez nous laisser, maintenant.

Tandis que la jeune dame d'honneur leur faisait une nouvelle révérence avant de se retirer en courant, Kelson poussa un long soupir.

— Tu vois à quoi il me faut faire face toute la journée, Morgan ? Non seulement je dois convaincre ma mère que je ne suis plus un enfant, mais il faut refaire toute l'éducation de ces satanés domestiques ! C'est bien vrai que je suis en sécurité avec toi, n'est-ce pas ? demanda-t-il avec un sourire.

— S'il s'agit de te protéger des stenrects et des assassins, toujours, je te le promets. Mais ne me demande pas d'affronter une autre dame de ta cour aujourd'hui, mon prince. Je ne crois pas que je serais à hauteur de la tâche.

Kelson s'esclaffa.

— Tiens, tiens ! Il y a donc quelque chose qui te fait peur, Morgan ! Je ne croyais pas entendre un jour cet aveu de ta bouche !

— Si tu oses le répéter à qui que ce soit, je nierai tout en bloc, répliqua Morgan. Mais suis-moi, il faut aller retrouver Duncan.

Dans la chambre du Conseil, toutes les conversations cessèrent lorsque Jehana entra au bras de Nigel. Les hommes assis autour de la longue table de bois poli se levèrent à l'unisson tandis que le duc escortait la reine jusqu'à son siège et continuait jusqu'à sa propre place, à l'autre extrémité de la table. Tout le monde put remarquer que la reine et le duc évitaient de se regarder, mais il n'y avait rien d'étonnant à cela. Ce n'était un secret pour personne qu'ils n'étaient pas d'accord sur la question inscrite à l'ordre du jour. Cette séance du Conseil ne ressemblerait à aucune autre. Personne ne céderait sans avoir chèrement défendu son point de vue. Ce qui était étrange, par contre, c'était que Kelson ne fût pas encore arrivé.

Jehana jeta un regard nerveux autour de la table. Le trône vide de Brion, à côté d'elle, lui rappelait l'heureuse époque où le roi et elle entraient ensemble dans cette salle et où tous les visages étaient amicaux. Elle ne se sentait pas, alors, si seule et si menacée. Les murs sombres n'avaient pas l'air si oppressants, le haut plafond voûté, avec ses poutres noires, n'était pas aussi sinistre. Certes, la lumière pénétrait par les fenêtres percées dans la muraille de droite, et de somptueux candélabres éclairaient abondamment la table de chaque côté, mais l'atmosphère n'en était pas moins lourde et déprimante. Peut-être était-ce dû à la présence de tous ces gens vêtus des couleurs sombres du deuil.

Jehana suivit distraitement des yeux le mouvement d'un ruisselet de cire jaune qui coulait par-dessus le bord d'une large chandelle. Sa main était posée sur la table à l'endroit où le roi en colère avait naguère cloué un parchemin avec sa dague jusqu'à ce qu'il réussisse à persuader son Conseil rétif que la loi proposée n'était pas bonne. Elle se força à contempler la profonde entaille restée intacte, puis releva la tête pour faire face aux regards tournés vers elle.

Mis à part ceux du roi, de Kelson et du seigneur Ralson, mort, aucun siège n'était vide aujourd'hui. Même celui de Morgan, entre les places de Kelson et de Ralson, était occupé par un jeune homme aux cheveux bruns en désordre, qui devait être l'aide de camp de Morgan, Derry, auquel Nigel avait donné l'autorisation de représenter le général. Si le jeune seigneur des Marches s'était imaginé qu'il allait pouvoir participer au vote à la place de Morgan, elle aurait vite fait de le remettre à sa place. Elle n'allait pas laisser Nigel ou les protégés de Morgan faire la loi dans cette assemblée.

Son regard se posa froidement sur Bran Coris, assis à droite, puis sur Ian, à l'air toujours aussi satisfait de lui-même, puis sur messire Rogier et, enfin, sur l'archevêque Arilan, assis à côté d'Ewan. Elle salua d'un signe de tête l'archevêque Corrigan, assis à sa gauche, à côté du duc Jared et de son fils Kevin, qu'elle ne salua pas. Avec Nigel, les deux McLain étaient sans doute les plus solides partisans de Morgan au Conseil. Elle aurait préféré ne pas avoir à les affronter aujourd'hui.

— Messire Ewan, dit-elle en se tournant vers celui-ci, voulez-vous déclarer la séance ouverte ? Nous avons d'importantes questions à débattre, et je ne pense pas qu'il convienne d'attendre plus longtemps.

Avant qu'Ewan eût le temps de se lever, Nigel bondit sur ses pieds pour protester.

— Un peu de patience, Majesté. Son Altesse Royale a été retenue et m'a demandé de retarder cette séance. Elle désire être présente lorsque certaines accusations à l'ordre du jour seront portées devant le Conseil.

Ignorant sa requête, Jehana se tourna de nouveau vers Ewan en disant :

— Messire Ewan, veuillez faire ce que je vous ai demandé.

— Je voudrais une réponse, Jehana, exigea Nigel.

— Messire Ewan !

Ce dernier se leva en hésitant et regarda Nigel, puis le fauteuil vide de Kelson à côté de lui. Il se racla la gorge.

— Majesté, si vous l'ordonnez, je déclarerai la séance ouverte en l'absence du prince Kelson. Mais si Son Altesse Royale a exprimé le désir d'assister aux débats, la courtoisie me semble...

— La courtoisie n'a rien à faire aujourd'hui dans ce Conseil, surtout quand il s'agit de la présence de mon estimé fils, messire le duc de Clairbourne, l'interrompit Jehana sans élever la voix. Le prince Kelson a été prévenu il y a plus d'une demi-heure que le Conseil allait commencer. Il n'a pas daigné se présenter. Il semble avoir des occupations qu'il considère comme plus importantes que ses devoirs envers cette Chambre. Je ne peux que m'excuser en son nom de sa conduite immature et irresponsable. J'espère qu'il s'améliorera avec l'âge et avec de meilleurs conseillers. En ce qui concerne la présente séance, je vous rappelle qu'il s'agit d'un Conseil de *Régence* et que la présence du jeune prince n'est pas obligatoire. Y a-t-il des questions ?

Un murmure courut autour de la table. Nigel se rassit en baissant les épaules d'un air accablé. Il avait fait tout ce qu'il avait pu. Jehana prenait à cœur le retard de son fils. Décidément, la réunion ne commençait pas sous les meilleurs auspices.

Après avoir regardé nerveusement autour de lui et toussé plusieurs fois, Ewan se tourna vers la reine en inclinant la tête.

— Il n'y a pas de questions, Votre Majesté. Puisqu'il en est ainsi, en ma qualité de Connétable héréditaire du Conseil Royal de Gwynedd, je déclare ouverte la présente séance du Conseil de Régence. Que la justice, tempérée par la miséricorde, préside à tous nos jugements.

Tandis qu'il reprenait sa place en grommelant dans sa barbe, un nouveau murmure fit le tour de l'assemblée. Le silence complet se rétablit lorsque Jehana se leva.

— Messeigneurs, dit-elle, pâle et farouche dans ses atours de veuve, c'est avec une grande détresse que je prends aujourd'hui la parole devant vous. Une grande détresse à l'idée que mon défunt seigneur et mari n'était pas infaillible, comme il m'avait toujours plu de le croire. Il m'est apparu, en effet, que le roi avait commis une grave erreur en nommant l'un des membres de ce Conseil. Cet homme était et est toujours un traître et un blasphémateur. En cet instant même, il conspire contre l'héritier légitime du trône. C'est la raison pour laquelle le prince Kelson n'est pas encore parmi nous dans cette assemblée. Cet homme, vous le connaissez bien, Messeigneurs. Il s'agit, bien entendu, du duc de Corwyn, le général Alaric Anthony Morgan, le Deryni !

CHAPITRE 4

Et je lui donnerai l'étoile du matin.

Révélation, 2, 28

Tout en regardant bouillonner l'eau dans le bénitier qu'il était en train de remplir, Monsignor Duncan McLain laissait vagabonder ses pensées et s'efforçait d'ouvrir son esprit au maximum de sa réceptivité.

Le temps commençait à manquer. Alaric aurait dû être là depuis plusieurs heures. Il était ennuyé de n'avoir pu communiquer avec son parent depuis tant de mois. Peut-être ne viendrait-il pas. Peut-être n'était-il même pas au courant de la mort de Brion, bien que la nouvelle fût diffusée maintenant, en principe, aux quatre coins des Onze Royaumes.

Alors que l'eau allait déborder, Duncan se figea, l'espace d'une fraction de seconde, puis déposa la cruche à terre.

Alaric arrivait. Il était accompagné du jeune prince. Impossible de se tromper sur l'urgence qui envahissait de plus en plus les sens de Duncan.

Il gagna en hâte le portail demeuré ouvert à l'ouest, lissant sa soutane froissée d'un mouvement automatique de ses longs doigts minces. Face à la lumière aveuglante de cette fin de matinée, il mit sa main en visière sur son front.

Au loin, contre la grisaille de la muraille opposée, juste devant la grille de la cour d'honneur, il vit briller la pourpre de l'habit royal de Kelson, avec son blason d'or qui luisait au soleil. À son côté s'avançait une silhouette noire, surmontée d'une abondante chevelure blonde, dont les grands pas diminuaient à vue d'œil la distance qui les séparait.

Tandis que les deux arrivants grimpaient les marches de l'entrée ouest, Duncan perçut l'aura rassurante qui accompagnait presque toujours son illustre cousin. Poussant un soupir de soulagement, il s'avança pour accueillir ses visiteurs.

— Par saint George et par saint Camber, je commençais à m'inquiéter, dit-il en attirant Morgan et le prince dans l'ombre du portail. Pourquoi avez-vous mis si longtemps ?

— Je t'expliquerai plus tard, lui dit Morgan en jetant un coup d'œil inquiet aux fenêtres et à l'entrée de la nef. Tu es surveillé ?

— J'en ai bien peur, fit Duncan en hochant la tête. Les gardes de la reine ne quittent pas la basilique depuis les funérailles de Brion. Toutefois, je ne crois pas qu'ils me soupçonnent. Après tout, je suis le confesseur de Kelson, et ils ont dû se douter que tu viendrais d'abord ici.

— J'espère que tu ne te trompes pas, soupira Morgan. Si jamais ils venaient à te soupçonner d'exercer d'autres fonctions que celles qui te sont officiellement attribuées, notre peau à tous ne vaudrait plus grand-chose.

— Soyons prudents, fit Duncan en se baissant pour prendre la cruche vide et en leur faisant signe de le suivre dans l'allée. Si quelqu'un nous demande une explication, tu es ici pour te confesser et recevoir le sacrement avant ton jugement. Je ne pense pas qu'ils puissent te dénier ce droit.

— Entendu.

Morgan s'efforça d'observer discrètement les fidèles présents dans la basilique. Duncan avait raison. Il y avait au moins trois ou quatre hommes de la reine parmi eux. Et, à en juger par la manière dont ils le regardaient, ce n'était certainement pas un excès de piété ou de dévotion qui les avait amenés à Saint-Hilaire si régulièrement ces derniers jours.

Ils s'arrêtèrent au bout de l'allée pour s'agenouiller respectueusement, l'un après l'autre, devant le maître-autel. Morgan s'efforça de prendre un air de contrition approprié à l'intention de ceux qui les observaient. Il dut être suffisamment convaincant, car personne n'essaya de les arrêter lorsqu'ils franchirent une petite porte latérale.

Une fois à l'abri du bureau de Duncan, pendant que celui-ci traversait la pièce pour se débarrasser de sa cruche, Morgan verrouilla la porte d'un geste vif, puis embrassa du regard cette pièce qu'il connaissait bien.

Elle ne faisait pas plus de quatre mètres sur cinq, et elle était meublée, sur toute la longueur des deux murs principaux, d'étagères remplies de livres et de riches tapisseries décrivant des scènes de chasse et de vie à la cour. Dans le mur opposé à la porte s'ouvrait une haute fenêtre cachée par d'épaisses tentures de velours grenat. Une énorme cheminée de pierre grise occupait presque tout le mur de la porte. Son immense manteau était dépouillé de tout ornement, à l'exception d'une paire de chandeliers en terre portant d'épaisses bougies jaunes et d'une petite icône de saint Hilaire, patron de la basilique.

Sur la droite de la fenêtre, un prie-Dieu délicatement ouvragé faisait face à l'encoignure. Son agenouilloir et son accoudoir étaient tapissés du même velours grenat que celui des draperies. Un crucifix en ivoire se dressait sur un petit socle dans l'encoignure elle-même, flanqué par des chandelles votives à la flamme vacillante posées sur des bougeoirs de verre rubis. Sur la gauche et devant la fenêtre, un petit bureau de bois sombre et poli était couvert de livres et de parchemins.

Au centre de la pièce, à quatre pas de distance environ de la cheminée, une lourde table ronde en chêne poli dominait tout le reste. Ses pieds fourchus reposaient solidement sur le sol de marbre. Autour d'elle, deux fauteuils identiques, à dossier haut, se faisaient face. Plusieurs autres, du même style, étaient disposés devant la cheminée, face à l'âtre. Entre la table et la cheminée, le sol était couvert d'un épais tapis qui absorbait le froid et les résonances qui, autrement, auraient pu affecter la salle.

Morgan écarta l'un des fauteuils de la table pour que Kelson y prenne place, puis traîna un troisième siège, qu'il prit devant la cheminée, pour l'occuper lui-même. Pendant ce temps, Duncan, après avoir déposé sa cruche vide, allait jusqu'à la fenêtre pour écarter les lourdes tentures.

— Je ne sais pas si c'est une bonne idée, lui dit Morgan.

Duncan lança un bref regard à son cousin, puis rapprocha son front du vitrail couleur d'ambre pour regarder à l'extérieur.

— Il n'y a aucun risque, dit-il. On ne voit rien à l'intérieur en plein jour. De toute manière, le verre déforme tout. Par contre, ajouta-t-il en prenant place face à la fenêtre, nous saurons si quelqu'un vient de l'extérieur. Cela nous sera utile dans une trentaine de minutes, si mes prévisions sont exactes.

— Si tôt ? fit Morgan d'une voix neutre en tirant de sa tunique une petite bourse de cuir noir. Il faut faire vite, dans ce cas, n'est-ce pas ?

Il posa la bourse au milieu de la table et commença à en défaire le cordon.

— Il me faudrait un peu plus de lumière, Duncan, s'il te plaît, dit-il. Au fait, depuis quand remplis-tu le bénitier toi-même ? Je te croyais au-dessus de ces tâches.

Duncan renifla en signe de dérision tout en se levant pour prendre sur son bureau un haut candélabre qu'il plaça sur la table.

— J'apprécie ton humour, cousin. Tu sais très bien que mes assistants sont tous à la cathédrale pour préparer le couronnement de Kelson, demain. (Il sourit au jeune garçon avant de se rasseoir.) Je n'ai pas besoin de te rappeler où se trouve mon estimé archevêque en ce moment, ajouta-t-il. Il m'a donné, exceptionnellement, la permission de rester ici, pour le cas où notre jeune prince aurait besoin de moi. Et c'est bien le cas, je crois, mais pas exactement de la manière qu'il envisageait.

Morgan et lui échangèrent un sourire complice. Kelson donna un coup de coude discret à Morgan pour lui manifester son impatience, le cou tendu dans l'espoir de voir ce qu'il y avait dans la bourse que le général n'avait pas encore ouverte.

Morgan adressa un sourire rassurant au jeune garçon, puis écarta les lèvres de la bourse. Glissant deux doigts gantés à l'intérieur, il en sortit délicatement un objet qui lançait mille feux d'or et de rubis, et le fit rouler dans le creux de sa main.

Devant le cri étouffé de Kelson, Morgan tendit sa main ouverte au jeune prince.

— Tu reconnais cette bague ? demanda-t-il. N'y touche pas. Tu n'es pas protégé.

Kelson laissa échapper la respiration qu'il retenait, et retira sa main, les yeux agrandis d'émerveillement.

— C'est l'Anneau de Feu, le sceau de pouvoir de mon père. Comment est-il en ta possession ?

— Brion me l'a donné à garder avant mon départ pour Cardosa, répondit Morgan en retournant légèrement l'anneau dans sa main pour en faire briller les pierres.

— Tu permets ? demanda Duncan en tirant un mouchoir de soie de sa manche et en tendant la main.

Morgan hocha la tête.

Entourant ses doigts du mouchoir, Duncan saisit délicatement l'anneau et le porta à la lumière du candélabre. Tandis qu'il le retournait entre ses doigts, les pierres jetèrent des reflets brillants sur les trois hommes et sur les tapisseries murales.

Après avoir examiné minutieusement la bague, Duncan la posa au milieu de la table avec le mouchoir de soie blanche.

— Pas de doute, il est authentique, dit-il sur un ton de léger soulagement. Je perçois très bien son pouvoir résiduel. Tu as le sceau ?

Morgan hocha la tête tout en commençant à retirer ses gants.

— C'est toi qui devras aller chercher le reste, cependant, dit-il à Duncan. Je n'ose pas approcher de l'autel tant que les espions de Jehana sont là. Ça ne t'ennuie pas ?

Il retira d'un de ses doigts une bague ouvragée qu'il tint entre le pouce et l'index. Kelson se pencha pour l'examiner.

— *De sable au griffon ségréant de sinople*... Ce sont les vieilles armes de Corwyn, n'est-ce pas, Morgan ?

— Exact, il y a longtemps que Brion a fait faire cette bague. Et, comme les armes sont celles de ma mère derynie, il a pensé qu'elles étaient particulièrement appropriées pour abriter la clé de tes pouvoirs. Il va falloir que je l'accorde sur toi, ajouta-t-il en se tournant vers Duncan. Es-tu prêt ?

— Tu crois que... fit Duncan en désignant Kelson d'un mouvement de menton.

Morgan considéra le jeune prince, puis, de nouveau, son cousin, avec un léger sourire.

— Je ne pense pas qu'il y ait un problème, dit-il. S'il ne s'en doute pas déjà, il aura tout découvert d'ici demain, de toute manière. Je pense que notre secret sera bien gardé avec lui.

— Parfait, déclara Duncan en hochant la tête. Il n'y a rien de très mystérieux dans tout ça, expliqua-t-il à Kelson en lui souriant de manière rassurante. Le sceau au griffon, une fois activé, permet d'ouvrir un compartiment secret du maître-autel. Il y a bien longtemps de cela, il a été accordé par ton père sur Alaric, afin qu'il puisse, le moment venu, retirer les objets qui ont été mis là pour toi. Comme tu peux le constater, la pierre sertie dans le griffon luit un peu plus lorsque c'est Alaric qui le tient. Cela signifie qu'il est encore accordé sur lui. Si quelqu'un d'autre le prend, toi ou moi, par exemple, il ne se passe rien.

Il se tourna vers Morgan, mais continua de parler à l'intention du jeune prince.

— J'ajoute que seules certaines personnes peuvent s'accorder à ce genre d'objet. Et je suis... l'une d'elles, comme Alaric.

Avant que l'impact de ce qu'il venait de dire pût faire pleinement effet sur Kelson, Morgan leva le griffon entre son cousin et lui, et haussa un sourcil.

— Prêt ?

Duncan hocha la tête. Les deux hommes se concentrèrent intensément sur l'image du griffon, au centre du sceau.

Kelson les observait, médusé, tandis qu'ils demeuraient parfaitement immobiles, les yeux fermés. Il était sûr que le seul bruit dans la pièce était celui de sa propre respiration rauque. Au bout d'un long moment, la main de Duncan s'avança lentement vers la bague. Il avait gardé les yeux fermés.

Juste avant qu'il la touche, un faible éclair relia la bague à sa main. Puis les deux hommes la tinrent en même temps. Ils rouvrirent alors les yeux. Morgan lâcha le griffon, qui continua de briller d'un éclat pâle.

— Ça a marché, murmura Kelson.

C'était à la fois une constatation et une question.

— Bien sûr, lui dit Duncan. Ouvre la main, et tu pourras le voir par toi-même.

Kelson tendit le bras. Il frémit lorsque Duncan déposa délicatement la bague au creux de sa paume. Elle était froide au toucher. Elle aurait dû, pourtant, être à la température du corps. Lorsqu'il regarda le griffon, il posa vivement la bague sur la table en demandant :

— Qu'est-ce que j'ai fait ? Elle ne brille plus !

— C'est vrai ! répliqua Duncan avec un sourire, en faisant claquer ses doigts. J'oubliais que tu n'étais pas accordé ! Il reprit le sceau et le montra au prince. Le griffon brillait de nouveau.

Tandis que le jeune garçon, impressionné, souriait à

son tour, Duncan se leva, lança la bague en l'air et la rattrapa prestement en disant :

— Je reviens tout de suite.

Lorsqu'il fut seul avec Morgan, Kelson se tourna vers son ami.

— Duncan est un Deryni, j'ai bien compris ? dit-il. Je croyais que vous étiez parents du côté paternel. C'est donc du côté maternel ?

— Des deux côtés, corrigea Morgan. Nous sommes bien cousins au cinquième degré du côté paternel, mais la mère de Duncan et la mienne étaient sœurs. Naturellement, c'est un secret bien gardé. Il pourrait être embarrassant, pour quelqu'un qui occupe sa position, que l'on découvre qu'il a du sang deryni dans les veines. Rares sont ceux d'entre nous qui ont oublié l'inquisition et les persécutions dont nous avons été victimes il y a un peu plus d'un siècle. Les ressentiments, même aujourd'hui, sont loin d'avoir disparu, comme tu ne l'ignores certainement pas.

— Tu n'as pourtant pas peur de proclamer tes origines.

— C'est exact, mais je constitue une exception, mon prince. Pour la plupart d'entre nous, il n'y a pas d'avenir ni de protection à envisager. Le résultat est que les Derynis ont tendance à cacher leur héritage, même s'ils n'auraient envie d'utiliser leurs pouvoirs que pour la bonne cause. Cela n'est pas sans créer des conflits, naturellement, ajouta-t-il en penchant gravement la tête vers le jeune prince. Tandis que, d'un côté, nous aimerions utiliser nos pouvoirs naturels, de l'autre, nous sommes arrêtés par un sentiment de culpabilité et par l'interdit de l'Église et de l'État.

— Malgré tout, c'est la voie que tu as choisie, insista Kelson.

— C'est vrai. J'ai choisi depuis le début d'utiliser mes pouvoirs un peu plus ouvertement, quelles que soient les conséquences. J'ai eu la chance de bénéficier de la protection de ton père jusqu'à ce que je sois assez grand pour me défendre moi-même. Cela sert, de n'être qu'à moitié deryni.

Il contempla ses mains.

— Et Duncan ? demanda tranquillement Kelson.

— Il a choisi une autre voie, fit Morgan en souriant. Celle de l'Église.

Duncan s'arrêta dans la sacristie pour coller son œil au judas afin d'examiner la nef. Il était reconnaissant aux bâtisseurs de Saint-Hilaire qui avaient eu la bonne idée d'installer ce système. Ce n'était pas, sans doute, l'usage auquel ils avaient pensé — le judas était plutôt là pour aider à la coordination des services et autres manifestations liturgiques —, mais Duncan ne pensait pas qu'ils élèveraient une objection s'ils le voyaient.

De l'endroit où il se trouvait, il apercevait la totalité de la nef, de la première rangée de bancs jusqu'aux portes du fond, d'une fenêtre latérale à l'autre. Et ce qu'il voyait ne faisait que renforcer sa conviction que les choses n'allaient pas être aussi faciles pour lui qu'il l'avait espéré.

Les gardes de la reine dont il avait parlé à Alaric étaient encore là, y compris les deux qui le surveillaient plus particulièrement depuis quelques jours. Il savait qu'ils faisaient partie du régiment personnel de la reine, et se demanda en passant s'ils avaient des soupçons en ce qui le concernait. Il n'avait commis aucune action susceptible d'attirer l'attention, à part le simple fait d'être le confesseur de Kelson et le cousin d'Alaric, mais on ne savait jamais avec ces gens-là.

Il prit une étole brochée dans une armoire et la passa autour de son cou après avoir respectueusement posé les lèvres sur un coin du tissu. Avec ces chiens de garde royaux perpétuellement sur le qui-vive, il ne pouvait pas aller simplement ouvrir l'autel pour en retirer les objets qu'il contenait. Leurs soupçons s'éveilleraient dès qu'il pénétrerait dans le sanctuaire. Il lui fallait créer une diversion.

L'œil collé au judas, il conçut un plan.

Puisque les gardes de la reine étaient suspicieux de tout et voulaient compliquer les choses, il agirait de même. Il ne lui était pas interdit de recourir à la ruse en utilisant ses fonctions sacerdotales pour détourner l'attention. Si cela échouait, il pourrait toujours avoir recours à l'intimidation, en s'abritant derrière la puissance de l'Église et la menace d'anathème.

Respirant un grand coup pour se donner une expression appropriée, Duncan ouvrit la porte et pénétra dans le sanctuaire. Comme il s'y attendait, l'un des gardes quitta immédiatement son siège et s'avança dans l'allée centrale.

Parfait, se dit-il en opérant une génuflexion prolongée afin de lui donner le temps d'approcher. *Il est tout seul, et il n'a pas tiré son épée. Voyons maintenant ce qu'il va faire.*

Il se remit debout. Tandis que l'écho des pas du garde résonnait dans la basilique, Duncan porta négligemment la main à sa ceinture pour y prendre la clé du tabernacle. Puis, au moment où ses sens lui disaient que l'homme était presque arrivé à hauteur de la barre de l'autel, il laissa glisser la clé de ses doigts. Feignant une tentative maladroite de la rattraper avant qu'elle touche le sol, il l'envoya rebondir sur les marches de marbre, jusqu'à ce qu'elle aboutisse aux pieds du garde surpris.

Duncan tourna alors ses yeux bleus innocents vers l'homme, en laissant voir sur son visage une expression de contrariété profonde. Il descendit les marches. Il était si désarmant de sincérité que le garde, sans se rendre compte de ce qu'il faisait, se baissa pour ramasser la clé et la déposa dans la main tendue de Duncan.

— Merci, mon fils, murmura ce dernier de sa voix la plus onctueuse.

L'homme hocha nerveusement la tête, mais ne fit pas mine de se retirer.

— Vous désiriez quelque chose ? lui demanda Duncan.

Le garde se tortilla d'un air gêné.

— Monsignor, il faut que je vous pose une question. Est-ce que le général Morgan est avec vous ?

— Vous voulez dire dans mon bureau ? demanda patiemment Duncan, l'air plus innocent que jamais.

Le garde hocha la tête.

— Le général Morgan est venu me trouver en tant que pénitent, murmura Duncan. Il désire recevoir les sacrements avant son procès, de même que le prince Kelson. Y a-t-il du mal à cela ?

L'explication prit l'homme au dépourvu. De toute évidence, l'idée que Morgan pût être autre chose qu'un infidèle et un païen ne l'avait jamais effleuré. Ce n'était pas le genre d'explication qu'il avait attendu. Qui était-il pour se mettre en travers du salut d'un homme, particulièrement quand il s'agissait de quelqu'un qui en avait autant besoin que le général Alaric Morgan ?

Convaincu d'avoir interrompu une activité très normale et très sacerdotale, le garde recula d'un pas en hochant la tête et en s'inclinant. Tandis que Duncan se tournait tranquillement vers l'autel, l'homme revint en hâte à son banc, vers le haut de l'allée centrale, où il s'agenouilla avec ses collègues, non sans s'être préalablement signé superstitieusement.

Duncan grimpa avec soulagement les marches du maître-autel. Les regards des gardes devaient être braqués sur lui, bien qu'ils fussent tous en apparence plongés dans un accès de ferveur redoublée, mais leur collègue devait être en train de leur expliquer ce qui venait de se passer, et ils n'interviendraient plus, à moins qu'il ne fasse quelque chose d'inhabituel pour attirer leur attention. Naturellement, ils allaient prévenir Jehana de l'endroit où se trouvaient Morgan et Kelson, mais nul ne pouvait empêcher cela.

Après s'être incliné devant le tabernacle, Duncan écarta délicatement le rideau de soie verte qui recouvrait la double porte dorée. Tandis que sa main droite tournait la clé dans la serrure, sa main gauche saisissait le griffon et le mettait en contact avec la pierre de l'autel.

Il retira un calice couvert au moment où une section de quarante centimètres carrés de pierre d'autel coulissait légèrement pour donner accès à un coffret noir. Il retira deux autres calices et les posa sur l'autel, où il transversa ostensiblement leur contenu de manière à ne plus en avoir que deux de pleins et non trois. Puis, au lieu de remettre le couvercle du calice vide en place avec son linge, il glissa le coffret sur le vase sacré et recouvrit le tout d'une pale de soie verte.

Cela fait, il remit les deux autres calices en place et referma les portes d'une main non sans avoir, de l'autre, commandé la fermeture du compartiment secret à l'aide du griffon. Il recula d'un pas, s'inclina de nouveau et ressortit du sanctuaire. L'opération avait duré en tout moins de deux minutes.

De retour à la sacristie, il se défit de son étole et regarda par le judas. L'un des gardes était en train de quitter la basilique, sans doute pour informer la reine, comme il fallait s'y attendre. Mais le manège de Duncan n'avait, apparemment, suscité aucun soupçon. Les deux gardes n'avaient pas bougé de leur place.

Il serra le coffret sous sa large ceinture, et rangea le calice vide sur une étagère qui en contenait plusieurs autres. Puis il retourna dans le bureau, dont il referma soigneusement la porte.

— Pas de problème ? demanda Morgan au prêtre tandis que celui-ci posait le précieux coffret sur la table.

— Aucun, répondit Duncan.

Il rendit le griffon à Morgan et s'assit.

— Un messager est allé prévenir la reine de votre présence ici, dit-il.

Morgan haussa les épaules.

— Il fallait s'y attendre. Voyons ce qu'il y a là-dedans.

Il prit le coffret dans ses mains.

— Est-ce que le sceau l'ouvre aussi ? demanda Kelson

en rapprochant son fauteuil de celui de Morgan. Regarde, il y a aussi un griffon gravé dans le couvercle.

Morgan apposa la bague à l'endroit qu'il indiquait. Le couvercle s'ouvrit avec un déclic musical. Il y avait à l'intérieur un parchemin plusieurs fois plié ainsi qu'un autre coffret, légèrement plus petit. Sur le couvercle de celui-ci, un lion d'or était gravé sur un fond de velours pourpre. Tandis que Duncan dépliait le parchemin, Morgan sortit le second coffret pour l'examiner de plus près.

— Il faut un autre sceau pour l'ouvrir, dit-il en le posant sur la table à côté de l'Anneau de Feu. Ce document contient nos instructions ?

— Apparemment, répondit Duncan en étalant à la lumière le parchemin froissé. Voyons un peu ça.

Quand le Fils pourra-t-il dévier le cours des [marées ?
Un Porte-parole de l'Infini devra guider
La main de son Protecteur Noir pour répandre le [sang
Qui éclaire l'Œil de Rom à vêpres.

Le même sang devra promptement nourrir l'Anneau [de
Feu

Mais prends garde d'éveiller l'Ire du Démon.
Si ta main trop tôt retire le bandeau virginal,
Une juste colère damnera l'objet de tes désirs.

Maintenant que l'Œil de Rom aperçoit la lumière,
Lâche le Lion Écarlate dans la nuit
D'une sinistre main qui ne tremblera point.
La Dent du Lion percera la chair, assurant le [Pouvoir.

Ainsi, l'Œil et le Feu pourront se désaltérer à loisir
Et le puissant courroux guerrier du Mal sera calmé.
Matin nouveau, main baguée. Le Signe du Défenseur
Scellera ta Force, et ta volonté ne sera contrariée
Par aucune Puissance d'En bas.

Morgan se laissa aller en arrière contre le dossier de son fauteuil en laissant échapper un léger sifflement.

— C'est Brion qui a écrit ça ?
— L'écriture est de lui, répliqua Duncan en posant sur le parchemin un index à l'ongle soigné. Tu peux t'en assurer toi-même.

Morgan se pencha en avant. Il relut soigneusement les vers, en remuant les lèvres comme pour les apprendre par cœur, puis il se pencha de nouveau en arrière avec un soupir.

— Nous qui jugions obscur le rituel des pouvoirs de Brion ! En forçant un peu, il aurait pu trouver quelque chose de vraiment *difficile* !

Kelson, qui avait suivi cette conversation bouche bée, fut incapable de se contenir plus longtemps.

— Vous voulez dire que ce n'est pas le même rituel ? demanda-t-il.

Duncan secoua négativement la tête.

— Il change à chaque transmission, Kelson. C'est une sécurité destinée à empêcher le pouvoir de tomber en de mauvaises mains. Sans elle, théoriquement, n'importe qui pourrait apprendre la technique, rassembler les éléments du rituel et s'emparer du pouvoir à des fins personnelles. À strictement parler, le pouvoir est censé n'être transmissible qu'à l'héritier légitime, mais il y a toujours des moyens de contourner ces barrières techniques.

— Ah ! fit Kelson d'une voix timide et hésitante. Mais par où commencer avec un truc comme ça ?

Il prit le parchemin comme si c'était une créature qui n'était pas encore tout à fait morte et qui risquait de mordre. Il le regarda d'un air suspicieux, puis le laissa retomber sur la table.

— Alaric ? demanda Duncan.

— Je te laisse faire. Tu en sais plus que moi sur ces choses-là.

Duncan se racla nerveusement la gorge et tira le parchemin vers lui. Puis il regarda Kelson.

— Très bien. Face à une énigme de ce genre, la première approche consiste à dégager les composantes de base, qui sont celles du rituel. Dans le cas présent, nous avons deux groupes de trois éléments et un de quatre. Trois personnes, d'abord : le Fils, le Protecteur Noir et le Porte-parole de l'Infini. C'est-à-dire toi, Morgan et moi. Ils sont nommés dans la première strophe, et ils constituent notre composante humaine.

— *Presque* humaine, cousin, murmura Morgan en joignant le bout des doigts de ses deux mains et en regardant Duncan avec un léger rictus.

Duncan haussa un sourcil.

— Trois personnes, fit Kelson, impatient, en donnant un coup de coude à Duncan. Continue, s'il te plaît.

— Par ailleurs, il y a trois objets, poursuivit le père Duncan en hochant la tête. L'Œil de Rom, l'Anneau de Feu et le Lion Écarlate. Ce sont nos...

— Une seconde, fit Morgan en se redressant brusquement dans son siège. Je viens de penser à une horrible possibilité. Où est l'Œil de Rom, Kelson ?

Le visage du prince demeura sans expression.

— Comment veux-tu que je le sache ? demanda-t-il. Il faudrait d'abord que tu m'expliques ce que c'est.

Duncan jeta un coup d'œil atterré à Morgan avant de répondre.

— Il s'agit d'un rubis sombre, taillé en cabochon, de la taille de mon petit doigt, que ton père portait toujours à l'oreille gauche. Tu le connais forcément.

Les yeux de Kelson s'agrandirent. Une expression d'appréhension se peignit sur son visage.

— Je vois très bien ! Je ne savais pas qu'on l'appelait ainsi. Mais ce bijou est resté sur lui ! Comment aurais-je pu deviner ?

Les lèvres de Morgan se plissèrent sous l'effet de la concentration. Il suivit du doigt, sur le coffret, les contours du lion doré. Puis il tourna un regard résigné vers Duncan en disant :

— Il faut ouvrir le tombeau.

— Nous n'avons pas le choix, approuva Duncan.

— Ouvrir le tombeau ? répéta Kelson. Mais c'est impossible, Morgan ! On ne peut pas faire ça !

— C'est nécessaire, répliqua tranquillement Duncan. Sans l'Œil de Rom, le rituel ne peut s'accomplir. (Il baissa les yeux.) C'est une... bonne chose, d'ailleurs. Si Charissa est vraiment responsable de la mort du roi — et tout semble indiquer qu'elle l'est —, il y a une... possibilité pour qu'il ne soit pas tout à fait... libre.

Les yeux de Kelson s'agrandirent davantage. Les quelques couleurs encore présentes sur son visage avaient totalement disparu.

— Tu veux dire que son âme serait...

— Où se trouve son corps ? coupa Morgan pour détourner la conversation avant que l'horreur ne s'empare totalement du jeune garçon. Il faut établir un plan d'action, si nous voulons aboutir quelque part.

— Il est dans la crypte royale, sous la cathédrale, répondit Duncan. Quatre hommes montent la garde en permanence, avec ordre de ne laisser approcher personne. On ne voit même pas sa sépulture de l'extérieur.

— Quatre gardes ? répéta Morgan en faisant distraitement tourner sa bague dans sa main. Ils sont probablement moins que ça la nuit. Lorsque les portes de la cathédrale se referment, après complies, ils n'ont plus besoin d'un tel effectif. Je pense que nous devrions pouvoir y arriver.

Kelson lui jeta un regard incrédule. Les couleurs revenaient progressivement sur son visage.

— Nous allons vraiment ouvrir le cercueil ? demanda-t-il.

Morgan allait répondre lorsqu'il fut interrompu par un bruit de sabots dans la cour extérieure. Duncan bondit sur ses pieds et se précipita à la fenêtre. Puis il tira les tentures en hâte.

Morgan était déjà à ses côtés, et regardait par l'étroite ouverture entre les draperies.

— Tu les reconnais ? demanda-t-il à Duncan.

— C'est l'archevêque Loris. Mais il est difficile de dire, d'après l'importance de son escorte, s'il arrive simplement dans la cité ou s'il est là pour toi.

— Il est venu me chercher. Vois comment il déploie ses hommes. Il sait que nous sommes là. Nous allons être encerclés d'ici quelques secondes.

Kelson les avait rejoints à la fenêtre, l'air consterné.

— Q'allons-nous faire, maintenant ? demanda-t-il.

— Je n'ai plus qu'à me rendre, déclara Morgan.

— Morgan, non ! s'écria le prince.

— C'est la seule chose à faire, murmura Duncan en guidant fermement le jeune garçon vers son fauteuil. Si Alaric se dérobe à l'injonction légale du Conseil, *ton* Conseil, il bafoue les lois mêmes qu'il a juré de faire respecter en tant que membre de cette assemblée. Et si tu négliges tes devoirs en tant que chef du Conseil, tu te places exactement dans la même situation.

— Ce n'est pas encore mon Conseil, protesta Kelson. C'est celui de ma mère. Elle a juré de faire exécuter Morgan.

Duncan prit l'Anneau de Feu, le parchemin et le coffret pourpre. Il les porta jusqu'au prie-Dieu en disant :

— Il s'agit bien de ton Conseil, mais il va falloir que tu le leur rappelles, je pense.

Il toucha une saillie dans le bois du prie-Dieu, et un compartiment secret s'ouvrit dans le mur voisin.

— D'ailleurs, reprit-il, il n'y a plus grand-chose que nous puissions faire ce soir. Tu dois maintenant essayer de gagner du temps devant ton Conseil. Quelques-uns de tes plus grands ennemis y siègent en ce moment même. Au moins, tu sais où ils sont, et ils ne peuvent pas fomenter de nouvelles traîtrises en même temps.

Après avoir placé les objets du rituel dans le compartiment secret, il le referma soigneusement.

— Ils seront en sécurité ici jusqu'à cette nuit, dit-il.

Kelson ne se laissa pas détourner de son sujet.

— S'ils le déclarent coupable, comme c'est probable,

dit-il, qu'est-ce que je vais faire ? Approuver la sentence de mort ?

— Si les choses en arrivent là, oui, fit Morgan en lui touchant l'épaule pour le rassurer. Mais souviens-toi que je ne suis pas encore condamné. Même sans armes, un Deryni a de formidables défenses à sa disposition.

— Mais, Morgan...

— Pas de discussion, mon prince, fit Morgan en guidant Kelson vers la porte. Aie confiance, je sais ce que je fais.

Kelson baissa la tête. Duncan fit glisser le verrou et ouvrit la porte en disant :

— Ici après complies, Alaric ?

Morgan hocha la tête.

— Je te ferai savoir l'issue.

— Je saurai, de toute manière, déclara le prêtre. Bonne chance, cousin.

Morgan le remercia d'un signe de tête et entraîna le garçon réticent dans le couloir qui menait à la cour extérieure. Kelson entendit la porte se refermer derrière eux tandis que le prêtre murmurait une courte bénédiction. Il était rassurant de savoir qu'il pouvait compter sur un homme comme Duncan.

Le général et le jeune prince furent entourés de soldats en armes dès qu'ils émergèrent à la lumière du soleil. Kelson leur jeta des regards furieux, et ils détournèrent leurs épées lorsqu'ils le reconnurent. Mais Morgan prit bien garde de laisser ses mains en vue, loin de ses propres armes. Un coup d'épée intempestif donné par un soldat trop nerveux pouvait mettre un terme définitif à toute chance de survie du futur roi, sans mentionner la vie de Morgan lui-même. Il vit que le jeune garçon se tenait le plus près possible de lui, l'air pâle mais déterminé, tandis que Loris s'avançait vers eux.

L'archevêque de Valoret était encore en costume de cheval. Son manteau de voyage de couleur noire était poussiéreux, froissé par une longue chevauchée. Malgré la fatigue du voyage, cependant, le personnage était toujours aussi impressionnant. Bien que Morgan n'eût pas oublié le traitement qu'il avait fait subir à certains de ses confrères derynis du Nord, il était obligé d'admettre que Loris faisait partie des rares individus capables d'irradier cette aura de puissance et de dignité que l'on associe généralement aux ecclésiastiques de haut rang.

Ses yeux bleus avaient l'éclat flamboyant de ceux des fanatiques religieux. Ses cheveux gris formaient un fin halo en arrière de sa tête fièrement dressée. Il tenait dans la main gauche un parchemin roulé d'où pendaient plusieurs sceaux de cire verte et rouge. À sa main droite brillait l'anneau d'améthyste propre à sa fonction ecclésiastique.

Il inclina légèrement la tête en s'approchant de Kelson, et fit mine d'avancer la main qui portait l'anneau. Mais le jeune prince l'ignora ostensiblement. Vexé, Loris retira sa main et jeta un coup d'œil à Morgan, mais ne fit aucun mouvement pour lui tendre l'anneau.

— J'espère que Son Altesse Royale se porte bien, dit-il sans quitter des yeux le général.

— Je me portais très bien jusqu'à votre arrivée, archevêque, répondit sèchement Kelson. Que venez-vous faire ici ?

Loris inclina de nouveau la tête en se tournant vers le jeune prince.

— Si vous aviez assisté au Conseil comme votre devoir le demandait, vous n'auriez pas à poser cette question, Votre Altesse, répliqua-t-il. Mais il est inutile de tourner plus longtemps autour de la question. J'ai ici un mandat ordonnant l'arrestation de Sa Grâce le général Alaric Anthony Morgan, duc de Corwyn. Je crois que ce gentilhomme se trouve en votre compagnie.

Croisant nonchalamment les bras sur sa poitrine, Morgan eut un sourire.

— La chose me paraît évidente, seigneur archevêque. Si vous avez à m'informer d'une affaire qui me concerne, je vous suggère de vous adresser directement à moi au lieu de faire comme si je n'étais pas là uniquement parce que vous souhaiteriez que je sois ailleurs.

Loris fit face au général. Ses yeux lançaient des éclairs.

— Général Morgan, j'ai ici un mandat de la reine et des membres du Conseil vous ordonnant de vous présenter immédiatement devant eux pour répondre de certaines charges qui pèsent sur vous.

— Je vois, fit tranquillement Morgan. Et quelles sont ces charges, seigneur archevêque ?

— Hérésie et haute trahison envers le roi, répliqua Loris avec emphase. Les contestez-vous ?

— De toute mon âme, fit Morgan.

Il avança la main vers le parchemin, puis se figea lorsqu'une douzaine d'épées se pointèrent sur sa gorge. Avec un sourire, il demanda :

— Puis-je voir ce document ?

Loris fit un bref signe de tête, et les épées s'abaissèrent. Morgan prit le parchemin qu'on lui tendait. Il le parcourut rapidement, en le tenant de manière que le prince pût le lire aussi. Puis il le roula méthodiquement et le rendit à l'archevêque.

— Votre mandat est en règle en ce qui concerne la forme et la lettre de la loi, dit-il. Cependant, les faits sont décrits de manière douteuse, et j'ai l'intention, naturellement, de contester ces accusations.

Portant la main à son ceinturon, il tira son épée en ajoutant :

— L'injonction à comparaître étant cependant légale, j'obtempère de mon plein gré et j'accepte de me présenter devant le Conseil.

Il remit l'épée à l'archevêque surpris, et lui tendit les poignets.

— Désirez-vous me lier les mains, ou ma parole vous suffit-elle ?

Loris eut un mouvement de recul. D'un air en même temps suspicieux et apeuré, il toucha la croix qui pendait sur sa poitrine en murmurant d'une voix rauque :

— Attention, Morgan. Si c'est encore un de vos tours derynis, je vous avertis que...

— Ne craignez rien, fit Morgan en écartant les mains, la paume vers le haut. Tenez, je vous livre même mon arme secrète.

Son poignet gauche tressaillit légèrement. En un éclair, un stylet apparut dans sa main. Avant que Loris ou ses gardes aient eu le temps de réagir, il présenta l'arme à Kelson, manche en avant, sur son avant-bras.

— Mon prince ?

Sans un mot, Kelson accepta la fine dague et la glissa dans sa ceinture. Loris mit quelques secondes à réagir.

— Écoutez, Morgan ! Il ne s'agit pas d'un jeu. Si vous croyez que...

— Archevêque ! interrompit Kelson. Je ne veux pas de menaces, ni de votre part ni de la sienne. Le général Morgan a fait la preuve de sa bonne foi. Il est temps que vous manifestiez la vôtre. Dois-je vous rappeler que cette dague aurait pu tout aussi facilement trouver le chemin de votre cœur que celui de ma main ?

Loris se dressa de toute sa hauteur.

— Il n'aurait pas osé !

Kelson haussa les épaules.

— Puisque vous le dites, archevêque. Et maintenant, finissons-en avec cette farce. J'ai des occupations plus importantes qui m'attendent.

— Par exemple, conspirer avec les agents des forces du mal, Votre Altesse ? persifla Loris.

— Vos définitions laissent beaucoup à désirer, archevêque, rétorqua le prince.

Loris se força à recouvrer son calme. Il prit une profonde inspiration avant de murmurer :

— La procédure légale a été respectée à la lettre, Votre Altesse. Je ne crois pas qu'il ait beaucoup de chances d'échapper à un juste châtiment, cette fois-ci.

— Des mots, archevêque, fit Morgan.

Loris serra et desserra plusieurs fois les poings. Puis il fit un signe à deux gardes.

— Attachez-le, dit-il.

Tandis que les deux hommes obéissaient, l'archevêque se tourna vers Kelson.

— Votre Altesse, je sais que vous venez de connaître des moments difficiles, et je suis prêt, pour ma part, à oublier les paroles qui ont été échangées ici. Au cas où votre désir serait de vous retirer dans vos appartements pour vous reposer, je suis certain que le Conseil comprendrait, compte tenu des circonstances.

— Quelles circonstances, archevêque ? écuma Kelson. Vous croyez vraiment que je vais abandonner Morgan à votre bon vouloir ou à celui de ma mère ? Au demeurant, quels que soient mes sentiments personnels en cette matière, ne croyez-vous pas qu'il convient que le prochain roi de Gwynedd assiste à une séance aussi importante que celle-là ?

Les yeux de l'archevêque lançaient des éclairs, mais il commençait à se rendre compte de l'inutilité de poursuivre un tel débat. Il avait devant lui le futur roi de Gwynedd, aussi peu orthodoxes que fussent ses idées pour le moment, et son esprit avait fini par s'imprégner de cette vérité toute simple.

Il s'inclina très bas, mais dans ses yeux brillait toujours une lueur de défi.

— Comme vous voudrez, Votre Altesse, fut tout ce qu'il réussit à murmurer.

CHAPITRE 5

> Ô Dieu, donne tes jugements au roi. Et ta justice au fils du roi.
>
> *Psaumes, 72, 1*

Le Conseil était en effervescence lorsque Kelson et Morgan y arrivèrent finalement.

Il y avait maintenant dans la salle plusieurs douzaines de gentilshommes en plus des membres du Conseil, car Jehana avait autorisé un certain nombre de collaborateurs et de conseillers de Brion à assister à cette confrontation finale avec Morgan. Des sièges supplémentaires, pour la plupart encore inoccupés pour le moment, formaient une deuxième rangée derrière les fauteuils habituels de chaque côté de la table. Mais leurs occupants en puissance allaient et venaient dans la confusion apparente la plus totale, en discutant au plus haut de leur voix. Bien que n'ayant pas le droit de participer au vote, ils ne manquaient pas d'idées précises sur les différentes manières possibles de traiter le puissant seigneur deryni qui constituait l'objet de leurs conversations. Quels que fussent les sentiments que le général Alaric Morgan inspirait aux humains, l'indifférence ne faisait pas partie du lot.

En tête de table siégeait Jehana, qui essayait de se donner une expression plus sereine que ce qu'elle ressentait intérieurement. De temps à autre, son regard se posait sur les mains pâles nouées sur ses genoux, et elle faisait tourner entre ses doigts le large bandeau d'or qui encerclait son poignet gauche. Elle essayait surtout d'ignorer les admonestations de l'évêque Arilan, assis à sa droite.

Elle savait d'expérience que le jeune prélat était capable de se montrer extrêmement persuasif, particulièrement lorsqu'il avait à défendre une cause qui lui tenait à cœur. Et il n'avait pas caché, lors du vote qui avait eu lieu un peu plus tôt, que ses sympathies allaient à Morgan, dont il était l'un des plus fervents partisans.

Lorsque Kelson pénétra dans la salle, suivi de Loris et de ses gardes, toutes les discussions prirent fin comme par enchantement. Ceux qui n'étaient pas déjà debout se levèrent respectueusement pour s'incliner sur le passage de leur futur roi. Les autres coururent rejoindre leur siège. Kelson s'assit à un bout de la table, à côté de son oncle Nigel, tandis que Loris allait prendre place à l'autre bout, près de Jehana.

Mais ce n'étaient ni le prince ni l'archevêque qui attiraient la majorité des regards. Lorsque Morgan entra, escorté par quatre soldats de Loris, presque tous les yeux se tournèrent vers lui. Des murmures s'élevèrent lorsqu'il devint visible que ses mains étaient liées, et des regards soupçonneux furent échangés lorsque le jeune prince fit signe aux gardes de laisser leur prisonnier derrière lui. Le visage grave, Kelson s'assit.

Toute l'assemblée l'imita. Loris s'inclina devant Jehana et plaça le parchemin roulé devant elle. Les sceaux heurtèrent la table avec un bruit résonnant qui troubla le silence profond qui régnait maintenant dans la salle.

— Les mandements du Conseil ont été exécutés, et le prisonnier est ici comme vous l'avez commandé, Votre Majesté, dit l'archevêque. (Il se tourna vers un garde, qui lui remit l'épée de Morgan.) Permettez-moi de vous remettre son arme, en gage de sa soumission à la juste volonté du...

— Archevêque ! interrompit Kelson d'une voix qui résonna à travers toute la salle silencieuse.

Loris se figea de surprise. Il se tourna lentement vers Kelson, qui était maintenant debout et formait le point de mire de tous les regards.

— Votre Altesse ? demanda Loris.

— Veuillez me remettre cette épée, Archevêque, commanda calmement Kelson. Morgan est *mon* prisonnier.

Le ton était si impérieux et ressemblait tellement à celui de Brion que Loris faillit obéir sans réfléchir. Mais il se reprit, et s'éclaircit nerveusement la voix en se tournant vers Jehana.

— Majesté ?

La reine jeta à son fils un regard incisif.

— Kelson, si tu crois que...

— C'est à moi que Son Excellence doit remettre cette épée, Mère, interrompit Kelson. De droit comme de coutume, cette prérogative m'appartient. Je suis toujours le chef de ce Conseil, même si cette fonction n'est que nominale.

— Très bien, accepta Jehana dont les yeux lançaient des éclairs de fureur contenue. Mais n'espère pas que cela le sauvera.

— Nous verrons, répondit Kelson d'un air énigmatique.

Loris apporta l'épée au jeune prince et la posa devant lui sur la table après avoir incliné la tête. Tandis qu'il retournait s'asseoir entre Jehana et l'archevêque Corrigan, Kelson jeta un regard rapide à Morgan.

Celui-ci n'avait rien dit depuis qu'ils étaient arrivés dans la salle du Conseil, mais il avait suivi la scène avec approbation. Ses traits demeuraient impassibles tandis que les conseillers attendaient de voir ce que Kelson avait à présent l'intention de faire. Ces hommes ne se laisseraient pas influencer aisément. Ils ne pouvaient espérer remporter aucune victoire rapide par des moyens légaux, et c'étaient les seuls qu'ils pouvaient oser utiliser pour le moment.

Il haussa mentalement les épaules tout en continuant de relâcher les lanières de cuir qui lui immobilisaient les poignets dans le dos. Il serait intéressant de voir quel parti Kelson allait tirer de la situation.

Le jeune prince fit du regard le tour de l'assemblée avec une expression d'écœurement à peine dissimulée. Il avait les mains jointes par le bout des doigts exactement de la même manière que Brion lorsqu'il était particulièrement irrité. Ses yeux se posèrent tour à tour sur chaque visage avant de revenir à sa mère, qui lui faisait face à l'autre bout de la longue table.

— Nigel, dit-il sans quitter sa mère du regard, je croyais t'avoir donné des instructions précises pour que tu retardes le début de ce Conseil jusqu'à mon arrivée. Peux-tu me fournir une explication ?

Nigel regarda Jehana à son tour. Il ne doutait pas que Kelson fût parfaitement conscient qu'il avait fait tout son possible, mais il répondit à l'intention des autres membres du Conseil.

— Mon explication est simple, Majesté. J'ai informé le Conseil de tes désirs, mais certains de ses membres ont passé outre à ma requête. Sa Majesté la reine nous a informés que tu avais d'autres occupations plus importantes, et elle a insisté pour que nous commencions sans toi.

Jehana baissa les yeux. Kelson fronça les sourcils.

— Est-ce exact, Mère ?

— Bien sûr que c'est exact ! fit sèchement Jehana en se levant. Il y avait d'importantes questions à débattre, Kelson. Des questions qui auraient dû être réglées depuis longtemps. Ton Conseil a fait preuve de bon sens. Ton précieux traître Morgan a été condamné par cinq voix contre quatre !

Kelson allait répliquer vertement lorsqu'il se ravisa et choisit soigneusement ses mots. À côté de lui, Morgan fit passer son poids d'une jambe sur l'autre. Il sentit la cape du général effleurer son genou, et se força à se relaxer avant de balayer de nouveau du regard le Conseil silencieux.

— Messeigneurs, dit-il d'une voix composée, je vois que rien de ce que je pourrai dire à ce stade ne saura vous faire changer d'avis.

Du coin de l'œil, il capta le regard triomphant de Jehana quand elle entendit ces mots. Mais il poursuivit sur le même ton :

— Toutefois, avant de prononcer la sentence, je demanderai à chacun d'entre vous de répéter son vote exactement comme il l'a fait pendant mon absence. Si je comprends bien, vous remettez en question la loyauté du général Morgan envers la Couronne et l'Église. J'aimerais voir par moi-même lesquels d'entre vous ajoutent foi à ce flagrant mensonge.

Rogier se leva, mal à l'aise, le regard tourné vers Kelson.

— Mettez-vous en doute les conclusions légales de votre Conseil, Votre Altesse ?

— Pas du tout, s'empressa de répondre Kelson. Je veux seulement m'assurer que le verdict a été prononcé dans les formes. Allons, Messeigneurs, ne perdons pas un temps précieux. Quelle est votre réponse ? Morgan est-il un traître et un hérétique ? Nigel ?

— Je déclare que le seigneur Alaric est innocent des accusations dont il fait l'objet, Majesté, fit l'oncle de Kelson en se levant.

— Merci. Messire Bran ?

— Coupable, Votre Majesté.

— Messire Ian ?

— Coupable.

— Rogier ?

— Coupable, Votre Altesse.

Kelson fronça les sourcils.

— Monseigneur Arilan, que dites-vous ?

— Le général Morgan est innocent, Votre Majesté, fit l'évêque d'une voix ferme en ignorant les regards furieux que lui lançaient Corrigan et Loris.

— Merci, Excellence, lui dit Kelson en hochant la tête. Et vous, Ewan ?

Ce dernier ne pouvait se résoudre à regarder le prince. Il ne détestait pas particulièrement Morgan, mais il avait vu mourir Brion, et si la rumeur disait vrai...

— Eh bien, Ewan ?
— Coupable, Majesté, murmura-t-il dans un souffle.

Kelson hocha la tête avec tristesse, puis se tourna, omettant sa mère, vers l'archevêque Corrigan, pour lui poser la question fatale. Il ne doutait pas de la réponse du prélat, cependant.

— Monseigneur l'évêque ?

Corrigan regarda le prince dans les yeux.

— Coupable, Votre Majesté. La liste des péchés derynis est longue, et nous n'avons pas même commencé à l'établir.

— Un simple mot suffisait, archevêque ! fit sèchement Kelson. Ce n'est pas une race que nous jugeons ici, mais un homme. Un homme, ajouterai-je, qui a fait beaucoup pour Gwynedd.

— Qui a fait beaucoup *contre* Gwynedd ! ne put s'empêcher de rectifier Corrigan.

— Suffit, archevêque ! s'écria Kelson en le fulgurant du regard.

Il se tourna alors vers l'endroit où étaient assis les McLain, heureux d'apercevoir quelques visages amis dans cette assemblée.

— Duc Jared ?
— Morgan n'est pas coupable, Sire, répondit le vieux duc.

— Messire Kevin ?
— Innocent, Votre Majesté.

Kelson hocha la tête, recomptant mentalement les votes.

— Je sais que le seigneur Derry vote également pour l'acquittement, dit-il. Cela fait cinq voix contre cinq. Je ne crois pas que l'on puisse condamner le prévenu sur ces bases, Mère, ajouta-t-il en se tournant subitement vers la reine.

Celle-ci s'empourpra.

— Derry n'a pas droit au vote, Kelson. Il n'est pas membre de ce Conseil.

Les yeux du prince se plissèrent de manière menaçante, et plusieurs membres du conseil eurent un involontaire mouvement de recul. Ils avaient reconnu le regard des Haldane, qu'ils avaient appris à respecter et à redouter chez Brion. Le jeune prince allait-il continuer la tradition ? Quand Brion avait eu ce regard, cela avait toujours annoncé de graves ennuis pour certains.

Kelson hocha lentement la tête.

— Très bien, dit-il. Mon intention était d'autoriser Derry à voter à la place de Morgan pendant son absence, mais il est là, maintenant. Il peut voter lui-même. Et je crois que nous savons tous de quelle manière il tranchera.

— Morgan ne peut pas voter ! s'écria la reine. C'est lui qui est jugé ici.

— Tant qu'il n'est pas condamné, il fait encore partie de ce Conseil, Mère. Jusqu'à ce que ses prérogatives lui soient légalement et éventuellement retirées, tu ne peux pas l'empêcher de les exercer, surtout dans la mesure où il n'a même pas eu l'occasion de s'exprimer sur les charges qui ont été retenues contre lui.

Jehana bondit sur ses pieds, le visage rouge de fureur.

— S'il a le droit de vote, moi aussi ! Depuis que tu t'es décidé à te joindre à nous et à exercer la présidence de ce Conseil, je suis libérée de cette fonction, et j'ai retrouvé mon droit de vote. Je dis que Morgan est coupable de tous les crimes dont il est accusé, ce qui fait six voix contre cinq. Ton précieux Morgan est fini, Kelson. Que trouves-tu à dire à cela ?

Accablé, le prince se laissa aller en arrière contre le dossier de son siège. Il n'osait plus regarder la haute silhouette qui se tenait en retrait sur sa droite, impassible comme une statue. Il ne pouvait plus se forcer à affronter tous ces regards hostiles et à admettre sa défaite. Mais ses yeux se posèrent sur Derry, puis sur le siège vide de Ralson, à côté de lui, et l'ombre d'un plan commença à s'esquisser dans son esprit.

Il continua lentement de faire visuellement le tour de

la salle du Conseil. Il ne laissait rien percer sur son visage de la lueur d'espoir qu'il entrevoyait maintenant. Il ne fallait pas qu'ils devinent son plan. Il n'avait pas encore entendu les cloches sonner trois heures. Jusqu'à ce qu'il les entende, son seul objectif allait être de gagner tout le temps qu'il pourrait.

Croisant les bras d'un air las, il prit un air de résignation accablée.

— Messeigneurs, commença-t-il d'une voix qui paraissait au bord du désespoir, il semble que nous ayons perdu cette bataille. (Il fit un geste vague signifiant que le « nous » incluait Morgan et Nigel.) Cependant, je vous demande de m'accorder une faveur avant de prononcer la sentence. Je voudrais qu'il soit d'abord donné lecture de toutes les charges qui pèsent sur le général Morgan. Y a-t-il une objection ?

Réprimant à demi le sourire victorieux qui se peignait sur ses lèvres, Jehana se rassit.

— Bien sûr que non, dit-elle en prenant le manuscrit pour le passer à Ewan. Messire Ewan, voulez-vous avoir la bonté de nous lire l'intégralité des motifs d'accusation ?

Ewan déglutit. Il hocha la tête, se leva et se racla la gorge avec un regard d'excuse.

— À Sa Seigneurie le général Alaric Anthony Morgan, duc de Corwyn, Superintendant des Armées du Royaume. De la part de la reine et des membres du Conseil de Régence en session ce douzième jour du règne de Kelson Cinhil Rhys Anthony Haldane, roi de Gwynedd, prince de Meara, et seigneur des Marches Pourpres.

» Votre Grâce, il vous est demandé de vous présenter devant le Conseil Royal de Gwynedd pour y répondre de certaines charges relatives à votre comportement envers la couronne. Vous êtes accusé de...

Tandis que le seigneur Ewan lisait les accusations l'une après l'autre, Kelson hasarda enfin un regard dans la direction de Morgan. Il s'était demandé, durant les débats, pourquoi le général n'essayait même pas de se disculper, mais il comprenait maintenant qu'aucune défense, aussi habile ou sincère fût-elle, ne pouvait changer la résolution d'un tel Conseil. Tout ce que pouvait dire ou faire un Deryni devant cette assemblée n'aboutirait qu'à aggraver son cas.

Le géant aux cheveux d'or avait la tête baissée, et ses yeux gris étaient dissimulés par ses longs cils. Le général semblait avoir compris qu'il était dans une situation désespérée. Peut-être échafaudait-il en ce moment quelque fantastique projet d'évasion, où son terrible pouvoir deryni jouerait un rôle pour lui assurer une liberté qu'il fallait qu'il conserve à tout prix s'il voulait aider son futur roi à survivre. Naturellement, il ne pouvait pas deviner que ce dernier avait déjà un plan.

Kelson était conscient de la double échéance sur laquelle il lui fallait compter. Si Morgan agissait trop tôt, tout espoir de règlement légal de cette affaire serait perdu. Mais le jeune prince ne savait pas, jusqu'à ce que les cloches sonnent, combien de temps il lui restait encore.

Discrètement, Kelson fit glisser son pied droit dans la direction du général. Au moment où Ewan attaquait la conclusion du mandement, il fit mine de changer de position sur son siège et donna un léger coup de pied dans la botte de Morgan.

Celui-ci jeta un coup d'œil au prince, et le vit faire un signe de tête presque imperceptible. Il répondit de la même manière. Le garçon avait un plan. Très bien. Il le laisserait agir.

— ... signé ce jour, *Jehana Regina et Domini Consilium.*

La voix résonnante d'Ewan se tut, et il s'assit en regardant avec gêne dans la direction de Morgan et du prince. Au même moment, les cloches de la basilique et de la cathédrale se mirent à sonner l'heure.

Un, deux, trois, quatre coups.

En entendant le quatrième coup, Kelson se morigéna

mentalement. Il n'en avait attendu que trois. Il aurait pu agir depuis une heure déjà.

Il se leva silencieusement, sans rien laisser voir sur son visage de ce qu'il avait l'intention de faire.

— Messeigneurs, Majesté, commença-t-il formellement en s'inclinant dans la direction de sa mère, nous venons d'entendre les accusations formulées par ce Conseil contre le vaillant général de nos armées.

Il vit l'expression de la reine devenir sensiblement suspicieuse devant la manière dont ce titre était énoncé. Désignant Morgan d'un élégant moulinet de la main droite, il poursuivit :

— Nous avons également pris connaissance des désirs — ou plutôt des exigences — de ce Conseil en la matière. Toutefois, avant de rendre notre jugement, notre bon plaisir est d'aborder un nouveau point qui ne saurait attendre.

Un murmure se propagea dans l'assemblée. Kelson vit apparaître une expression de surprise sur le visage de sa mère. Elle semblait s'attendre à un mauvais coup, et dissimulait mal son impatience.

— Il nous est venu à l'esprit, continua Kelson sur le même ton royal, que ce Conseil venait de déplorer la perte de l'un de ses plus vaillants et fidèles serviteurs, en la personne du noble seigneur Ralson d'Evering.

Il indiqua le siège vide de Ralson, en se signant pieusement. Le reste de l'assemblée l'imita, tout en se demandant où il voulait en venir.

— C'est pourquoi, continua Kelson, nous avons décidé de désigner séance tenante un nouveau titulaire pour le remplacer.

— Tu ne peux pas faire ça ! hurla Jehana en bondissant sur ses pieds.

— Nous sommes conscient, naturellement, reprit Kelson d'une voix assez forte pour couvrir celle de sa mère, de ce que messire Derry ne pourra jamais nous faire oublier la perte du seigneur Ralson, mais nous sommes certain qu'il saura s'acquitter de sa tâche avec toute la dignité et toute la dévotion qui conviennent. Messire Sean Derry, je vous prie !

Tandis que des protestations indignées faisaient éruption dans la salle du Conseil, Kelson fit signe au jeune Derry de se lever. Il se tourna vers Morgan pour quêter dans son regard quelque signe rassurant, mais même le général semblait étonné de la tournure que prenaient les événements.

Kelson leva la main pour rétablir le silence, puis il frappa la table du pommeau de l'épée de Morgan en voyant que l'agitation continuait. Jehana s'était dressée avec défiance à l'autre bout de la table, mais ne réussissait pas plus que lui à se faire entendre.

— Tu n'as pas le droit de faire ça, Kelson ! dit-elle enfin lorsque le silence fut partiellement rétabli. Tu sais très bien que tu n'as pas le pouvoir de nommer un nouveau conseiller sans l'approbation du Conseil de Régence. Tu n'es pas majeur !

Les yeux gris du jeune prince devinrent froids comme l'acier tandis qu'ils faisaient, courroucés, le tour de l'assistance. Le silence complet se rétablit soudain.

— Messeigneurs, dit Kelson, ma chère mère semble avoir oublié qu'il y a exactement quatorze ans et une heure, elle donnait naissance, dans une chambre de ce même palais, à un fils, Kelson Cinhil Rhys Anthony Haldane, et que les médecins du roi m'ont placé dans ses bras au moment précis où les cloches de la basilique sonnaient les trois coups de l'après-midi.

Le visage de Jehana devint blême. Elle s'affaissa dans son fauteuil en hochant lentement la tête, le regard vitreux, accablée.

— Vous aussi, Messeigneurs, vous semblez avoir oublié, reprit Kelson, la raison pour laquelle notre couronnement aura lieu demain et non pas aujourd'hui. Vous devriez savoir qu'un décret royal établit qu'aucun roi de Gwynedd ne saurait être couronné de plein droit avant d'avoir atteint sa majorité. Comme il était trop tard pour organiser cette cérémonie après quinze heures aujourd'hui, elle a tout simplement été reportée à demain. Mais je règne dès aujourd'hui !

Personne ne fit un geste ni ne prononça une parole pendant que Kelson achevait son discours. Ils se contentèrent de regarder, hébétés, tandis que leur nouveau roi faisait signe à Derry de s'approcher et saisissait l'épée de Morgan pour la tenir face à lui, la poignée en avant.

— Messire Sean Derry, jurez-vous sur cette croix que vous servirez fidèlement et sincèrement le Conseil Royal ?

Derry mit un genou à terre et plaça la main sur le pommeau de l'épée.

— J'en fais le serment solennel, Sire.

Kelson abaissa l'épée, et Derry se remit debout.

— Quelle est votre sentiment sur la question que nous débattons ici présentement ? demanda alors Kelson. Morgan est-il coupable ou non ?

Derry jeta un regard triomphant à Morgan, puis se tourna vers le jeune roi pour dire d'une voix claironnante :

— Il est innocent, Majesté !

— Innocent, répéta Kelson en savourant le mot. Ce qui nous donne maintenant six voix contre six. Nous constatons qu'il y a égalité des votes.

Il se tourna vers sa mère, qui était toujours dans la même position, recroquevillée sur son siège, pour déclarer solennellement :

— En tant qu'arbitre souverain de ce Conseil, je décrète que le seigneur Alaric Morgan, duc de Corwyn, général en chef des armées royales, est innocent des accusations qui ont été portées contre lui. Si, à l'expiration d'un délai de vingt-quatre heures, une personne ici présente désire rouvrir le débat en produisant des preuves satisfaisantes à l'appui de sa demande, nous considérerons sa demande avec bienveillance. Entre-temps, nous déclarons que la séance est levée.

Sur ces mots, il prit la dague de Morgan à sa ceinture et trancha les liens du général. Puis, après lui avoir restitué son épée, il s'inclina sèchement devant le Conseil ébahi et quitta la salle avec Morgan et Derry sur ses talons.

Le silence se prolongea jusqu'à ce que les portes se fussent refermées derrière les trois hommes. Il y eut alors une explosion de cris et de discussions. Nul ne doutait que ce que venait de faire Kelson fût parfaitement légal, mais la surprise avait été complète. Pour les membres du Conseil et autres nobles présents, il s'agissait d'un coup d'éclat digne de la mémoire de Brion. Certains se demandaient, émus, si c'était un bon présage ou non, car nombreux étaient ceux qui avaient souffert sous la férule de Brion.

Les sentiments de Jehana n'étaient pas aussi partagés. Pour elle, ce qui s'était présenté au début comme une victoire certaine sur les Derynis abhorrés avait tourné à la défaite totale ; tous les beaux rêves qu'elle faisait concernant l'avenir de Kelson s'étaient écroulés d'un seul coup.

Ses ongles s'enfonçaient dans les paumes de ses mains, laissant de petites marques en forme de croissant tandis qu'elles serrait et desserrait les poings sous l'effet de son désarroi.

Morgan était libre.

Pis encore, Kelson s'était dressé contre le Conseil et l'avait défiée publiquement, non pas d'une manière enfantine, en proférant des menaces creuses, mais en passant à l'action comme un véritable adulte. C'était une nouveauté à laquelle elle n'était pas préparée, et qui la contrarierait peut-être encore plus que la liberté recouvrée par Morgan. Si seulement Kelson avait montré un instant d'indécision, s'il avait manifesté le moindre doute sur la culpabilité du Deryni, elle aurait encore l'espoir de regagner une partie de son influence perdue sur lui. Mais il était maintenant le roi, et il deviendrait de plus en plus difficile de l'arracher à l'influence néfaste de Morgan.

À l'autre bout de la table, Ian regardait avec intérêt la

confusion qui régnait dans la salle. Il lui était difficile de formuler des conclusions concrètes dans le chaos qui suivait la tempétueuse sortie de Kelson, mais il avait la nette impression que le jeune garçon venait de marquer des points auprès de quelques-uns des seigneurs qui s'étaient opposés à lui quelques instants plus tôt. Même les commentaires outragés de Rogier et de Bran Coris étaient teintés d'une bonne dose de respect pour le nouveau roi. Ce qui ne faisait pas du tout l'affaire de Ian. S'il était forcé de concéder cette victoire à Kelson et au fier demi-sang deryni, il n'avait aucune intention de perdre d'autres batailles.

En réalité, il ne s'était jamais attendu à remporter aisément ce premier combat. Il avait tout de suite soupçonné Morgan, en le voyant entrer dans cette salle les poignets liés, d'avoir un plan en tête. Il ne se serait jamais laissé capturer s'il avait douté un seul instant de pouvoir se libérer à l'endroit et à l'heure de son choix.

Mais les choses n'avaient pas dû se passer exactement comme le général l'avait prévu. Ian était presque certain que le coup de théâtre joué par Kelson avait été improvisé. Même s'il était extrêmement précoce, il n'avait pas pu préméditer une partie aussi serrée en étant sûr que Morgan sortirait de cette salle la tête haute, légalement lavé de toute accusation.

Il ne faisait aucun doute que Kelson avait agi de manière non prévue, et c'était une chose à surveiller. Désormais, il ne faudrait jamais sous-estimer le fils de Brion. En attendant, Ian avait du pain sur la planche. Il lui faudrait poursuivre la campagne visant à salir le nom du général déjà sérieusement décrié, et cette perspective n'était pas du tout pour lui déplaire. Mais la première chose à faire était d'informer Charissa de la tournure qu'avaient pris aujourd'hui les événements.

Après avoir pris congé de Bran Coris et de Rogier, il quitta furtivement la bruyante salle du Conseil et se dirigea vers le secteur du palais où était cantonnée la garnison. Il avait une mission particulière à accomplir cet après-midi, et elle ne souffrait aucun retard.

Morgan fit claquer joyeusement ses mains l'une contre l'autre tandis que Kelson, Derry et lui traversaient à grands pas la cour qui menait aux appartements royaux.

— Tu as été magnifique, Kelson, dit-il en posant affectueusement la main sur l'épaule du jeune roi. Ce que tu viens de faire était digne des meilleurs coups de Brion. Même moi, j'avoue que j'ai été pris de court.

— C'est vrai ? demanda Kelson, ravi.

Il arborait un sourire épanoui tout en regardant derrière lui pour s'assurer qu'ils n'étaient pas suivis. Il faillit trébucher et fit trois pas en courant pour retrouver son équilibre. Plusieurs gardes les avaient regardés passer avec curiosité, mais personne, jusqu'à présent, ne s'était lancé à leurs trousses.

— Je ne sais pas ce que tu as ressenti, poursuivit le jeune roi, mais j'étais vraiment terrifié. J'ai cru que mon cœur allait s'arrêter de battre lorsque le quatrième coup a sonné.

— Remercie le ciel qu'il n'y ait pas eu seulement deux coups, lui dit Morgan. Tu aurais eu l'air malin !

Kelson roula comiquement les yeux.

— J'y avais pensé !

— Autre chose, continua Morgan. Ce n'est pas pour diminuer Derry, mais tu n'avais pas besoin de faire toute cette comédie en nommant un nouveau membre du Conseil. Dès l'instant où tu t'étais déclaré majeur, tu avais légalement le droit de passer outre à la décision du Conseil.

— Je sais, mais je voulais les laisser sauver la face. Ainsi, ils ne pourront pas dire que j'ai imposé arbitrairement mon point de vue. La décision résulte d'un vote régulier.

— C'est peut-être plus prudent, en effet, admit Morgan. Quoi qu'il en soit, je peux dire que je ne me suis pas ennuyé à ce Conseil. J'adore vivre dangereusement, même si...

— Pour ma part, j'aurais pu me passer de toutes ces péripéties, interrompit Derry. J'aurais préféré savoir à l'avance que tout finirait bien, cela m'aurait évité de transpirer autant.

Kelson éclata de rire.

— Je suis obligé de reconnaître que Derry a raison, dit-il en grimpant les marches qui conduisaient à ses appartements. Je n'étais pas exactement aussi sûr de moi que j'en avais l'air. Au fait, ajouta-t-il en se tournant vers Morgan, tu ne crois pas qu'il faudrait informer Duncan de ce qui s'est passé ? Tu lui as promis de le tenir au courant.

— C'est vrai, fit Morgan en hochant la tête. Derry, peux-tu aller à Saint-Hilaire pour le prévenir ? Dis-lui que tout va bien, mais que nous allons essayer de dormir un peu jusqu'à ce soir.

— Entendu, Monseigneur, fit Derry. Dois-je revenir ici ensuite ?

— Il faut que tu te reposes aussi, fit Morgan en hochant la tête. Je voudrais que tu commandes la garde qui veillera cette nuit sur les appartements de Kelson, si tu n'y vois pas d'inconvénient. Je sais que je peux te faire confiance.

— Je suis à vos ordres, Monseigneur, répliqua Derry avec un grand sourire. Essayez seulement de rester en vie jusqu'à ce que je revienne monter la garde.

Morgan sourit à son tour, en secouant la tête tandis que Derry disparaissait dans la direction de la basilique.

Ian était presque arrivé à sa destination, dans les profondeurs du palais. Il descendit plusieurs marches, traversa une vaste cave voûtée utilisée pour l'entraînement à l'escrime, prit la galerie qui contournait l'armurerie et dépassa les magasins à bonne allure de sa démarche de félin, souple et silencieuse sur le sol dallé de pierre froide. Ses yeux brillaient, sombres et menaçants, tandis qu'il franchissait les postes de garde l'un après l'autre, sans être jamais questionné. Car il était bien connu dans ces régions du palais.

Il s'arrêta finalement juste avant l'intersection d'un corridor plus étroit, posant la main sur le pommeau de son épée pour l'empêcher de faire du bruit. Puis il se pencha en avant pour passer prudemment la tête à l'angle du corridor.

Parfait. Le garde était bien là, comme il l'avait espéré.

Souriant cyniquement, il passa l'angle du muret et s'avança silencieusement vers l'homme. Celui-ci ne s'aperçut de sa présence que lorsqu'il ne fut plus qu'à cinquante centimètres de lui. Il sursauta.

— Monseigneur ! Il y a quelque chose qui ne va pas ?

— Non, pourquoi ? répliqua Ian en prenant un air innocent.

Les traits du garde se détendirent légèrement. Il sourit.

— Oh, rien ! Mais vous m'avez pris au dépourvu, Monseigneur. Et personne ne vient par ici, généralement, à moins qu'il ne se passe quelque chose d'anormal.

— C'est vrai, dit Ian en souriant et en levant l'index à hauteur des yeux du garde. Comment t'appelles-tu, mon brave ?

Les yeux de l'homme se fixèrent involontairement sur l'index, et il répondit en balbutiant légèrement :

— Michael DeForest, Monseigneur.

— Michael DeForest, répéta lentement Ian en avançant le doigt vers le visage du garde. Tu vois bien mon doigt, Michael ?

— Euh.... oui, Monseigneur, murmura l'homme, incapable de détacher son regard du doigt qui oscillait maintenant légèrement d'avant en arrière. Que... Qu'est-ce que vous faites ?

— Suis mon doigt, Michael, murmura Ian d'une voix chantante, qui résonnait étrangement dans le silence des souterrains. Et tu vas... bientôt... dormir.

Au moment où il prononçait ce dernier mot, Ian toucha légèrement le front du garde, entre les deux yeux. Les paupières de celui-ci se fermèrent. Une nouvelle phrase à voix basse le plongea dans une transe profonde, et Ian tendit la main juste à temps pour lui prendre sa lance, qui allait tomber par terre, et la déposer contre le mur.

Après avoir regardé à droite et à gauche pour être sûr que personne ne venait, Ian fit reculer le garde de quelques pas afin de l'adosser, lui aussi, au mur. Puis il plaça un doigt sur chaque tempe de l'homme et ferma les yeux pour se concentrer.

Quelques instants plus tard, une aura bleu pâle se forma en crépitant autour de Ian, partant de la tête pour descendre progressivement au torse, aux jambes, aux bras et aux mains. Mais elle ne s'arrêta pas là et engloba bientôt la tête du garde. Au moment où la lumière grésillante atteignit celui-ci, il eut un sursaut, comme s'il luttait pour échapper à l'emprise contre nature qui était en train de se refermer sur lui. Mais ses traits se relâchèrent lorsque l'aura recouvrit le reste de son corps. Quand ils furent tous les deux entourés d'un pâle cocon de feu, Ian se mit à parler.

— Charissa ?

Durant quelques instants, on n'entendit d'autre bruit que celui de la respiration des deux hommes. Celle de Ian était légère et rythmée, celle du garde lourde, rapide et difficile. Puis les lèvres du garde frémirent.

— Charissa, tu m'entends ?

Les lèvres du garde bougèrent.

— Je t'entends.

Avec un léger sourire, les yeux toujours fermés, Ian reprit sur le ton de la conversation :

— Parfait. J'ai des nouvelles un peu décevantes à t'annoncer, ma chérie. Notre machination au Conseil a échoué, comme prévu. Kelson s'est déclaré majeur et a nommé un nouveau membre pour remplacer Ralson. Il a ensuite exercé sa prérogative royale pour départager le vote à voix égales. Je ne pouvais rien faire. Tu dois savoir aussi que le stenrect a échoué.

— Je l'ai senti mourir, dit la voix de l'homme. Que va faire Morgan, à présent ?

Ian plissa songeusement les lèvres.

— Je ne sais pas. Kelson et lui se sont retirés pour la nuit dans les appartements princiers. Il semble que notre jeune ami ne veuille plus prendre de risques en ce qui concerne son champion. Mais, pour qu'ils ne fassent pas trop de bêtises, j'ai préparé pour eux un certain nombre de diversions qui devraient leur faire perdre une bonne partie de leur énergie et de leur précieux temps d'ici demain matin. Tu es d'accord ?

— D'accord, fit la voix de l'homme.

— Tu ne me demandes pas ce que j'ai en tête ?

Pour la première fois, il y eut une trace d'émotion dans la voix du garde lorsqu'il répondit avec sarcasme :

— Tu aimerais bien que je te donne l'occasion de te vanter, une fois plus, de ton habileté, n'est-ce pas ? Mais tu ferais mieux de garder ton énergie pour exécuter ton plan. De plus, si tu n'arrêtes pas immédiatement cette communication, tu vas épuiser ton sujet et tu ne pourras plus le récupérer.

Ian sourit de nouveau.

— Comme tu voudras, ma toute belle, murmura-t-il. Mais ne t'inquiète pas pour la santé du sujet. Je ne crois pas qu'il soit en mesure de se plaindre pendant longtemps. Bonne chasse, Charissa.

— À toi aussi, répondit la voix.

Sur ces mots, la lumière qui entourait les deux hommes s'éteignit progressivement. Ian secoua la tête et rouvrit les yeux. Le sujet était adossé au mur. Ses paupières tressaillirent, mais demeurèrent closes. Ian exerçait toujours son emprise sur lui.

Après avoir regardé une fois de plus autour de lui pour s'assurer qu'il n'y avait personne, Ian le guida jusqu'à son poste de garde.

— Monseigneur... grogna l'homme en secouant la tête pour essayer de s'éclaircir les idées. Que s'est-il passé ? Qu'est-ce que vous...

— Ne t'inquiète pas, fit Ian en se courbant pour retirer

de sa botte une dague à la lame très fine. Tu ne sentiras rien.

En voyant briller la lame d'acier, l'homme eut un sursaut d'énergie et voulut s'écarter de lui. Mais il n'avait plus assez de force. Hébété, il demeura à l'endroit où Ian l'avait placé et regarda approcher la lame.

Avec une froideur clinique, Ian lui ouvrit son pourpoint doublé d'une cotte de mailles et plaça la pointe de la dague au niveau du cœur. Puis il l'enfonça d'un seul coup, entre deux côtes.

Les yeux de l'homme devinrent vitreux. Il s'affaissa avec un cri étouffé. Un sang vermeil coula de la blessure et forma un ruisseau, puis une flaque. Mais le cœur continuait de battre, et les poumons de lutter pour pomper l'air qui prolongeait son agonie.

Ian fronça les sourcils. Il ne l'avait pas tué sur le coup. Jamais Morgan n'aurait commis une telle erreur. Il allait falloir l'achever à terre.

Il se mordit pensivement la lèvre tout en réinsérant la dague à l'endroit précis de la blessure. Il la retourna dans la plaie. Cette fois-ci, quand il la retira, le cœur s'arrêta de battre et les poumons de se soulever. L'homme était mort.

Avec un grognement de satisfaction, il essuya la lame sur le manteau du garde, puis le tourna sur le côté en prenant bien soin de ne pas marcher dans la flaque. Il prit alors la main du mort dans la sienne et lui trempa les doigts dans le sang. Il traça ensuite avec la main du garde, sur une dalle propre à hauteur de sa tête, le contour d'un griffon.

Il se releva pour contempler son travail. Hochant la tête d'un air satisfait, il remit la dague dans l'étui de sa botte et vérifia que ses vêtements ne portaient aucune trace de ce qu'il venait d'accomplir. Il déposa la lance à côté du corps et regarda une dernière fois si tout était bien disposé.

À présent, si les vassaux de Morgan découvraient le crime, Ian ne doutait pas de leur réaction. Le meurtre, perpétré de sang-froid, était signé. Cette accusation s'ajouterait à toutes celles qui désignaient le général deryni comme un monstre sanguinaire. Il n'en faudrait pas plus pour que les hommes en colère se révoltent contre leur suzerain. Ian ferait en sorte que le crime soit découvert cette nuit même. Et si Kelson périssait dans les désordres qui allaient immanquablement s'ensuivre, ce serait vraiment regrettable pour le jeune prince non encore couronné.

CHAPITRE 6

> Et une voix se fera entendre, issue de la légende.

Au dernier coup des vêpres sonnant dans le lointain, Morgan se réveilla avec un sursaut, immédiatement conscient du lieu où il se trouvait et de l'heure qu'il était. Il avait dormi plus tard que prévu, et il faisait froid. Le feu, dans la cheminée, n'était plus que braises. La porte de la terrasse était restée ouverte. Un orage se préparait. Rien d'étonnant à ce que la chambre soit glacée.

Avec un léger grognement, il se leva du fauteuil rembourré qui lui servait de lit depuis trois heures et s'avança vers la terrasse. Il faisait déjà nuit dehors, et tout était silencieux. L'atmosphère était oppressante, chargée d'énergie par l'orage en préparation. Il allait pleuvoir, et peut-être neiger avant minuit. C'était le moins qu'il attendait de cette nuit, avec tout ce qu'il avait à faire.

D'un geste las, Morgan referma le panneau vitré. Puis il se figea quelques instants, la main sur la poignée, le front bas et les yeux fermés.

Il ne s'était jamais senti aussi épuisé de sa vie. Ses os étaient moulus après une semaine entière de dure chevauchée, suivie des tensions de ces dernières heures, à peine interrompues par les trois heures de repos qu'il venait de s'accorder. Il y avait tellement à faire, et si peu de temps pour cela ! En ce moment même, il aurait dû se trouver en bas, dans la bibliothèque de Brion, en train de chercher les clés qui rendraient plus aisée la tâche qu'il devait accomplir cette nuit.

Il ne s'attendait pas vraiment à découvrir un indice important. Brion était trop prudent pour laisser traîner quoi que ce soit qui pût être découvert par hasard par n'importe qui. Mais il trouverait peut-être un signe. Il fallait faire cette recherche. Avant de descendre, cependant, il tenait à s'assurer que Kelson était en sécurité.

Le regard vide, il se frotta le front de la main gauche en se concentrant pour faire disparaître la fatigue. Cela marcha, comme d'habitude, mais il savait qu'il ne pourrait avoir indéfiniment recours à cet artifice. Tôt ou tard, il lui faudrait rattraper les heures de sommeil en retard, ou il ne serait plus d'aucune utilité à personne. Demain soir, peut-être, quand tout serait terminé.

Il tira les lourdes tentures de satin bleu, puis marcha d'un pas alerte jusqu'à la cheminée pour y ajouter du bois. Après quelques minutes, lorsque les flammes ronflèrent de nouveau dans l'âtre, il parcourut la chambre du regard et trouva ce qu'il cherchait.

Contre le mur, près de la porte, Derry avait déposé ses sacoches de selle en cuir noir. Il les traîna jusqu'à la cheminée, à la lumière, et ouvrit la plus légère.

Normalement, Derry aurait dû les remettre exactement là où il les avait trouvées. Il n'avait jamais pu convaincre le jeune seigneur des Marches que les étranges cubes n'étaient pas des sortes de dés à jouer.

Ah !

Il sentit au fond du sac la forme familière de l'étui de cuir rouge dont le contenu tinta de manière rassurante.

Il sortit l'étui et le posa sur le fauteuil sans l'ouvrir. Puis il se dirigea vers l'armoire et chercha dans la garde-robe de Kelson quelque chose qui pourrait lui aller. Il avait toujours froid. S'il lui fallait passer la nuit debout, il était du moins décidé à le faire confortablement.

Finalement, il trouva une robe de chambre en laine bleue, au col et aux poignets fourrés, qui pourrait à la rigueur lui aller. Il l'enfila et retourna devant la cheminée. Les manches s'arrêtaient au coude, et l'ourlet descendait à hauteur de genou, mais il décida que cela suffirait pour le moment.

Il prit un chandelier, alluma une bougie de cire jaune, revint vers le fauteuil et se baissa pour reprendre l'étui rouge, puis il se dirigea vers le lit de Kelson.

Celui-ci dormait profondément, allongé sur le ventre en travers du grand lit, le visage enfoui au creux de son bras gauche. Il y avait une pile de couvertures au pied du lit. Après avoir posé par terre le chandelier et l'étui, Morgan en déplia une et en couvrit le prince endormi. Puis il s'accroupit à côté du lit et ouvrit l'étui rouge pour en vider le contenu sur la couverture.

Il y avait huit cubes en tout, quatre noirs et quatre blancs. On appelait cela des « gardes » dans la terminologie professionnelle des magiciens. Elles n'étaient pas plus grosses que son petit doigt. Il les disposa prestement comme il convenait : les quatre blanches en carré, au centre, et une noire à chaque coin, sans qu'elles se touchent. Puis il posa le doigt sur chacune, en commençant par la blanche qui se trouvait dans le coin supérieur gauche. En même temps, il nommait à voix basse leur position défensive dans le système qu'il mettait en place.

— *Prime.*

Le cube blanc se mit à briller doucement.

— *Seconde.*

Il toucha le cube supérieur droit, qui brilla lui aussi d'un éclat laiteux.

— *Tierce ; quarte.*

Les deux autres cubes s'allumèrent. Le carré ainsi formé brillait d'une clarté intérieure blanche qui contrastait avec les lueurs rougeâtres projetées par la cheminée.

Il passa ensuite aux cubes noirs.

— *Quinte ; sixte ; septime ; octave.*

Les cubes noirs brillèrent l'un après l'autre d'une lumière phosphorescente intérieure.

Le plus difficile restait à faire : joindre les cubes noirs et les cubes blancs en une unique garde qui, une fois activée, protégerait le dormeur de toute agression extérieure.

Il s'essuya les mains contre la couverture, de part et d'autre des cubes, et prit délicatement la prime entre ses doigts. Il la posa sur la quinte, sa contrepartie noire.

— *Primus !*

Il y eut un déclic, et les deux gardes se fondirent en une seule forme ovale qui brillait d'un éclat doré à la lumière du chandelier.

Il passa nerveusement la langue sur ses lèvres et refit l'opération avec la seconde et la sixte.

— *Secundus !*

De nouveau, l'éclat doré suivit le déclic.

Inspirant puis expirant lentement, il rassembla ses forces pour la séquence suivante. L'opération demandait une grande énergie, et ses réserves étaient dangereusement épuisées, mais il n'avait pas le choix s'il voulait descendre dans la bibliothèque pour effectuer ses recherches. Il ne pouvait pas laisser Kelson sans protection. Il prit la tierce et la posa contre la septime.

— *Tertius !*

Au moment où l'éclat doré apparaissait, Kelson remua dans son sommeil et ouvrit les yeux avec un sursaut.

— Qu'est-ce que... Morgan, qu'est-ce que tu fais ?

Il se dressa sur sa couche et regarda les cubes, puis Morgan.

Celui-ci, surpris, haussa un sourcil, puis porta sa main contre son menton en un geste de résignation.

— Je te croyais endormi, dit-il d'un ton légèrement accusateur.

Kelson battit plusieurs fois des paupières, éberlué. Il n'était pas encore bien éveillé. Il tendit une main hésitante vers les cubes lumineux.

— Ne les touche pas ! commanda Morgan en lui bloquant vivement le poignet. Tu peux regarder, mais n'y touche surtout pas !

Respirant à fond, il mit en contact les deux cubes

restants et disposa la barre ainsi formée de manière symétrique aux autres.

— *Quartus !*

Avec un soupir de soulagement, il se tourna alors vers Kelson pour lui demander :

— Peux-tu m'expliquer pourquoi tu ne dors pas ?

Le jeune prince se redressa sur le lit.

— C'est toi qui m'as réveillé, en murmurant des mots latins à mon oreille. Qu'est-ce que c'est que ces trucs ?

Il regardait les quatre barres de manière soupçonneuse.

— Ce sont les éléments d'une Garde Majeure, expliqua Morgan en se levant. Il faut que je m'absente quelque temps, et je ne voulais pas te laisser sans protection. Maintenant que la garde est activée, je suis le seul à pouvoir la lever. Tu es parfaitement en sécurité.

Il se baissa pour prendre les barres et les disposer aux quatre coins du lit.

— Une seconde, fit Kelson en se glissant vers le bord du lit. Où as-tu l'intention d'aller ? Je t'accompagne !

— Pas question, dit Morgan en le repoussant vers l'oreiller. Tu vas te rendormir gentiment. Je ne vais que dans la bibliothèque de ton père, pour essayer d'y trouver des indices. Crois-moi, s'il y avait un autre moyen, je dormirais encore, moi aussi. Tu as besoin de tout le repos que tu pourras prendre pour affronter la dure journée de demain.

— Mais je pourrais me rendre utile, protesta Kelson, surpris de se retrouver au milieu du lit. De toute manière, je n'ai plus sommeil, maintenant.

— Ça, c'est facile à arranger, fit Morgan avec un sourire.

Il posa la main sur le front de Kelson en murmurant :

— Détends-toi, mon garçon. Détends-toi et fais de beaux rêves. Oublie les soucis et les craintes. Songe à des temps meilleurs. Dors profondément, mon prince. Il n'y a pas de danger.

Tandis qu'il prononçait ces mots, les paupières de

Kelson battirent à plusieurs reprises, puis se fermèrent. Sa respiration prit le rythme du sommeil profond. Morgan sourit, puis lui caressa doucement les cheveux. Il se redressa alors et pointa l'index sur chacune des barres de garde, successivement.

— *Primus, secundus, tertius et quartus, fiat lux !*

Aussitôt, les gardes s'illuminèrent d'un éclat nouveau, entourant Kelson d'un cocon de brume laiteuse. Satisfait, Morgan hocha la tête et sortit.

Une demi-heure plus tard, dans la bibliothèque, il n'avait encore obtenu aucun résultat. Il avait pratiquement épluché tous les volumes de la collection privée du roi, et la plupart de ceux de la section publique, sans rien découvrir d'utile.

Le plus petit indice aurait été le bienvenu : une marque dans une marge, une note à l'endroit dont il s'était inspiré pour composer son quatrain rituel. Il lui fallait une clé pour savoir comment aborder l'énigme. Naturellement, il pouvait s'en sortir sans ce genre d'aide, mais le temps lui manquait, et il fallait qu'il soit certain à cent pour cent de la procédure à suivre.

Si le rituel échouait, Kelson était condamné, et Morgan et Duncan avec lui. Ils ne pouvaient pas se battre à la place du nouveau roi. Les règles de la pratique occulte ne le permettaient pas.

Si seulement il pouvait se rappeler un détail quelconque sur les habitudes de lectures de Brion, cela lui donnerait peut-être une idée de ce qu'il fallait chercher. Il y avait nécessairement un indice quelque part. Brion avait dû laisser un signe, sachant que son ami viendrait le chercher ici. Ou peut-être l'indice était-il dans les termes du quatrain lui-même. De toute manière, il fallait qu'il y en ait un.

Tandis qu'il faisait une nouvelle fois du regard le tour de la pièce, son attention fut attirée par le griffon du sceau qu'il portait à la main gauche. Il avait entendu parler d'un seigneur deryni qui utilisait une bague du même genre pour se plonger dans un état de concentration profonde. On appelait cela la technique de Thuryn, d'après celui qui l'avait fait entrer pour la première fois dans l'arsenal deryni. Morgan avait déjà utilisé plusieurs fois cette technique, mais jamais pour des cas de ce genre. Cela avait très bien marché, à l'époque. Il espérait que cela marcherait aussi dans le cas présent.

Focalisant son attention sur l'anneau, il força son esprit à faire place nette de toutes ses préoccupations secondaires et à se couper de toutes les sensations extérieures. Ses yeux devinrent lourds, sa respiration se ralentit, ses doigts crispés se relâchèrent.

Il laissa l'image de Brion se former dans sa tête et s'efforça de pénétrer cette image et de la sonder pour voir ce qu'elle contenait en relation avec le renseignement qu'il cherchait.

Soudain, l'image de Brion se disloqua, pour être remplacée par des ténèbres tourbillonnantes. Il eut la vision fugace d'un visage d'homme entouré d'un capuchon noir. C'était une vision étrange, et pourtant familière, à la fois pressante et rassurante. Puis tout disparut, et il n'y eut plus qu'un jeune homme désemparé, assis stupidement, les yeux fermés, devant une table dans une bibliothèque.

Il ouvrit brusquement les yeux pour regarder autour de lui, mais il n'y avait personne.

Khadasa ! l'image n'avait pas duré longtemps, mais elle était d'une réalité saisissante ! Jamais il n'avait eu un tel résultat avec la technique de Thuryn. Mais il ne se souvenait pas d'avoir déjà vu ce visage. En quoi cela pouvait-il l'aider ?

Machinalement, il retourna devant les rayons qui contenaient la collection privée de Brion, et en sortit un volume au hasard.

— *La Vie des saints*, de Talbot, lut-il à mi-voix.

Il feuilleta distraitement les pages racornies par l'usage, jusqu'à ce qu'elles s'ouvrent d'elles-mêmes à un endroit où était glissé un bout de parchemin. Il y avait quelque chose d'écrit sur ce parchemin, de la main de Brion. Mais l'attention de Morgan n'était fixée que sur ce qu'il voyait sur la page de gauche. C'était le portrait en couleurs d'un personnage dont le visage correspondait exactement à celui de sa vision.

Avec une appréhension fébrile, il se pencha pour déchiffrer le nom écrit au-dessous du portrait. À la lueur vacillante de la bougie, il lut : « Saint Camber de Culdi, patron de la magie derynie. »

Posant le livre, il regarda nerveusement derrière lui. C'était impossible, et pourtant vrai. Le visage de sa vision était bien le même.

Fantastique. Il ne croyait pas aux saints — ou, du moins, il se disait qu'il n'y croyait pas. Après tout, Camber était mort depuis près de deux siècles, et par-dessus le marché sa sainteté avait été annulée.

Qu'est-ce qui avait orienté ses pensées sur Camber en ce moment précis ? Brion avait-il tenu un jour des propos sur le saint renégat qui étaient demeurés en sommeil dans son esprit pour ne remonter à la surface qu'à la faveur d'une succession d'événements tels que ceux qu'il était en train de vivre ? Question : Que savait-il au juste sur saint Camber de Culdi ? Réponse : Pas grand-chose. C'était le genre de connaissance qui ne lui servait à rien. Jusqu'à aujourd'hui.

Agacé, il se rendit compte qu'il lui fallait en savoir plus. Il prit de nouveau le volume pour le rapprocher de la lumière. Ce faisant, il glissa distraitement le bout de parchemin dans sa poche. Puis il lut :

Saint Camber de Culdi (849-905 ?), comte légendaire de Culdi, seigneur deryni à part entière, qui vécut à l'époque de l'Interrègne deryni. Vers la fin de cette période, Camber découvrit que, sous certaines conditions contrôlées, et chez certains individus sélectionnés, toute l'étendue des pouvoirs derynis pouvait être acquise par les humains. C'est lui qui, le premier, aida les descendants des vieux seigneurs humains à acquérir ce pouvoir et qui, plus tard, fut à la tête de la révolte qui mit définitivement fin à l'Interrègne deryni.

Morgan tourna impatiemment la page. Tout cela, il le savait déjà. Ces connaissances faisaient partie de la culture générale. Il lui fallait des renseignements sur la sainteté de Camber, ou sur n'importe quoi qui pût expliquer sa vision de tout à l'heure. Il poursuivit sa lecture.

À cette époque, les gens étaient plus tolérants à l'égard des arts occultes. En signe de gratitude pour les services que le Culdien avait rendu à l'humanité, le concile des Évêques décida de le canoniser. Mais cela ne dura pas longtemps. Quinze ans plus tard, il y eut une vague de persécutions sanglantes contre les personnes et les biens d'origine derynie. Peu de temps après, le nom de Camber fut rayé de la liste des saints. Au concile de Ramos, un grand nombre de décrets du précédent concile furent cassés, et, par la même occasion, la sainteté du Culdien.

Camber était vénéré comme le saint patron des arts occultes, voué à la défense de l'humanité. Lorsque le concile de Ramos répudia Camber, il jeta par la même occasion l'anathème sur toutes les pratiques occultes. Le nom même de Camber devint symbole du mal personnifié. Chaque atrocité commise par les seigneurs de l'Interrègne fut attribuée à l'ex-saint deryni, et le peuple cessa de mentionner son nom autrement que pour le maudire.

Une partie des controverses sur la réputation de Camber se sont estompées au fil des années. Il est difficile de maintenir un mensonge en vie durant deux cents ans. Mais certaines rumeurs persistent, et attisent les flammes. On dit que la mort de Camber, en 905, ne s'est jamais produite, et qu'il s'est caché en attendant le moment propice pour refaire son apparition et exercer de nouveau sa magie. Nul ne sait quelle part de vérité il peut y avoir dans ces allégations. Et cette vérité n'est pas près d'être connue. Le fait est qu'une poignée de seigneurs derynis de haut rang a survécu, et que la magie, bien que sous le coup d'un anathème, est toujours pratiquée parmi eux. Mais peut-on envisager sérieusement que Camber fasse partie du nombre ? Même un Deryni serait difficilement en état de fonctionner au bout de deux siècles ou plus. Les rumeurs, cependant, ont la vie longue. Et les rares Derynis encore vivants qui pourraient nous éclairer sur Camber de Culdi s'abstiennent de tout commentaire.

Après avoir fini la lecture du passage, Morgan tourna les pages en arrière pour regarder de nouveau le portrait. Camber de Culdi. Vraiment étonnant. Il était absolument certain de n'avoir jamais vu ce portrait avant. Et il n'avait jamais lu cette notice sur saint Camber. Il s'en serait souvenu. Rien de ce qu'il avait lu jusque-là sur lui ne donnait autant de détails.

Qu'avait-il appris au juste ? Et en quoi cela pouvait-il servir dans la situation présente ? Pourquoi ce visage lui semblait-il familier alors qu'il était certain de ne l'avoir jamais vu avant ?

Au moment où il refermait le volume, il entendit la porte de la bibliothèque qui s'ouvrait doucement derrière lui. Il se retourna lentement, et aperçut une ombre grise qui se glissait silencieusement dans la pièce.

C'était une femme. Au moment où elle se retournait pour fermer sans bruit la porte qui donnait sur le corridor, il reconnut... Charissa !

Avec un sourire amusé, il s'enfonça dans son siège, curieux de voir combien de temps elle allait mettre pour découvrir sa présence et celle de la bougie qui éclairait faiblement un coin de la grande table.

— Bonsoir, Charissa, dit-il au bout d'un moment sans bouger de sa place. Tu cherches quelqu'un ? Ou peut-être quelque chose ?

Elle sursauta, se reprit et fit prudemment le tour de la table pour voir qui était là. Morgan la salua d'un signe de tête lorsqu'elle s'avança dans la zone éclairée par la bougie. Elle ne semblait pas du tout amusée.

— Qu'est-ce que tu fais là ? demanda-t-elle à voix basse en le reconnaissant.

Il se leva et s'étira, réprimant ostensiblement un bâillement.

— Je suis venu chercher un peu de lecture, si tu veux savoir, dit-il. Malgré tous les ennuis que tu m'as causés ces derniers temps et qui m'ont occasionné beaucoup de fatigue, je n'ai pas pu trouver le sommeil. C'est plutôt étonnant, n'est-ce pas ?

— En effet, répondit-elle, sur ses gardes, en reprenant de l'assurance. Mais qu'est-ce qui te fait croire que je suis pour quelque chose dans tes insomnies ?

Il leva la main en signe de protestation.

— Ce ne sont pas des insomnies, ma chère, mais de la fatigue. Et j'imagine très bien à quoi tu t'es occupée ces derniers jours. À faire courir de méchants bruits sur moi, à soulever le Conseil contre moi, à me tendre une embuscade sur la route, par exemple. Je te soupçonne même d'être pour quelque chose dans la mort de Brion. Naturellement, ajouta-t-il avec un haussement d'épaules, je ne peux rien prouver pour l'instant.

Les pupilles de Charissa s'étrécirent tandis qu'elle l'étudiait, essayant de savoir quelle part de bluff il y avait dans ses accusations.

— Tu auras du mal à prouver tes allégations, mon cher Morgan, dit-elle. Tu devrais demander autour de toi, tu t'apercevrais peut-être que toutes ces choses horribles dont tu m'accuses te sont en réalité attribuées.

Morgan haussa les épaules avec indifférence.

— Quant au rôle que tu m'attribues dans la mort de Brion, continua Charissa, c'est vraiment ridicule. Tout le monde sait qu'il a été victime d'un arrêt du cœur.

— Je n'en suis pas si sûr. Tout ce que je sais, c'est qu'une personne de son entourage a reçu en cadeau une gourde de vin le matin même de la chasse, et que la personne qui a donné cette gourde est décrite comme une très belle dame aux cheveux blonds et à l'air mystérieux. Seuls Brion et Colin ont bu à cette gourde.

— Et alors ? répliqua Charissa. Tu ne m'accuses tout

de même pas d'avoir empoisonné le roi ? Allons, Morgan, je te croyais plus malin.

— Je n'ai pas dit mon dernier mot, murmura-t-il. Je sais aussi que tu as appris à préparer la *merasha*, cette drogue qui affecte l'esprit, il y a quelques années de cela, et qu'elle ne tue que ceux qui ont du sang deryni dans les veines, ou qui ont acquis les pouvoirs derynis, comme Brion.

— Vraiment, Morgan, tu dis n'importe quoi.

— Tu crois ? Tu savais très bien que Brion en mourrait car, étant simple mortel, il n'avait pas le pouvoir de déceler la présence de la drogue dans son organisme jusqu'à ce qu'il soit trop tard pour lui. Pourquoi ne pas l'avoir plutôt défié honorablement, Charissa ? ajouta-t-il en se dressant subitement, l'air menaçant, pour la fustiger du regard. Tu aurais pu remporter le combat. Ce n'était qu'un mortel, après tout.

— Risquer ma réputation et mes pouvoirs contre un simple mortel ? Me mesurer avec un humain ? Je ne vois pas pourquoi j'aurais fait cela.

— Tu t'apprêtes pourtant à le faire demain, n'est-ce pas ?

Elle eut un sourire langoureux.

— C'est vrai, mais le cas est différent. Contre Kelson, je ne peux pas perdre. Ce n'est qu'un enfant, il n'a aucune expérience. Et tu ne peux rien pour l'aider comme tu as aidé son père il y a quinze ans.

— Je n'en serais pas si certaine, à ta place. Il tient beaucoup de son père. Et je suis là pour veiller à ce que tu n'uses d'aucune traîtrise, contrairement à ce qui s'est passé pour Brion.

— Quelle idée, Morgan ! Tu t'imagines que je m'abaisserais à faire une chose pareille ? Naturellement, j'ai bien rendu une petite visite à ton précieux prince, tout à l'heure, mais c'était juste pour...

Les pupilles de Morgan s'étrécirent.

— Tu ne peux rien contre lui ce soir, Charissa. Tous

les pouvoirs conjugués de l'univers ne sauraient franchir mes défenses.

— C'est sans doute vrai, admit-elle. Tu as bien disposé tes gardes. J'avoue que je suis impressionnée. Je n'aurais pas cru un bâtard deryni capable d'une telle efficacité.

Morgan se força à réprimer la colère qui montait en lui.

— Cela aide d'avoir un objectif qui en vaut la peine, Charissa, murmura-t-il. Je suis bien décidé à t'empêcher d'arriver à tes fins avec ce Haldane-là.

— On dirait que tu me défies, mon petit Morgan, répliqua Charissa d'une voix sarcastique. Voilà qui me réjouit fort, ajouta-t-elle en contemplant ses ongles. Tu peux compter sur une belle bataille d'énergie demain. Cette nuit même, peut-être. Et je le dis d'avance, il n'y aura pas de quartiers. Je te ferai payer ce que tu as fait à mon père. Je détruirai tous ceux que tu aimes, l'un après l'autre, en prenant mon temps. Et il n'y a rien, mon pauvre Morgan, absolument rien que tu puisses faire pour m'en empêcher.

Morgan ne répondit pas durant un long moment. Il gardait les yeux fixés sur cette femme incroyablement belle et incroyablement mauvaise.

— Nous verrons bien, murmura-t-il enfin. Nous verrons qui l'emportera.

Il se leva pour gagner lentement la porte, en gardant l'œil sur chacun de ses battements de cils, chaque froissement de sa robe de soie. Elle lui sourit avec langueur.

— Souviens-toi, Morgan. Pas de quartiers. Et fais bien attention à ton prince. Il va avoir besoin de toi dans peu de temps.

Morgan ouvrit la porte et sortit. Quand elle entendit ses pas s'éloigner dans le couloir, Charissa alla s'asseoir dans le fauteuil qu'il venait de quitter et ouvrit le livre posé sur la table. Elle le feuilleta lentement.

La Vie des saints.

Quel intérêt pouvait-il trouver à un pareil ouvrage ?

Elle fronça les sourcils. Elle était sûre qu'il y avait une raison, mais laquelle ?

Le livre n'entrait dans aucune des prévisions qu'elle avait faites sur les réactions de son ennemi, et cela la tracassait.

Elle n'aimait pas que les événements prennent un tour qu'elle n'était pas capable d'expliquer.

CHAPITRE 7

> Un Porte-parole de l'Infini devra guider...

En s'approchant des appartements de Kelson, Morgan ressentit un pincement d'angoisse. Et si Charissa lui avait menti ? Si elle avait trouvé le moyen de franchir les défenses ? Si elle avait tué le prince ?

Derry avait pris le commandement de la garde royale. Il s'avança vers Morgan lorsque le général se présenta à la porte de Kelson.

— Quelque chose ne va pas, Votre Grâce ?

— Je ne sais pas encore, répondit Morgan à voix basse après avoir fait signe aux deux gardes de s'éloigner. Tu n'as vu personne pendant mon absence ?

— Personne, Votre Grâce. J'ai fait interdire l'accès de toute cette aile. Voulez-vous que je vous accompagne ? demanda-t-il en voyant Morgan poser la main sur la poignée de la porte.

— Inutile, fit le général en secouant la tête.

Il se glissa à l'intérieur, puis referma doucement. Le dos contre la porte, il remit le verrou en place, en essayant de percer les ténèbres pour voir si rien ne menaçait Kelson.

Il s'était alarmé pour rien. Ses gardes étaient comme il les avait disposées, à l'épreuve de presque tous les dangers de l'univers. En se rapprochant de la couche royale où le jeune prince était entouré d'un cocon de lumière, il aurait pu capter, en se concentrant, les ondes de son sommeil.

Mais il s'abstint de le faire. Il lui suffisait d'avoir l'assurance qu'il n'était rien arrivé. D'un pas las, il alla s'asseoir devant la cheminée et remua les bûches avec un tisonnier richement ouvragé. Lorsque les flammes se furent stabilisées, il se leva sur la pointe des pieds et s'étira.

Complies allait bientôt sonner. Kelson et lui avaient un petit voyage à accomplir. Il ne voulait pas avoir à se presser. Trop de hâte pouvait leur faire relâcher leur vigilance, et c'était là un luxe qu'ils ne pouvaient pas se permettre cette nuit.

Il se débarrassa de sa robe de chambre et la posa sur le dossier du siège, puis drapa sa grande cape sur ses épaules. La fermeture se mit en place avec un cliquetis métallique. Il marcha alors jusqu'au lit de Kelson. La bougie qu'il avait laissée par terre projetait des ombres pâles sur la silhouette endormie.

Il contempla avec satisfaction la Garde Majeure qu'il avait mise en place. Elle avait bien rempli son office. Il ne pourrait plus s'en servir durant quelques semaines, car les cubes avaient besoin de se recharger. Mais cela n'avait pas d'importance. Il n'avait pas l'intention de quitter Kelson d'une semelle jusqu'à son couronnement.

Il se pencha vers le prince endormi, les mains tendues devant lui, paumes en l'air, pour réciter la formule qui mettrait fin à l'enchantement. La lueur des barres diminua progressivement. Elles se désassemblèrent avec un cliquetis, et il n'y eut plus sur le lit que huit petits cubes étranges, deux par deux, à chaque coin.

Il se baissa pour les reprendre. Au même moment, Kelson ouvrit les yeux.

— J'ai dû m'endormir, murmura-t-il en se redressant sur un coude. C'est l'heure de partir ?

Morgan sourit tout en faisant glisser les cubes dans leur étui rouge.

— Presque l'heure, répondit-il en ramassant la bougie et en retournant devant la cheminée. Tu as bien dormi ?

Kelson se frotta les yeux. Il se leva et rejoignit, pieds nus, Morgan devant la cheminée.

— Pas mal, oui. Mais j'aimerais bien savoir comment tu as fait ça.

— Comment j'ai fait quoi, mon prince ? demanda distraitement Morgan en s'asseyant devant les flammes.

— Comment tu as fait pour m'endormir, fit Kelson en se laissant tomber sur la peau d'ours devant l'âtre afin d'enfiler ses bottes. J'avais envie de t'accompagner, mais tu as mis ta main sur mon front et je n'ai pas pu garder les yeux ouverts.

Morgan sourit. Il se passa la main dans les cheveux en répondant d'un air énigmatique :

— Tu étais fatigué.

Kelson avait fini de mettre ses bottes. Il se leva pour aller chercher un manteau dans sa garde-robe. Il faisait froid à l'extérieur. On entendait siffler le vent sur la terrasse.

Kelson trouva une épaisse cape rouge doublée de fourrure et munie d'une capuche. Il la passa par-dessus sa tête. Puis il prit l'épée que lui tendait Morgan et l'accrocha à sa taille tandis que le général faisait de même avec son arme.

— Tu es prêt, Kelson ?

Le jeune prince hocha la tête et se dirigea vers la porte.

— Pas par là, dit Morgan en lui faisant signe de le rejoindre devant la cheminée.

Perplexe, Kelson obéit. Il vit Morgan se placer à une certaine distance du mur, à gauche de l'âtre, et tracer dans l'air un signe compliqué avec l'index de sa main droite. Avec un léger grincement, une portion du mur pivota, découvrant une série de marches obscures d'où montait un courant d'air froid.

— Qu'est-ce que c'est que ça ? demanda le jeune prince, incrédule.

— C'est un passage secret, expliqua Morgan en prenant la bougie sur la cheminée et en faisant signe à

Kelson de passer le premier. Tu ne connaissais pas son existence ?

Le jeune garçon secoua la tête. Morgan le suivit dans le passage obscur. Derrière lui, le pan de mur se referma sans bruit. Leurs pas étouffés résonnèrent sur les marches humides.

Avec Morgan sur ses talons, Kelson descendit en essayant de percer l'obscurité devant lui. Le faible halo de lumière de la bougie ne leur était pas d'un grand secours. Ils ne prononcèrent pas un mot jusqu'à ce qu'ils arrivent à un palier.

— Est-ce qu'il y a beaucoup de passages du même genre dans le palais, Morgan ? chuchota Kelson tandis qu'ils empruntaient un long couloir qui semblait aboutir en cul-de-sac devant un mur nu.

— Assez pour que tu puisses te rendre à peu près n'importe où, et à condition, bien sûr, de savoir où ils se trouvent. Prépare-toi à souffler la bougie, maintenant. Nous sommes arrivés. Nous allons ressortir près de la place de la basilique.

Il appuya sur une pierre du mur, et une ouverture apparut à hauteur d'épaule. Morgan y colla un œil durant un long moment. Puis il posa de nouveau la main sur la pierre.

— Nous pouvons y aller, dit-il. Éteins la bougie et pose-la par terre sur ta droite.

Kelson obéit. Les ténèbres se refermèrent sur eux. Il y eut un bruissement étouffé, et Kelson sentit une bouffée d'air froid sur son visage. Puis il aperçut un rectangle de lumière un peu plus loin devant lui. Morgan lui prit le bras et l'entraîna vers l'ouverture. Le mur se referma silencieusement derrière eux. Une brume glacée flottait dans l'air de la nuit et elle les pénétra jusqu'aux os malgré leurs lourds vêtements. Kelson releva le capuchon sur sa tête et recula dans l'ombre avec Morgan.

Ils attendirent quelques instants. La cour était presque déserte. La présence massive de la basilique se devinait dans le ciel noir. Ils entendirent au loin les cloches de la cathédrale qui sonnaient complies, la dernière des heures canoniques. Les derniers passants attardés traversaient la place à grands pas. Des soldats passaient par groupes de trois ou de deux, munis de torches grésillantes, pressés, eux aussi, de gagner leur destination, à l'abri du froid et de l'humidité.

Ils attendirent encore cinq minutes que la place soit totalement déserte. Puis Morgan prit le bras de Kelson et le guida vers une petite porte. Ils attendirent encore durant un temps qui parut interminable au jeune prince, puis se glissèrent discrètement dans le narthex.

La basilique était silencieuse. L'obscurité n'était interrompue que par la lueur pâle des cierges qui projetaient leur halo de saphir et de rubis sur les dalles de pierre et les sombres vitraux.

À l'intérieur du sanctuaire brûlait une veilleuse pourpre qui occupait la place d'honneur et projetait des ombres vacillantes sur tout le chœur. Tandis que le prince et son compagnon descendaient rapidement l'allée latérale, une silhouette vêtue de noir se détacha de l'ombre du sanctuaire, fit une génuflexion rapide devant le maître-autel et s'avança à leur rencontre dans le transept.

— Pas trop de difficultés ? chuchota Duncan en les précédant dans son bureau, dont il referma la porte.

— Aucune qui vaille la peine d'être mentionnée, répondit Morgan.

Il alla jusqu'à la fenêtre pour écarter légèrement les rideaux et regarder un long moment à l'extérieur. Puis il revint s'asseoir devant la table, au centre de la pièce. Kelson s'assit à son tour, en regardant les deux hommes avec appréhension. Duncan resta debout, mais prit une longue cape de laine sur le fauteuil qui se trouvait devant son bureau et s'en drapa les épaules.

— Reposez-vous quelques minutes, dit-il. Nous emprunterons un vieux Portail de Transfert deryni pour nous rendre à la cathédrale. C'est un vestige des temps où il n'était pas si mal vu d'être un Deryni ! (Il lutta quelques instants avec la fermeture de sa cape, et réussit enfin à en triompher.) Je vais d'abord aller vérifier de l'autre côté s'il n'y a personne. Avec notre chance habituelle, quelqu'un se trouvera dans la sacristie juste au moment où nous y apparaîtrons, et le résultat ne sera pas très beau à voir.

Il s'approcha du prie-Dieu à l'angle du mur, et toucha une série de boutons sur le côté de celui-ci. Un pan de mur glissa, révélant une niche d'un mètre de large sur cinquante centimètres de profondeur environ, et juste de la hauteur d'un homme.

Avec un geste rassurant de la main, il entra dans cette cabine... et disparut.

Kelson était éberlué.

— Comment a-t-il fait ça, Morgan ? Je jure que je ne l'ai pas quitté des yeux une seule seconde. Qu'est-ce que c'est qu'un Portail de Transfert ?

Morgan sourit. Il s'inclina en arrière dans son fauteuil.

— Tu viens d'avoir une démonstration d'un art aujourd'hui presque perdu, dit-il. Tu remarqueras, en apprenant à le connaître mieux, que notre homme a de multiples talents. Et il n'y a pas de conflit entre les différentes fonctions qu'il exerce. Il considère ses pouvoirs comme un don de Dieu, à utiliser pour le bien de tous.

— C'est pour cela qu'il s'est fait prêtre ?

Morgan haussa les épaules.

— À sa manière, Duncan a un sens religieux très profond. Mais, les choses étant ce qu'elles sont, quel meilleur endroit qu'une sacristie pour quelqu'un qui a pour moitié du sang deryni dans les veines ?

Lorsque Duncan ressortit dans la sacristie de la cathédrale Saint-George, il regarda attentivement autour de lui. À part la veilleuse qui brûlait dans le coin opposé à celui où il se trouvait, la salle était plongée dans une obscurité totale. Et elle était déserte, pour autant qu'il pût en juger.

Il allait pousser un soupir de soulagement et retourner dans la basilique pour faire passer Morgan et Kelson lorsqu'il entendit un mouvement dans l'ombre, près de la porte. Une voix demanda :

— Qui est là ?

Duncan se tourna lentement vers l'endroit d'où venait cette voix. Ses yeux s'étaient habitués à la pénombre, il aperçut une silhouette noire courbée en avant.

— Je croyais que tout le monde était sorti, dit la voix.

La flamme vacillante d'une bougie apparut.

— Ah ! C'est vous, Monsignor McLain, poursuivit l'homme. Je suis frère Jérôme, le sacristain. Vous vous souvenez de moi ?

Duncan se détendit en poussant un soupir de soulagement presque audible. Dieu merci, ce n'était que frère Jérôme ! Le vieux moine était presque aveugle, et commençait à devenir sénile. S'il avait vu quelque chose dans cette pénombre, personne ne le croirait quand il le raconterait. Il se dirigea vers lui en arborant un sourire sincère.

— Vous m'avez fait peur, frère Jérôme, murmura-t-il. Qu'est-ce que vous faites comme ça dans le noir ?

Le vieux moine gloussa.

— Pour sûr que je vous ai fait peur, Monsignor. Lorsque vous m'avez aperçu, vous avez fait un bond jusqu'au plafond.

Il gloussa de nouveau. Duncan se demandait s'il avait vu quelque chose, ou s'il était gâteux pour de bon.

— Vous m'avez pris au dépourvu, frère Jérôme, dit-il. Je croyais être seul ici. Je suis venu vérifier une dernière fois si tout était bien prêt pour le couronnement de demain. Je n'ai pas eu le temps de le faire avant, vous comprenez. Ma journée a été très occupée.

Frère Jérôme s'avança jusqu'à l'armoire où étaient rangés les habits cérémoniaux, et en tapota la porte de manière rassurante.

— Ne vous en faites pas, Monsignor. Je me suis

occupé de tout, comme je le fais depuis quarante-cinq ans. Le roi que vous allez couronner demain ne sera pas un souverain de second ordre, si vous voulez mon avis. Ce sera un grand monarque, à condition qu'il survive jusqu'à son couronnement.

Duncan se raidit légèrement à ces mots, comme si une main glacée venait de lui étreindre le cou.

— Qu'est-ce que ça veut dire, « qu'il survive jusqu'à son couronnement » ?

— Vous n'êtes pas au courant des rumeurs ? On dit qu'il y a cette nuit dans les rues de Rhemuth de monstrueuses puissances maléfiques en liberté, qui veulent s'en prendre à notre jeune prince Kelson, que Dieu le bénisse (le frère Jérôme se signa pieusement), et que la magie derynie les guide vers ses appartements.

— La magie derynie ? répéta Duncan. Qui vous a dit cela, frère Jérôme ? Les seigneurs derynis de notre époque ont toujours été les alliés de la lignée des Haldane.

— Pas tous, Monsignor, fit le vieux moine. Certains disent que l'esprit du sorcier deryni tué en un terrible combat singulier, il y a de cela de nombreuses années, par le roi Brion, est revenu se venger. Et que la fille du sorcier, Charissa, la Dame de l'Ombre des Marches du Nord, a l'intention de tuer notre prince pour s'asseoir à sa place sur le trône de Gwynedd. Mais d'autres disent encore qu'il s'agit d'une coalition de toutes les forces maléfiques de l'univers, qui cherchent à détruire notre prince et à le dépouiller de son royaume parce que nous ne rendons plus hommage aux Puissances des Ténèbres. Et il y a aussi ceux qui pensent, comme moi, que c'est la faute de ce Morgan, dont le sang deryni a fini par prendre le dessus. C'est de lui qu'il faut se méfier, voilà ce que je dis, moi.

Duncan se força à rire bruyamment. Il était cependant extrêmement troublé par ce qu'il venait d'entendre. Même si les élucubrations du vieil homme n'étaient qu'un mélange de superstitions et de légendes, il y avait un noyau de vérité dans tout ce qu'il avait dit. Charissa était bien impliquée dans cette affaire, et l'esprit du vieux sorcier également, si l'on admet que les parents continuent à vivre dans leurs enfants. Et il ne doutait pas que les forces du mal fussent en ce moment même en train de se rassembler pour fondre sur le monde entier dès que la puissante Gwynedd serait tombée entre leurs mains.

Quant aux rumeurs concernant Alaric, il les avait déjà entendues mille fois. Et elles étaient sans fondement. Il pouvait au moins essayer de corriger le frère Jérôme sur ce point.

— Vous ne croyez tout de même pas vraiment à tous ces ragots concernant Morgan ? demanda-t-il en se penchant vers le vieux moine.

— J'y crois dur comme fer, Monsignor.

— Je vous assure que le seigneur Alaric ne songe qu'à protéger les intérêts du prince Kelson. Je lui ai parlé cet après-midi.

— Pouvez-vous prouver cela, Monsignor ? demanda le moine en plissant le front.

— Je ne voudrais pas violer les secrets du confessionnal, frère Jérôme.

— Vous êtes son confesseur ? Mais qu'est-ce qui vous prouve qu'il dit la vérité ?

Duncan sourit.

— Il y a longtemps que je le connais. Je réponds de lui.

Jérôme haussa les épaules, et commença à s'éloigner vers la porte.

— Vous êtes sans doute mieux placé que quiconque pour en parler, Monsignor. Mais pardonnez-moi, nous continuerons cette conversation plus tard, si vous n'y voyez pas d'inconvénient. Je dois me retirer, à présent. Les gardes vous feront sortir lorsque vous serez prêt.

Duncan prit la chandelle que le frère Jérôme avait posée par terre et le suivit jusqu'à la porte.

— Une seconde, frère Jérôme, dit-il. Vous voyez cette chandelle ?

— Bien sûr, murmura le vieux moine en fixant la flamme.

La voix de Duncan se fit plus douce et plus persuasive. Ses yeux brillèrent d'un éclat intérieur tandis qu'il posait la main sur celle de Jérôme.

— Vous allez l'emporter avec vous. Il fait très noir à l'extérieur, et il n'y a personne d'autre que vous ici. Vous n'avez aucune raison de la laisser dans la cathédrale. Elle pourrait provoquer un incendie, et ce serait une chose terrible, n'est-ce pas ?

— Oui, chuchota Jérôme.

— Vous n'avez rencontré personne, vous m'entendez ? Il n'y avait personne dans la sacristie. Vous me comprenez bien ?

Frère Jérôme hocha la tête. Duncan lui lâcha la main.

— Vous allez ressortir, maintenant, Jérôme. Tout est normal ici. Vous pouvez partir tranquille. Allez.

Sans un mot de plus, Jérôme ouvrit la porte et se glissa au-dehors. Il ne raconterait à personne ce qui s'était passé ici.

Duncan retourna à l'endroit où il s'était matérialisé quelques instants plus tôt. Il s'immobilisa juste assez longtemps pour rassembler ses esprits, et... refit son apparition dans le bureau.

En le voyant, Kelson sursauta, puis courut à lui.

— Tout va bien, Duncan ? Tu es resté longtemps, nous avions peur qu'il ne soit arrivé quelque chose.

Morgan les rejoignit devant le Portail de Transfert.

— Kelson exagère un peu, dit-il. Mais que s'est-il passé pour que tu restes si longtemps là-bas ? Des problèmes ?

— Plus maintenant, fit Duncan en souriant. Frère Jérôme était dans la sacristie. Je ne crois pas qu'il m'ait vu apparaître. Mais tout est arrangé. Et il m'a mis au courant de certains bruits qui courent. Je vous en parlerai plus tard.

Il fit signe à Kelson et à Morgan d'entrer avec lui dans la cabine de transfert. Elle était un peu étroite pour trois, mais ils réussirent à y prendre place en se serrant. Chacun des deux hommes posa la main sur une épaule du jeune prince.

— Prêts ? demanda Duncan.

Morgan hocha la tête.

— Kelson, je veux que tu fasses le vide dans ton esprit. Tu n'es pas encore capable de te transférer tout seul, c'est nous qui allons te porter comme un sac de pommes de terre.

— Qu'il en soit ainsi, dit Kelson.

Le prêtre lui lança un regard curieux. Sans s'en rendre compte, Kelson venait de parler comme un monarque donnant son assentiment, alors qu'aucun assentiment ne lui était demandé. Morgan avait-il remarqué la chose, lui aussi ?

Le jeune prince ferma les yeux. Il essaya de ne penser à rien. Il se concentra sur un vide noir, laissant son esprit se détacher de ses sensations. Il avait vaguement conscience des mains posées sur ses épaules. Puis il ressentit comme un malaise au creux de l'estomac, accompagné d'une sensation de chute vertigineuse, et...

Quand il ouvrit les yeux, ils n'étaient plus dans la cabine. Il faisait noir autour de lui.

Duncan plissa les yeux pour examiner soigneusement les lieux. Il n'y avait personne. La sacristie était exactement comme il l'avait laissée. Il fit signe à Morgan et à Kelson de le suivre, et alla ouvrir légèrement la porte pour regarder à l'extérieur de la sacristie. La cathédrale était silencieuse et déserte.

Morgan regardait par-dessus son épaule. Désignant la nef, il chuchota :

— On fait le tour ?

Duncan fit oui de la tête. Il indiqua un endroit, en arrière de la nef, où la porte conduisant à la crypte royale formait un rectangle plus clair dans la pénombre.

— Je prends à droite, et vous à gauche, dit-il.

Ils se dirigèrent lentement vers la crypte. Quand ils furent presque parvenus à destination, Duncan s'enfonça dans les ténèbres sur la droite. Kelson se posa dans un coin d'ombre, à quelques mètres de l'entrée de la crypte, d'où il pouvait voir Morgan et l'un des deux gardes, à demi assoupi.

Comme un spectre, le général se rapprocha de sa proie par petits bonds. Lorsqu'il fut derrière l'homme sans méfiance, il tendit la main pour la poser sur sa nuque.

À ce simple contact, le garde se raidit, puis se figea. Morgan l'étudia quelques secondes en hochant la tête. Satisfait, il fit signe à Kelson de s'avancer. Duncan les rejoignit bientôt, ayant fait ce qu'il avait à faire de son côté. Le jeune prince les regarda tour à tour d'un air admiratif.

— Tout va bien ? demanda Morgan à voix basse.

Duncan hocha affirmativement la tête.

— Il ne se souviendra de rien à son réveil.

— Allons-y, fit Morgan en désignant l'entrée de la crypte.

Le portail était massif, conçu à la fois pour empêcher les intrus de passer et pour former une barrière décorative entre le monde des morts et celui des vivants. Il faisait deux mètres cinquante de haut, et était constitué de centaines de barreaux solides, mais délicatement ouvragés, en bronze recouvert d'une fine couche d'or. Car c'était l'entrée d'une crypte royale.

Morgan passa la main sur le portail, en penchant la tête pour voir ce qu'il y avait de l'autre côté. Au bout d'un corridor de quelques mètres, un autel faisait face à la grille, destiné, peut-être, à ceux qui étaient venus se recueillir ici. Sur la gauche, on apercevait l'entrée de la crypte proprement dite. Plusieurs cierges étaient allumés non loin de l'autel, et jetaient des reflets mouvants sur les dalles de marbre poli. Les sépulcres royaux, objets de la présente expédition, se trouvaient juste au détour du couloir.

Morgan passa les doigts sur le mécanisme de verrouillage et se pencha pour mieux l'examiner. Tandis que Duncan se retournait pour vérifier si les gardes ne bougeaient pas, Kelson se rapprocha de Morgan pour regarder, fasciné, par-dessus son épaule.

— Tu penses pouvoir l'ouvrir ? demanda-t-il nerveusement.

Morgan mit un doigt sur ses lèvres. Il se concentra sur la serrure, visualisant dans son esprit chaque pièce du mécanisme. Kelson retenait sa respiration. Au bout d'un temps qui lui parut interminable, il entendit un déclic, puis un autre bruit métallique. Morgan, les yeux à demi fermés, poussa doucement le portail. Il s'ouvrit sans bruit.

Lorsque le passage fut suffisant pour un homme, il se retourna pour voir si Duncan était revenu, mais se figea, posant une main sur l'épaule de Kelson pour le mettre en garde.

— Bonsoir, Rogier, dit-il tranquillement.

Alerté par la pression de sa main, le prince se retourna vivement. Rogier se tenait, menaçant, à l'entrée de la crypte, avec une expression d'indignation et d'incrédulité sur son visage. Sa cape de velours vert foncé formait autour de lui une aura maléfique, qui projetait des reflets étranges sur son visage et ses cheveux. Les torchères fixées au mur accentuaient les effets de lumière fantasmagoriques.

— Vous ! cracha-t-il d'une voix basse qui résonna dans le silence glacé. Que diable faites-vous ici ?

Morgan haussa les épaules.

— Je n'avais pas sommeil. Kelson non plus. Nous sommes venus rendre une petite visite à Brion. Il y a plus de trois mois que je l'ai vu pour la dernière fois. Je me suis dit qu'une prière ou deux s'imposaient. Voulez-vous vous joindre à nous ?

Les paupières de Rogier se plissèrent. Sa main se porta sur le pommeau de son épée.

— Comment osez-vous ? souffla-t-il entre ses lèvres

serrées. Après la parodie de justice de cet après-midi devant le Conseil, après avoir répandu vos mensonges derynis dans tout le royaume, vous avez le toupet d'amener Son Altesse Royale dans cet endroit, pour y pratiquer je ne sais quels...

Tandis que Rogier dégainait son arme, le regard de Morgan se porta sur un coin d'ombre où il avait décelé un mouvement. À l'instant même où Rogier levait son épée, la main de Duncan se posa sur sa nuque.

Rogier se figea aussitôt. Puis il s'affaissa par terre. Morgan rattrapa l'épée avant qu'elle ne heurte les dalles. Duncan traîna l'homme inconscient dans un coin, où il l'adossa au mur. Puis il se redressa en se frottant les mains cérémonieusement, à la manière des ecclésiastiques.

— Qu'est-ce qu'il pouvait bien faire là ? demanda Kelson en examinant Rogier avec écœurement. Tu crois que c'est *elle* qui l'a envoyé ?

Morgan s'avança dans la crypte en faisant signe aux deux autres de le suivre.

— Tu fais allusion à Charissa ou à ta mère ? demanda-t-il en refermant le portail. À mon avis, c'est lui qui devait commander la garde. Mais il n'y aura pas de problème. Il ne se souviendra de rien, pas plus que les deux autres. Viens.

Après avoir tourné à l'angle du mur à hauteur de l'autel, ils se retrouvèrent parmi les tombeaux des Haldane.

La voûte était très haute, plus haute que deux hommes de bonne taille. Ses murs étaient taillés à même la roche qui servait de fondation à la cathédrale. Le long de chaque paroi, creusées dans la pierre, il y avait des niches de la largeur d'un cercueil, qui abritaient chacune les os de quelque ancêtre lointain de Kelson. Des fragments de riches étoffes tombées en poussière voisinaient avec des têtes de morts aux orbites vides tournées vers la voûte rocheuse. Partout, il y avait des tombeaux de reines et de rois qui avaient régné sur Gwynedd au cours des quatre derniers siècles. Chacun de ces tombeaux était plus richement sculpté que son voisin, et portait en lettres gravées le nom de son occupant et les années de son règne.

Sur la gauche, le plus récent de tous les sépulcres était éclairé par un grand nombre de chandelles qui faisaient monter de chaque côté leurs flammes bleues ou rouges vers la voûte. Kelson s'immobilisa pour contempler ce spectacle durant un long moment, puis s'avança, entre Morgan et Duncan, vers l'endroit où reposait son père.

Lorsqu'ils furent à proximité du tombeau, Morgan toucha le bras de Duncan. Puis il continua seul tandis que le prêtre et le jeune prince le regardaient faire en silence.

Morgan se recueillit quelques instants devant le sépulcre. Puis il posa la main sur le couvercle de bois en se disant qu'il n'était pas juste que Brion finisse ainsi sa vie. Il était mort trop jeune. Il avait accompli beaucoup, mais il aurait pu accomplir encore plus si la destinée lui en avait laissé le temps.

Tu as été un frère et un père pour moi, songea-t-il sombrement. *Si seulement j'avais été à tes côtés ce jour-là, j'aurais peut-être pu t'épargner cette indignité. Maintenant, tu nous as quittés, ton dernier souffle a abandonné ton corps...*

Il se reprit, retira sa main du sarcophage, et fit signe à Duncan et au prince de s'approcher. Il y avait eu des moments de joie, de camaraderie, d'amour. Peut-être reviendraient-ils un jour, mais il y avait pour le moment une tâche pressante à accomplir.

Duncan et lui firent doucement glisser le couvercle, en forçant pour briser le sceau. Puis ils découvrirent progressivement l'intérieur, où le corps gisait, froid, dans son linceul.

Morgan attendit que Kelson aille chercher un cierge pour écarter, d'une main qui ne tremblait pas, le linceul de soie qui recouvrait le visage.

Ce qu'il vit alors fit basculer son univers. Une main

glacée sembla se refermer sur son cœur, faisant courir une onde d'angoisse à travers tout son corps.

Kelson, à son tour, se mit à haleter en s'écriant :
— Oh, mon Dieu !

Duncan, d'abord paralysé de stupeur, recouvra l'usage de ses mouvements pour se signer avec un frisson.

Le corps à l'intérieur du cercueil n'était pas celui de Brion !

CHAPITRE 8

> Où les choses ne sont pas toujours ce qu'elles semblent.

Incrédule, Morgan se pencha pour examiner le corps de plus près. Le visage était celui d'un vieillard à la barbe grise. Il ne ressemblait même pas à celui de Brion.

Il remit le linceul en place et s'appuya contre le bois du couvercle en secouant la tête.

— Ce que nous venons de voir est difficile à croire, murmura-t-il enfin, mais les faits sont là. Es-tu bien certain, Kelson, que le corps de ton père a été déposé dans ce cercueil ?

Le jeune prince fit oui gravement de la tête.

— Je les ai vus mettre les scellés. C'est bien celui-là.

Duncan croisa les bras sur sa poitrine. Puis il se gratta le front d'un air songeur.

— Procédons par ordre, dit-il. L'un de vous reconnaît-il cet homme ?

Ses deux compagnons secouèrent négativement la tête.

— Très bien, poursuivit Duncan comme s'il se parlait à lui-même. Résumons les faits. Kelson a vu mettre le corps du roi dans ce sépulcre, mais il n'y est plus. La crypte est gardée jour et nuit. Il est donc difficile de penser que quelqu'un l'ait fait sortir d'ici sans se faire remarquer. Est-ce que vous voyez où je veux en venir ?

Morgan hocha la tête.

— Je crois deviner. Le corps est encore ici, mais

dans un autre cercueil, ou peut-être dans une de ces alvéoles. À nous de le retrouver.

Kelson, qui avait suivi cette conversation avec attention, intervint timidement.

— Je ne voudrais pas me montrer pessimiste, mais si nous avons pu arriver jusqu'ici sans encombre, je ne vois pas pourquoi quelqu'un d'autre n'aurait pas pu le faire aussi, et emporter le corps par la même occasion.

— Il n'a pas tort, soupira Duncan. Charissa aurait pu faire cela aussi bien que nous.

Morgan plissa le front pour se concentrer.

— Je ne crois pas que Charissa y soit pour quoi que ce soit, dit-il. Elle n'avait aucune raison de penser que nous aurions besoin de venir ici. Nous ne le savions pas nous-mêmes jusqu'à cet après-midi. Jehana, par contre, avait une raison. Elle est tellement inquiète de l'emprise que je suis censé avoir exercée sur le pauvre Brion qu'elle a pu se dire que je pourrais encore l'influencer après sa mort. Il faut reconnaître qu'elle surestime largement mes pouvoirs.

— Dans ce cas, tu penses que le corps est toujours dans la crypte ? demanda Duncan.

— Il vaut mieux partir de cette hypothèse. Si nous nous trompons, de toute manière, il ne nous reste aucune possibilité d'action. Je suggère que nous commencions nos recherches sans plus tarder.

Duncan ayant secoué la tête pour signifier son assentiment, Morgan alla chercher un cierge et le tendit au jeune prince. Duncan en prit un autre et s'éloigna pour ouvrir d'autres sépulcres. Kelson alla examiner les occupants des alvéoles de la paroi de pierre. Morgan jeta un dernier regard à la forme enveloppée de soie dans le sarcophage de Brion puis, prenant un autre cierge, il se dirigea vers les sépulcres qui occupaient l'autre mur de la crypte.

Ce n'était pas une tâche agréable. Les cercueils que Morgan ouvrait ne renfermaient que les linceuls pourris et des ossements qui tombaient en poussière. Et il voyait que Kelson n'avait pas plus de succès dans son exploration sinistre.

Le jeune prince examinait consciencieusement chaque alvéole, tout en agrippant nerveusement le cierge dans sa main moite. Chaque mouvement de la flamme projetait des ombres inquiétantes autour de lui, et il ne pouvait s'empêcher de regarder avec appréhension derrière lui à intervalles réguliers.

Morgan fit glisser un nouveau couvercle. Il s'en voulait d'avoir laissé au jeune prince la tâche la plus macabre, qui consistait à examiner le contenu des alvéoles. Mais il n'avait pas le choix. Kelson n'avait pas la force physique suffisante pour faire glisser les couvercles des sarcophages. Certains étaient si lourds qu'il avait du mal à les déplacer lui-même.

Un coup d'œil lui suffit pour s'assurer que celui qu'il avait en ce moment devant lui ne contenait pas le corps du roi. Avec Duncan, ils avaient ouvert à peu près un tiers des cercueils. Et il était probable que les deux tiers restants ne leur réserveraient pas de surprise.

Quelqu'un pouvait-il vraiment s'être emparé du corps durant ces derniers jours ? Et s'il était caché ici, où pouvait-il être excepté dans l'un des cercueils ? Même si Charissa était venue ici, comment aurait-elle pu savoir qu'ils chercheraient à retrouver Brion ?

La réponse était peut-être plus simple qu'il ne l'avait pensé. Le corps du roi n'avait pas forcément été déplacé. Mû par une intuition soudaine, il se précipita vers le premier sépulcre et fit glisser de nouveau le linceul de soie.

— Duncan ! Kelson ! appela-t-il en se penchant pour regarder les traits du vieillard dont le corps occupait le cercueil ouvert. Venez ! Je crois que j'ai compris où est Brion !

Ils le rejoignirent immédiatement.

— Qu'est-ce que tu racontes ? demanda Duncan.

— Il est sous notre nez ! fit Morgan sans détacher son regard du visage cireux du corps. Personne ne l'a déplacé. Il est resté à sa place.

— Mais ce n'est pas... commença à protester Kelson.

— Tais-toi, interrompit Duncan d'une voix d'où tout scepticisme avait disparu. Tu crois qu'il y a eu métamorphose, Alaric ? Par sortilège ?

— Regarde bien, Duncan. Tu verras que c'est bien Brion.

Duncan posa son cierge et s'essuya les doigts sur ses vêtements. Les mains parallèles au-dessus du corps, il l'inspecta, les yeux mi-clos. Au bout d'un moment, il rouvrit les paupières et poussa un profond soupir.

— Alors ? interrogea Morgan. Qu'en penses-tu ?

Duncan hocha la tête.

— Tu as raison. Il s'agit bien de lui. Le sortilège a été exécuté de main de maître. Il y a une étrange aura qui l'entoure. Quelque chose de maléfique. Mais je suis certain qu'on peut la briser. (Il secoua la tête.) Tu veux essayer, ou tu me laisses faire ?

— Fais-le, déclara Morgan après avoir regardé de nouveau le corps. Il vaut peut-être mieux que ce soit un prêtre qui rompe le sortilège.

Duncan prit une profonde inspiration, puis exhala lentement. Après avoir placé la main sur le front du cadavre, il ferma les yeux. Sa respiration devint plus lente, moins profonde dans la lueur lugubre des cierges.

Kelson, qui ne comprenait qu'imparfaitement ce qui se passait, regardait tour à tour les deux hommes en frissonnant d'appréhension. Il n'aimait pas beaucoup ce qui se déroulait ici. Il aspirait à retourner au grand air.

La respiration de Duncan s'accéléra. Des gouttelettes de transpiration ruisselèrent sur son front et sur le dos de ses mains. Il faisait pourtant très froid dans la crypte. Les mains du prêtre se mirent à trembler, très vite, jusqu'à ce qu'elles ne forment plus qu'une image floue devant les yeux de Kelson. Finalement, Duncan laissa échapper un soupir, et les traits du mort devinrent flous à leur tour, puis se stabilisèrent progressivement pour se figer à la ressemblance du roi Brion. Duncan retira brusquement ses mains, puis fit un pas tremblant en arrière. Il était pâle et épuisé.

— Ça va ? demanda Morgan en le prenant par le bras pour le soutenir.

Duncan hocha la tête, forçant sa respiration à reprendre un rythme normal.

— C'était... terrible, Alaric, murmura-t-il. Il n'était... pas libre. Le sortilège était puissant. Au moment où il s'est rompu, je l'ai senti... mourir. C'est une sensation... indescriptible.

Un haut-le-corps l'agita. Morgan le serra contre lui pour le réconforter. Il battit plusieurs fois des paupières tandis que sa vision se brouillait.

Devant eux, le corps de Brion reposait maintenant en paix, les paupières fermées pour l'éternité, les lèvres entrouvertes, les rides de tension effacées dans la mort comme jamais Morgan ne l'avait vu de son vivant.

Morgan se pencha pour retirer l'Œil de Rom qui brillait à présent au lobe de son oreille droite. Il contempla la pierre un long moment, puis la mit en sécurité dans la bourse attachée à sa ceinture.

Ce mouvement sortit Kelson de l'état d'hébétude où il se trouvait depuis qu'il avait assisté à la métamorphose. Il se pencha à son tour pour toucher la main de son père tandis qu'un sanglot étouffé sortait de ses lèvres. Il déglutit, puis se tourna vers Duncan pour lui demander en tremblant :

— Est-ce qu'il est vraiment libre, à présent, Duncan ? Elle ne pourra plus l'atteindre, là où il est ?

— Plus rien ne peut l'atteindre, murmura Duncan en secouant la tête. Rien ni personne, je t'en donne ma parole.

Kelson regarda de nouveau le corps avant de murmurer gravement :

— Ce n'est peut-être pas bien de lui prendre l'Œil de Rom sans rien lui donner en échange. Est-ce qu'on ne pourrait pas...

Il n'acheva pas sa phrase. Duncan hocha la tête.

— Que penses-tu de... ceci ? demanda-t-il en tirant, du fond de la poche de sa soutane, un petit crucifix doré.

Kelson prit l'objet avec un sourire pâle et le déposa délicatement dans la main de son père.

— Merci, dit-il à Duncan tandis que ses yeux se remplissaient de larmes involontaires. Je pense qu'il aurait aimé cela.

Il se détourna, et ses épaules s'agitèrent silencieusement durant quelques instants. Morgan regarda son cousin, haussant un sourcil interrogatif. Duncan hocha la tête. Il fit le signe de la croix au-dessus du cercueil, et ils refermèrent le couvercle ensemble. Puis ils remirent les cierges à leur place. Morgan alla prendre Kelson par le bras et le guida vers la sortie de la crypte.

Lorsque la grille se fut refermée derrière eux avec un déclic, le prêtre s'avança jusqu'à l'endroit où Rogier était adossé au mur. Il lui toucha légèrement le front. Immédiatement, l'homme se leva, toujours sous sa domination psychique. Duncan lui remit l'épée au fourreau. D'un geste, il le fit reprendre sa ronde, puis il alla rejoindre ses compagnons dans la pénombre. Il était temps de retourner à la basilique.

Duncan ouvrit le compartiment secret où il avait rangé l'Anneau de Feu et les autres objets du rituel. Il les apporta sur la table, au centre de la pièce. Avant de s'asseoir à côté de Kelson, Morgan alla ouvrir plusieurs tiroirs du bureau de Duncan, jusqu'à ce qu'il trouve ce qu'il cherchait : un petit nécessaire chirurgical dans une trousse de cuir. Il en étala le contenu sur la table, puis sortit l'Œil de Rom de la bourse accrochée à sa ceinture.

Kelson le voyait faire avec appréhension.

— À quoi cela va-t-il te servir ? lui demanda-t-il en désignant les instruments chirurgicaux.

— Je vais te percer l'oreille, dit Morgan d'une voix neutre.

Il déboucha un flacon contenant un pâle liquide verdâtre, dont il imbiba un morceau de coton. Puis il prit l'Œil de Rom entre ses doigts et l'essuya soigneusement sur toutes ses facettes, et en particulier à l'endroit où le fil d'or allait percer l'oreille de Kelson.

— Duncan, pourrais-tu me relire les deux premières strophes du quatrain rituel ? demanda-t-il. Je veux être bien sûr de faire les choses dans les règles.

Il prit une aiguille d'argent parmi les objets de la trousse et la frotta avec le coton pendant que Duncan lisait :

Quand le Fils pourra-t-il dévier le cours des
                                      [marées ?
Un Porte-parole de l'Infini devra guider
La main de son Protecteur Noir pour répandre le
                                      [sang
Qui éclaire l'Œil de Rom à vêpres.

Le même sang devra promptement nourrir l'Anneau
                                      [de Feu
Mais prends garde d'éveiller l'Ire du Démon.
Si ta main trop tôt retire le bandeau virginal,
Une juste colère damnera l'objet de tes désirs.

Morgan hocha la tête. Il posa l'aiguille sur la table, enveloppée d'un morceau de coton.

— Très bien, dit-il en s'adressant à Duncan. Sous ton regard, je dois percer l'oreille de Kelson en faisant en sorte que son sang touche l'Œil de Rom, qui se trouvera ainsi activé. Avec le même sang, je dois imprégner l'Anneau de Feu, en faisant attention que personne ne le touche de ses mains nues. Cette partie-là ne devrait pas poser de problème.

Duncan se leva et alla se tenir derrière le fauteuil de Kelson.

— Que dois-je faire, à part regarder ? demanda-t-il.

Morgan rapprocha son siège de celui du prince et prit un nouveau morceau de coton qu'il imprégna de liquide vert.

— Tiens-lui la tête pour l'empêcher de bouger. Le trou doit être net, ajouta-t-il en souriant au jeune prince pour le rassurer.

Kelson lui rendit un sourire pâle. Sans prononcer un mot, Morgan lui fit signe de prendre l'anneau dans son linge, en évitant tout contact avec sa peau. La pierre grenat jetait mille feux dans son écrin de soie blanche, et faisait pendant à l'éclat plus sombre de l'Œil de Rom posé sur la table.

Les mains froides de Duncan lui maintinrent fermement la tête pendant que Morgan appliquait un coton froid imprégné de liquide sur le lobe de son oreille droite. Il y eut un instant où il ne se passa rien, puis il entendit l'aiguille s'enfoncer avec un petit bruit et transpercer le lobe d'un mouvement net. Il n'avait ressenti aucune douleur.

Morgan se pencha pour mieux voir le résultat de son travail. L'aiguille était parfaitement perpendiculaire au lobe, exactement à l'endroit voulu. D'un geste précis, il la retira, puis appliqua un nouveau coton imbibé. Une goutte de sang perla de chaque côté. Il prit l'Œil de Rom dans son coton et l'appliqua contre le lobe, du côté extérieur, à l'endroit où était la goutte de sang. Puis il montra la pierre à Kelson.

Sous les yeux des trois hommes, le rubis noir changea d'aspect. Il s'éclaircit et se mit à briller d'un nouvel éclat intérieur, semblable à celui qu'il avait lorsque Brion le portait de son vivant.

Dès que cette étrange transformation fut accomplie, Morgan fit signe à Kelson de lui tendre l'Anneau de Feu. Il le mit en contact avec l'Œil de Rom imprégné de sang. Fidèle à son nom, l'Anneau de Feu se mit à briller d'un riche éclat, qui engloba celui de l'autre pierre.

Morgan soupira. Puis il frotta de nouveau l'oreille de Kelson avant d'y insérer le fil d'or de l'Œil de Rom. Au contact de l'Anneau de Feu, le gros rubis s'était nettoyé de tout son sang. Il brillait maintenant à l'oreille de Kelson, symbole tangible de son pouvoir à venir, premier accomplissement du rituel décrit dans le quatrain.

Duncan prit l'Anneau de Feu étincelant des mains de Kelson et l'enveloppa soigneusement dans le mouchoir de soie. Il ne servirait plus jusqu'au couronnement du lendemain. Il alla le remettre dans le compartiment secret, qu'il referma. Puis il revint vers Kelson, qu'il trouva en train de retourner dans ses mains le coffret de velours pourpre abritant le Lion Écarlate.

Morgan étala de nouveau sur la table le quatrain rituel, et lut la troisième strophe.

— Comment est-ce que ça s'ouvre, Morgan ? lui demanda le prince tout en remuant le coffret pour essayer de deviner, d'après le bruit, à quoi ressemblait son contenu.

Au moment où il l'approchait de son oreille, le coffret émit un léger bourdonnement musical, qui cessa dès qu'il l'abaissa sous l'effet de la surprise.

Duncan se pencha en avant.

— Peux-tu refaire cela, Kelson ?
— Refaire quoi.
— Remuer doucement le coffret.

Kelson fit ce qui lui était demandé, mais aucun bruit ne se fit entendre. Cependant, il ne l'avait pas levé à hauteur de sa tête comme la première fois, et ce détail n'avait pas échappé à l'attention de Morgan.

— Rapproche-le de l'Œil de Rom, dit-il.

Dès que Kelson eut obéi, le bourdonnement reprit.

— Touche-le avec la boucle d'oreille, Kelson, dit Morgan.

Kelson fit ce qu'il demandait. Aussitôt, il y eut un

déclic, et le couvercle s'entrouvrit. Le prince posa le coffret sur la table et l'ouvrit grand. Tous les trois purent alors contempler, impressionnés, le Lion Écarlate.

Il n'était pas vraiment écarlate. Le nom avait dû lui être donné jadis par un préposé aux joyaux de la couronne qui avait des problèmes avec la terminologie des bijoux. Il s'agissait, en réalité, d'une broche massive, de la taille du poing, munie d'un solide système de fermeture et ornée de l'écu des Haldane : un lion rampant gardant d'or sur fond d'émaux écarlates. Des arabesques filigranées ornaient le pourtour de la pièce, indubitablement sortie de l'atelier de l'un des meilleurs artisans de Concaradine.

Kelson prit délicatement la broche pour l'extraire de son lit de velours noir. Duncan se pencha sur le parchemin pour lire la troisième strophe.

Maintenant que l'Œil de Rom aperçoit la lumière,
Lâche le Lion Écarlate dans la nuit
D'une sinistre main qui ne tremblera point.
La Dent du Lion percera la chair, assurant le
[Pouvoir.

Kelson retourna plusieurs fois la broche dans sa main. Puis il montra sa main gauche.

— La sinistre main, c'est celle-ci, dit-il. C'est facile à comprendre. Mais... il y a quelque chose qui ne va pas. Regardez bien. Le lion de Gwynedd est rampant gardant. Il fait face à celui qui le regarde.

— Et alors ? demanda Morgan, perplexe.

— Tu ne vois pas ? Rampant gardant est une configuration héraldique où le lion a la gueule de face, tournée vers l'extérieur. Et il ne montre pas ses crocs. Le Lion de Gwynedd n'a pas de dents !

Morgan fronça les sourcils.

— Pas de dents ? C'est impossible. S'il n'y a pas de dents, il n'y pas de rituel. Et sans rituel...

Kelson toucha doucement la broche. Son regard se fixa, pensif, sur le bois poli de la table. Morgan n'avait nul besoin d'achever sa phrase. Il en connaissait la réponse, et cette perspective le glaçait comme rien ne l'avait jamais glacé jusqu'ici dans sa vie. S'il n'y avait pas de rituel, il allait bientôt mourir.

CHAPITRE 9

> Dans l'inconnu se cache la terreur, et
> dans la nuit la fourberie.

Le Lion Écarlate n'avait pas de dents !

Duncan saisit la broche et la retourna entre ses doigts. Il y avait là un mystère qu'il fallait percer. Cela lui rappelait vaguement quelque chose. De vieux grimoires, peut-être, où les phrases étaient toujours à double sens, et où il fallait savoir interpréter... Oui !

Il retourna la broche, une fois de plus, pour en examiner le mécanisme de fermeture. Puis son regard devint lointain tandis qu'il murmurait entre ses dents, comme pour lui-même :

— Oui, évidemment... Il y a toujours l'obstacle, la barrière, l'épreuve de courage.

Morgan se leva lentement, le visage sombre. Il commençait à comprendre, lui aussi, la signification de la strophe.

— C'est la *broche* qui est la dent du lion ? demanda-t-il d'une voix glacée.

Le regard de Duncan se fixa de nouveau sur le présent.

— Oui, chuchota-t-il.

Kelson se leva d'un bond et passa le doigt sur les huit centimètres de l'épingle d'or qui servait à fermer la broche. Il déglutit.

— C'est *cela* qui doit me percer la main ?

Duncan hocha la tête, impassible.

— C'est bien la clé, mon garçon. Tout ce qu'il y a eu avant n'était qu'une préparation à cette épreuve, et tout ce qu'il y aura après ne sera qu'un complément. Tu dois le faire toi-même. Nous t'aiderons par notre présence, nous nous occuperons de toi après, mais tu dois le faire tout seul. Tu comprends bien ?

Kelson garda le silence un bon moment. Puis il hocha lentement la tête.

— Je comprends, murmura-t-il. Je suis prêt à faire ce qu'il faut. Mais... j'aimerais avoir un peu de temps pour m'y préparer... si c'est possible.

Il tournait vers Duncan un regard apeuré, presque suppliant. Il était redevenu un enfant.

— Bien sûr, mon garçon, lui dit Duncan en jetant un coup d'œil à Morgan. Prends tout ton temps. Alaric va venir m'aider à me vêtir pour la cérémonie.

Dès qu'ils eurent quitté la pièce, Duncan verrouilla la porte et fit signe à Morgan de le suivre. Lorsqu'ils furent dans la sacristie, il s'assura, en regardant par le judas, qu'il n'y avait personne dans la basilique. Puis il alluma une chandelle et s'adossa au mur, sans regarder Morgan.

— Je n'ai pas vraiment besoin d'une longue préparation, murmura-t-il. C'était un prétexte pour le laisser seul. Il a besoin de rassembler ses esprits. J'espère que nous n'avons pas commis d'erreur.

Morgan se mit à faire les cent pas, nouant et dénouant nerveusement les mains dans son dos.

— Moi aussi, dit-il enfin. Je t'avoue que je me sens de plus en plus mal à l'aise. Je ne t'ai pas encore raconté ce qui s'est passé avant mon arrivée ici, n'est-ce pas ?

Duncan tourna brusquement la tête vers lui.

— Avant de le faire, continua Morgan sans le laisser parler, laisse-moi te poser une question. Où comptes-tu poursuivre le rituel, avec la broche... Dans ton bureau ?

— J'avais l'intention d'utiliser la chapelle secrète qui se trouve derrière, répondit Duncan, intrigué. Mais pourquoi cette demande ?

Morgan se mordit songeusement la lèvre.

— Cette chapelle était dédiée à saint Camber, n'est-ce pas ?

— Entre autres, fit Duncan en hochant la tête avec impatience. Saint Camber était le patron de la magie derynie. Tu le sais très bien. Mais où veux-tu donc en venir ?

Morgan prit une lente inspiration, comme s'il hésitait à faire le récit qu'il avait annoncé.

— Est-ce que tu me croirais si je te disais que j'ai eu une vision ? demanda-t-il enfin.

— Je t'écoute, répliqua Duncan d'une voix patiente.

— Avant de venir ici, commença Morgan en soupirant, j'avais laissé Kelson sous la protection d'une garde afin de descendre dans la bibliothèque de Brion pour essayer de découvrir la clé de l'énigme qui nous intéresse en ce moment. Comme je ne trouvais rien, j'ai eu recours à la technique de Thuryn, en me servant de mon griffon comme point de focalisation.

Il leva la main gauche, puis la laissa retomber sur le côté, comme s'il avait du mal à trouver ses mots.

— J'ai fermé les yeux un moment, et c'est alors que j'ai vu le visage d'un homme de haute taille, à la tête couverte d'un capuchon qui laissait ses traits dans l'ombre. En même temps, j'ai ressenti une impression nettement rassurante, accompagnée d'un sentiment d'urgence. Et puis c'est tout. J'ai rouvert les yeux, et il n'y avait personne dans la bibliothèque.

— Il ne s'est rien passé d'autre ? demanda Duncan en plissant les paupières.

Morgan baissa les yeux.

— J'ai eu envie de feuilleter encore un ou deux livres, pour m'assurer que rien d'important ne m'avait échappé. Et le premier volume sur lequel je suis tombé était *La Vie des saints*, de Talbot. Il s'est ouvert entre mes mains, et... Oh, mon Dieu ! J'avais complètement oublié !

Mystifié, Duncan le regarda fouiller frénétiquement dans ses poches.

— Il y avait un bout de parchemin qui marquait la place, ajouta Morgan. J'ai été si surpris par ce qu'il y avait à cette page que je l'ai glissé dans ma poche sans même lire ce qui était écrit dessus... Le voilà !

Il tendit triomphalement à Duncan le bout de parchemin que ses doigts tremblants n'arrivaient pas à déplier. Calmement, Duncan le prit et le rapprocha de la chandelle pour le déchiffrer.

— Qu'est-ce qu'il y avait de plus important que ce bout de papier dans le livre, Alaric ? demanda-t-il d'une voix tranquille.

— C'était le portrait du personnage de ma vision, répondit Morgan en se penchant pour essayer de lire aussi. Mais le plus étonnant, c'est que cette page traitait de saint Camber.

— Saint Camber ? C'était saint Camber, le personnage de ta vision ?

— Mais oui, fit impatiemment Morgan en désignant le parchemin. Alors, qu'est-ce que tu lis ?

L'attention de Duncan se reporta sur le parchemin. Ayant achevé de le déplier, il vit d'abord le nom de Brion, tracé en grosses lettres rondes ornées, caractéristiques de l'écriture du roi. Au-dessous, il lut d'une voix tremblante :

— *Saint Camber de Culdi, Protège-nous du mal !*

Morgan avait prononcé les mots à mi-voix en même temps que lui.

— Dieu tout-puissant, Duncan, tu crois que j'ai vraiment eu une vision ?

— Je n'en sais rien, murmura le prêtre en secouant gravement la tête et en lui rendant le bout de parchemin froissé. Ce qui est sûr, c'est que cela éclaire d'un jour différent les événements actuels. Laisse-moi réfléchir un peu.

Il se détourna de son compagnon et enfouit son visage dans ses mains pour mieux se concentrer.

Il était plus troublé qu'il ne voulait l'admettre. En tant que prêtre et Deryni, il savait à quel point l'équilibre entre le bien et le mal était fragile. Le Deryni en lui ne doutait pas que saint Camber eût été le sauveur de son peuple dans les jours sombres qui avaient suivi l'Interrègne. C'était lui qui avait découvert la possibilité, pour les humains, d'acquérir une partie des pouvoirs derynis. Cela avait contribué à mettre un terme à la terreur que faisaient régner certains Derynis deux siècles plus tôt. Et c'était grâce à lui que des hommes comme Brion Haldane avaient pu se dresser contre les forces du mal et vaincre les terrifiants pouvoirs des Marluks.

Mais le nom de Camber glaçait la partie de lui qui était prêtre. Car, s'il avait été canonisé par l'Église après sa mort (ou sa disparition, en tout cas), sa sainteté lui avait été reprise depuis longtemps pour les raisons mêmes qui avaient fait jeter l'anathème sur tous les pouvoirs derynis.

Il résista à l'impulsion de se signer pour se défendre contre l'infamie attachée à ce nom. Il secoua la tête pour revenir à des pensées plus raisonnables.

Saint ou démon, Camber de Culdi avait été, de toute évidence, vénéré par Brion Haldane. Et si le puissant roi, qui avait tant fait pour son peuple, avait invoqué le nom de Camber — de *saint* Camber, par Dieu ! —, il était impossible de penser un seul instant qu'il pût être associé à quelque chose de maléfique.

Quant à la vision d'Alaric, il préférait pour le moment réserver son jugement. Il n'était pas plus prédisposé que le général à croire aux visions. Et pourtant, des choses encore plus étranges que celles-ci arrivaient.

Il se tourna vers Morgan avec une expression résignée.

— Alors ? lui demanda son cousin.

Il ne faisait aucun effort pour essayer de deviner ce qui se passait dans la tête de Duncan. Ce dernier haussa les épaules, comme pour s'excuser.

— Ça ira. C'était le prêtre en moi qui essayait, une fois de plus, de se battre avec le Deryni.

Avec un petit sourire, il envoya, au même instant, les images comprimées de sa rêverie à Morgan.

— Je vois, fit celui-ci en souriant à son tour. J'aimerais seulement savoir un peu où nous allons. J'ai l'impression de tâtonner dans le noir, pour le moment.

— Moi aussi, reconnut Duncan. Mais nous n'avons pas le choix. Il faut aller jusqu'au bout. Si Kelson est contraint d'affronter Charissa sans posséder les pouvoirs de Brion, quelle que soit leur origine, il mourra. La chose ne fait pas le moindre doute. D'un autre côté, il est vrai que le transfert de pouvoir peut le tuer aussi. Si nous avons commis une erreur, ou si nous en commettons une dans les minutes qui viennent, il sera tout aussi perdu que si nous le livrions à Charissa pieds et poings liés en lui disant : « Tenez, prenez-le, faites-en ce que vous voulez, c'est vous qui devez régner sur Gwynedd. »

Il se tourna pour sortir de l'armoire une épaisse étole de brocart, dont il porta respectueusement un coin à ses lèvres avant de s'en draper les épaules.

— Naturellement, ajouta-t-il en se tournant de nouveau vers Morgan, nous ne connaîtrons la réponse que lorsque nous aurons essayé, n'est-ce pas ?

Il alla prendre la chandelle, et mit une main derrière la flamme.

— Tu es prêt ? demanda-t-il.

Morgan haussa les épaules avec résignation.

— Allons-y, dans ce cas, lui dit Duncan en soufflant la flamme et en le précédant vers la sortie de la sacristie. Est-ce que tu te rends compte de la situation ridicule où je me trouve ? demanda-t-il. Je suis à la fois prêtre et sorcier deryni — première hérésie —, et je m'apprête à donner main forte à un guerrier deryni pour transmettre des pouvoirs interdits à un roi mortel de Gwynedd. J'ai dû perdre complètement la tête !

Kelson était assis devant la table, les mains nouées, le regard vide fixé sur la flamme de la bougie qui vacillait devant lui. À côté du chandelier, le Lion Écarlate faisait danser sur ses mains et sur son visage des reflets pâles et changeants.

La chandelle et le Lion n'étaient pas ses préoccupations

présentes. Il avait conscience d'être à un tournant de son existence. Tout son avenir dépendait de ce qui allait se passer cette nuit, et sa survie était liée à ce qu'il allait faire durant la demi-heure qui venait.

Ce n'était pas une pensée réconfortante, mais il n'avait pas le droit de la laisser s'échapper et se perdre dans la nuit. La peur était quelque chose qu'il fallait savoir affronter. Brion lui avait toujours appris cela, aussi loin que ses souvenirs remontaient. Il n'était pas question de se dérober devant ce qui était maintenant attendu de lui.

Il dénoua ses mains, puis joignit le bout de ses doigts en laissant l'image de Morgan se former dans la flamme de la chandelle.

Si Morgan se trouvait dans sa situation, il n'aurait pas peur. Kelson était certain que le puissant Deryni ne se laissait jamais effleurer par de telles pensées. Les Derynis étaient au-dessus des émotions des mortels.

Le père Duncan n'aurait pas peur non plus. Non seulement il avait du sang deryni, mais c'était aussi un homme d'Église. Dieu le protégeait du mal. Et si ses deux compagnons estimaient qu'il fallait le faire, il n'avait rien à craindre... que sa propre peur.

Il baissa la tête et posa le menton sur ses mains jointes. Il regarda de plus près la broche. Ce qu'il fallait faire n'était pas si terrible que cela. Il la retourna pour mieux voir la fermeture, et remit ses mains sous son menton.

Il était sûr que ce ne serait pas trop douloureux. Il avait déjà eu des accidents en faisant du sport ou à la chasse, et la douleur avait sans doute été bien plus forte que celle que pouvait causer une mince épingle d'or.

Il ignorait ce qui allait se produire exactement après. Il pouvait s'attendre à n'importe quoi. Mais si son père avait conçu un tel rituel afin de lui transmettre ses pouvoirs, il ne pouvait rien en résulter de fâcheux. Brion avait toujours eu de l'affection pour lui. Son *amour* ne faisait aucun doute. Il ne risquait donc rien.

Il se félicitait mentalement d'en être arrivé à cette

conclusion logique lorsque la porte du bureau s'ouvrit silencieusement pour livrer passage à Duncan puis à Morgan. Les deux hommes avaient un air décidé et confiant. Sans doute pour le rassurer, car il voyait quand même leur nervosité sous leurs dehors impassibles. Ils comprenaient ce qu'il ressentait.

Il se redressa et leur sourit pour leur montrer qu'il n'avait plus peur.

Duncan prit le chandelier sur la table et lui toucha l'épaule en souriant. Puis il alla s'agenouiller devant le prie-Dieu. Morgan prit le Lion Écarlate et le flacon de liquide vert en disant :

— Duncan va préparer un endroit, mon prince. Te sens-tu courageux ?

Kelson fit oui de la tête.

Sur le prie-Dieu, Duncan avait actionné une série de boutons dissimulée dans les sculptures du bois. Un pan de mur, derrière la tapisserie voisine, avait glissé, formant un creux momentané dans le tissu. Duncan écarta celui-ci, et fit signe aux deux autres de passer.

La chapelle qui se trouvait de l'autre côté était minuscule, moins de la moitié du bureau adjacent. Tandis que le pan de mur se refermait derrière eux et que Duncan s'avançait dans la pièce, le chandelier à la main, ils virent que le plafond et les murs étaient couverts de fresques représentant la vie de différents saints. Il y avait beaucoup de peinture dorée, et la petite flamme de la chandelle faisait briller certaines scènes, qui semblaient illuminées de l'intérieur.

Derrière le minuscule autel, le mur bleu foncé était semé de petites étoiles d'or. Un crucifix d'ébène était suspendu au plafond au-dessus de l'autel à l'aide de fils si minces qu'il semblait flotter sans support sur le fond de ciel étoilé. Duncan alluma les bougies de l'autel, et la lumière supplémentaire éclaira de nouvelles fresques dorées. Une veilleuse brûlait, au bout d'une longue chaîne, sur la gauche de l'autel, jetant des reflets rouges sur la croix d'ébène.

Il y avait deux petits prie-Dieu au centre de la chapelle. Kelson et Morgan y prirent place tandis que Duncan se tournait vers l'autel pour se livrer, en remuant la tête, à une méditation silencieuse. Morgan posa par terre la broche et le flacon. Puis il défit la boucle de son ceinturon avec son épée, et les posa également, en faisant signe à Kelson de l'imiter. Ce n'était pas vraiment indispensable, mais il n'y avait aucune raison de prendre des risques inutiles. La tradition qui voulait que l'on entre désarmé dans la Maison de Dieu était ancienne et forte. Un jour, quelque part, il y avait eu une bonne raison à cela. Tandis que Kelson déposait son épée sur les dalles, Duncan, sa méditation achevée, les rejoignit.

— Nous pouvons commencer, je pense, dit-il à voix basse en posant un genou à terre devant Morgan et le jeune prince. Alaric, tu peux préparer la broche.

Il désigna le flacon d'un mouvement de menton.

— Kelson, reprit-il, je vais réciter quelques prières avec toi, et Alaric fera les réponses. Puis je m'approcherai de toi pour te donner une bénédiction spéciale. Ensuite, je retournerai devant l'autel et je dirai : « Seigneur, que ta volonté soit accomplie. » Ce sera ton signal.

Morgan frotta l'épingle de la broche avec le liquide et l'enveloppa d'un morceau de coton.

— Et moi, qu'est-ce que je fais, à part regarder ? demanda-t-il en frottant vigoureusement un morceau de coton imbibé sur la main gauche de Kelson.

— Rien du tout, répliqua Duncan. Quoi qu'il arrive, ne le touche pas, n'essaie pas de l'aider en quoi que ce soit jusqu'à la fin de l'opération. Il y a des énergies considérables en jeu. Si tu interviens, tu risques de causer sa mort.

— Entendu, fit Morgan à voix basse.
— Parfait. Tu n'as pas de questions, Kelson ?
— Non.

Duncan se leva et le contempla quelques instants sans rien dire. Puis il sourit, s'inclina devant le jeune prince et se tourna pour grimper les trois marches basses de l'autel.

Kelson le suivit d'un regard écarquillé tandis qu'il faisait une génuflexion, puis posait les lèvres sur la pierre de l'autel, et enfin écartait les bras, les mains ouvertes dans un geste qui dénotait une longue pratique, en récitant :

— *Dominus vobiscum... Et cum spiritu tuo... Oremus.*

Morgan regarda à la dérobée le jeune prince agenouillé à sa gauche. Malgré son calme apparent il était terriblement jeune et vulnérable. Ce n'était qu'un enfant humain sans défense. Seuls Duncan et lui pouvaient espérer être en mesure de le protéger des dangers qu'il allait courir, dans un instant, à cause de ce qu'il s'apprêtait à faire...

Naturellement, il n'y avait peut-être aucune raison de s'alarmer. Il était même possible qu'en cas de besoin l'Œil de Rom qui brillait en ce moment à l'oreille droite de Kelson lui offre une protection limitée, mais le prince était si vulnérable et si confiant... Morgan était heureux qu'il ne soupçonne pas les doutes qui l'assaillaient ainsi que Duncan depuis quelques heures. Ce que Kelson allait faire dans un instant demandait la plus grande confiance en lui-même et en ses amis. Le doute ne pouvait pas avoir de place dans son esprit.

Il reporta toute son attention sur l'autel, et vit que Duncan était sur le point d'achever ses prières. Le prêtre s'inclina une fois de plus devant l'autel, puis se tourna vers eux.

— *Per omnia sæcula sæculorum*, psalmodia-t-il.

— *Amen*, répondirent solennellement Morgan et Kelson.

Duncan redescendit alors les trois marches et vint se placer devant Kelson, qui était toujours à genoux. Il posa les deux mains sur la tête du jeune prince et déclara d'une voix basse qui résonna cependant dans le silence de la chapelle :

— Kelson Cinhil Rhys Anthony Haldane, bien que les cordons du monde inférieur t'attachent, bien que les filets de la mort se referment autour de toi, tu ne redouteras aucune force du mal, car le Seigneur tout-puissant te couvre de ses ailes, et tu y trouveras toujours refuge.

Il fit le signe de la croix sur la tête de Kelson, en ajoutant :

— *In nomine Patris et Filii et Spiritus Sancti, Amen.*

Au moment où Kelson relevait la tête, Duncan tendit la main pour que Morgan lui donne le Lion Écarlate. Il retira le coton et plaça la broche dans la main droite de Kelson.

— Courage, mon prince, murmura-t-il.

Puis il se tourna vers l'autel et écarta de nouveau les bras.

— *Domine fiat voluntas tua.*

C'était le moment.

Les mains de Kelson tremblèrent légèrement. Il leva l'épingle d'or au-dessus de sa paume, puis appuya légèrement la pointe contre sa peau. Il n'hésita qu'un bref instant, en se préparant mentalement à la douleur qui allait inévitablement suivre.

Il enfonça l'épingle dans sa chair.

Douleur ! Feu ! Angoisse !

Soudain, sa main torturée était devenue quelque chose de vivant et d'autonome, qui transmettait directement à son cerveau l'explosion cuisante d'un million d'étincelles de feu plus violentes que celles que projette une forge devant des yeux non protégés. Il sentit la douleur lui transpercer la main comme une épée de glace et de feu à la fois, en mettant un temps interminable pour traverser les tissus, les muscles et les tendons, glissant entre les os pour ressortir enfin, rougie, de l'autre côté.

Un cri lui échappa lorsque la broche elle-même buta sur sa paume, comme si elle était tout entière incrustée dans sa chair. Il se pencha en avant en gémissant. Des élancements terribles lui vrillaient la main. Il serra les paupières. Des explosions de lumière se succédèrent dans sa tête, dans ses orbites.

Morgan eut du mal à s'empêcher de tendre la main au prince pour le retenir. Chaque trait de Kelson hurlait sa détresse. Jamais il n'avait eu l'air si désemparé.

Duncan suivait attentivement la scène des yeux. D'un regard, il rappela à Morgan qu'il ne devait surtout pas intervenir.

Lorsque Kelson s'affaissa à demi sur ses talons, serrant sa main meurtrie contre sa poitrine, il se mit à briller tout entier d'une pâle lumière spectrale et dorée. Cette lumière devint progressivement plus intense. Puis le prince se figea et cessa de gémir. Tandis que ses compagnons le regardaient en retenant leur souffle, il rouvrit des yeux vitreux en remuant les lèvres comme s'il voyait des choses qu'il était le seul à voir.

— *Cette lumière ! Cette douleur ! Ces taches qui tourbillonnent devant mes yeux... J'ai froid... La douleur s'endort... J'ai un poids glacé sur la main... Encore des couleurs... Des visages autour de moi... De la lumière... De l'obscurité... Tout tourne... Père... Il fait nuit ! Père !*

Soudain, il s'affaissa par terre, sombrant dans les ténèbres.

— Kelson ! s'écria Morgan en tournant le visage du prince face à la lumière pour lui tâter le pouls au niveau de la carotide. Kelson, réponds-moi !

Duncan, à son tour, s'était agenouillé devant le jeune prince inanimé, interrogeant Morgan du regard. Mais celui-ci avait senti une pulsation, qui devenait de plus en plus forte, et il le rassura d'un signe de tête.

— La main droite du Seigneur l'a frappé pour lui donner le pouvoir, murmura le prêtre en se signant. Il vivra.

Il prit la main inerte de Kelson et retira délicatement mais rapidement la broche. Puis il pansa soigneusement la blessure.

— Tu crois que cela a marché ? interrogea Morgan en prenant la tête de Kelson sur ses genoux.

Il ajusta le manteau pourpre sur les épaules du prince tandis que Duncan retirait son étole.

— Je crois, murmura le prêtre. Il est encore un peu trop tôt pour l'affirmer, mais j'ai l'impression que les signes sont là.

Il porta un coin de l'étoffe à ses lèvres, puis la posa sur l'autel avant de se diriger vers le passage secret.

— Une chose me paraît évidente, ajouta-t-il. Ce qui vient de lui arriver, ce n'est pas juste un trou dans la main. J'espère qu'il nous en dira plus quand il reviendra à lui.

Duncan commanda l'ouverture de la porte. Pendant ce temps, Morgan prenait le prince sans connaissance dans ses bras, en le serrant dans son manteau. Duncan ramassa les deux épées restées par terre, jeta un dernier coup d'œil à la chapelle, puis écarta la tapisserie qui livrait passage vers son bureau.

Peu de temps après, ils regagnèrent les appartements de Kelson en empruntant le même passage secret qu'à l'aller.

— Cela dépasse mon entendement, qu'ils aient pu sortir de céans sans être vus.

L'homme craqua une allumette et s'en servit pour allumer un candélabre posé à côté du lit de Kelson. Puis il se retourna vers ses deux compagnons.

— Je t'avais pourtant bien dit d'ouvrir l'œil, Lawrence, ajouta-t-il.

Le dénommé Lawrence remit son épée au fourreau avec un geste fataliste. Puis il rejeta sa cape noire en arrière et laissa glisser le capuchon qui lui dissimulait partiellement le visage.

— Je ne suis point capable de vous expliquer ce qui s'est passé, Monseigneur, dit-il. Je n'ai vu sortir âme qui vive depuis l'arrivée du prince et de Sa Grâce, à une heure fort tardive, par ma foi.

Il marcha jusqu'à la cheminée, où il remua les braises du bout de sa botte. Puis il prit plusieurs bûches, qu'il déposa dans l'âtre où le feu se mourait.

— Si vous voulez savoir ce que j'en pense, moi, dit le troisième homme en abaissant à son tour son épée, je suis fort aise qu'ils ne soient point là. Je ne suis point sûr que ce soit une fameuse idée que de chercher querelle au seigneur Alaric. Après tout, il est notre suzerain, ne lui avons-nous point juré allégeance ?

Il s'assit prudemment sur le bord du lit royal, pour en tester l'élasticité, mais se releva vivement lorsque Lawrence lui jeta un regard noir.

— Vous croyez qu'il pourrait y avoir une autre sortie ? demanda ce dernier en jetant un regard suspicieux autour de lui. On dit que le palais est truffé de passages secrets. Ils en ont peut-être bien emprunté un ?

Edgar, celui qui avait parlé le premier, fronça les sourcils en retournant cette idée dans sa tête. Bien qu'il fût noble et vassal de Morgan, il n'était pas particulièrement réputé pour son agilité mentale. Il remplissait correctement son rôle de seigneur provincial, et il savait se comporter honnêtement dans un combat singulier, mais il lui fallait plus longtemps pour réagir lorsque la question demandait un peu de réflexion. Au bout d'un certain temps, il rejeta la tête en arrière et tira son épée en déclarant :

— C'est fort possible, en vérité. Dans ce cas, ils peuvent revenir d'un moment à l'autre.

Il se mit à explorer d'un air soupçonneux chaque recoin de la chambre, en tâtant les draperies de la pointe de son épée. Le troisième homme se réfugia prudemment devant la cheminée.

— Vous croyez que le seigneur Alaric tient le jeune maître en son pouvoir, comme on le dit ? questionna-t-il. Je sais bien qu'il n'hésite point à occire les soldats du palais, mais de là à menacer la vie du prince...

— Il a le mal en lui, c'est ce qui le pousse à commettre tous ces forfaits, expliqua Edgar en arpentant la chambre comme un animal en cage. Il ne saurait... Chut !

Il avait soudain levé la main gauche pour intimer le silence aux deux autres.

— J'ai ouï un bruit, chuchota-t-il.

D'un geste, il fit signe au troisième homme de se poster du côté gauche de la cheminée, contre le mur.

On entendait effectivement des grattements étouffés qui semblaient provenir de derrière le mur, comme si quelqu'un s'avançait de l'autre côté en s'efforçant de faire le moins de bruit possible.

Ils éteignirent leur chandelle et se cachèrent dans l'ombre, l'arme prête.

Sous leurs yeux ébahis, un pan de mur s'enfonça légèrement et pivota sans bruit. Par l'ouverture, la lumière d'une chandelle pénétra dans la chambre, révélant la haute silhouette de Morgan, portant dans les bras le prince inanimé, et suivi de Duncan.

Les deux arrivants remarquèrent aussitôt les flammes hautes dans la cheminée, et sentirent la présence des autres dans la pénombre.

— Démon ! siffla la voix d'Edgar. Qu'as-tu fait à Son Altesse ?

Les trois hommes s'avancèrent dans la lumière et jetèrent des regards de défi à Morgan et à Duncan. Leurs épées étaient aussi menaçantes que leurs visages rouges de fureur sous leurs heaumes et leurs capes sombres.

— Tu n'as rien à dire pour ta défense, monstre ? continua furieusement Edgar. Par ma foi, je vais te pourfendre sur-le-champ de mon épée !

CHAPITRE 10

> D'où vient cette merveille, d'où vient ce miracle ?

Les paroles prononcées par l'intrus furent pour les deux hommes le signal de l'action. Duncan jeta le chandelier à terre pour en étouffer la flamme, puis lança son épée à Morgan. Celui-ci déposa le corps inanimé de Kelson à ses pieds, et tira la lame du fourreau d'un agile mouvement de poignet. À ses côtés, Duncan se prépara à se battre avec l'épée de Kelson.

Le plus jeune des trois intrus engagea le combat avec Duncan, qu'il accula bientôt à une extrémité de la chambre. Pendant ce temps, les deux autres attaquaient Morgan à l'unisson avec leurs rapières et leurs braquemarts. Les coups furieux qu'ils portaient des deux mains résonnaient contre la lame de Morgan comme un marteau furieux dans une forge.

Après le choc initial, Morgan se mit à parer les coups de ses adversaires avec plus de méthode et d'efficacité. Il ne cherchait pas tant à les vaincre qu'à demeurer entre eux et le corps inanimé du prince, derrière lui. La fameuse dague avait fait comme par enchantement apparition à son poignet, et il s'en servait pour parer les coups de rapière, mais elle ne pouvait pas grand-chose contre les braquemarts qui s'acharnaient sur lui.

Il évitait de se lancer dans une manœuvre offensive de grande envergure, car il lui faudrait pour cela prendre le risque de laisser Kelson exposé à quelque traîtrise. Il n'était pas certain, pour le moment, de savoir dans quel camp ils étaient, il ne voulait pas mettre en péril la vie du prince en essayant de le découvrir.

Il risqua un coup d'œil du côté de Duncan, mais celui-ci ne pouvait guère lui venir en aide. Il avait fort à faire avec son adversaire du moment. L'épée de Kelson était beaucoup plus courte que celles auxquelles le prélat était habitué, et lui donnait un désavantage qui s'ajoutait à la supériorité de son adversaire en poids, en force physique et en expérience. Duncan avait certes appris à se battre dans les règles. En tant que fils de famille noble, il avait reçu toute l'éducation dans la pratique des armes que l'on donnait habituellement aux garçons ; mais il ne portait même pas de cotte de mailles, et n'avait plus l'habitude de manier une épée.

Vaillamment, cependant, il continuait de chercher un point faible dans la défense de son adversaire... et la trouva.

De toute évidence, l'homme avait conscience de son avantage, ce qui le rendait imprudent. Au sortir d'une passe rapide, il abaissa sa garde plus longtemps qu'il n'aurait dû, et cela lui coûta la vie. La lame de Duncan trouva son chemin à travers un point faible de la cotte de mailles et lui perça le cœur. Il s'affaissa avec un regard où se lisait l'étonnement, et mourut en quelques secondes.

Laissant tomber l'épée ensanglantée de Kelson, Duncan tendit le cou pour percer la pénombre et décider auquel des deux adversaires de Morgan il devait s'attaquer. La décision ne fut pas difficile à prendre. Morgan ne pourrait plus longtemps parer les coups de braquemart que lui portait celui qui était le plus près de Duncan, et il se rapprocha silencieusement de l'homme, les mains jointes tendues devant lui. Puis il les écarta lentement. À ce moment-là, une petite boule de flammes vertes se forma dans l'air, et se dirigea droit, en roulant sur elle-même, vers la nuque du bretteur. Lorsqu'elle entra en contact avec son heaume, un arc brillant de feu vert se forma. L'homme poussa un cri et s'écroula aussitôt, inanimé. Son compagnon en perdit ses moyens, et Morgan lui fit prestement sauter l'épée des mains, puis le maintint en respect de la pointe de son arme.

Au-dehors, on entendit des cris et des bruits de pas précipités. Les gardes tambourinèrent à la porte. Ils avaient découvert les corps de leurs camarades terrassés par les trois intrus.

— Sire ! cria une voix au-dessus de cette confusion. Vous êtes sain et sauf ? Général Morgan, que se passe-t-il ? Ouvrez-nous, ou nous enfonçons la porte !

De la pointe de l'épée, Morgan fit reculer son captif vers le mur. Duncan hocha la tête, comprenant son intention. Avant que l'homme pût réagir, il se glissa près de lui et lui toucha le front en murmurant un commandement. Son regard devint lointain. Ses mains retombèrent sans plus réagir.

— Vous ne m'avez pas vu, chuchota le prêtre en le regardant intensément dans les yeux. Vous n'avez vu que le prince et Sa Grâce. Vous avez compris ?

L'homme hocha lentement la tête.

Duncan se dirigea rapidement vers la terrasse en faisant un signe de tête à Morgan. L'homme ne révélerait pas sa présence, il en était absolument certain. Il lui aurait été difficile d'expliquer ce qu'il faisait dans la chambre de Kelson à cette heure.

La dague de Morgan avait regagné sa place dans sa manche. Au moment où il repoussait le verrou, il entendit un sourd gémissement qui venait de Kelson. Cela signifiait que le prince allait bientôt reprendre connaissance. Il recula jusqu'au milieu de la chambre tandis que la porte s'ouvrait violemment. Des hommes en armes s'engouffrèrent, mais cela ne l'empêcha pas d'envoyer une onde de vigueur et de confiance en direction de Kelson.

Le capitaine des gardes, le même que cet après-midi dans les jardins, fit signe à ses hommes de s'emparer du prisonnier de Morgan, puis s'avança vers ce dernier, l'épée levée de manière menaçante.

— Restez où vous êtes, général Morgan, et lâchez votre épée, dit-il en suivant de la pointe de son arme chaque mouvement que faisait le général blond. Où se trouve Sa Majesté ?

Morgan n'avait nul besoin de tourner la tête pour savoir qu'il était encerclé et qu'il n'avait pas la moindre chance s'il résistait. Avec un haussement d'épaules navré, il laissa tomber son épée par terre et se tourna pour s'avancer vers l'endroit où gisait Kelson. Personne n'essaya de l'arrêter tandis qu'ils s'agenouillait à côté de lui.

— Tout va bien, mon prince ? demanda-t-il en l'aidant à se relever.

Kelson hocha faiblement la tête, et s'appuya au bras de Morgan.

— Je n'ai rien, murmura-t-il en respirant très fort pour retrouver ses esprits. C'est juste que je n'ai pas l'habitude d'être agressé pendant mon sommeil.

D'un regard acéré, il fit le tour de la pièce et comprit rapidement la situation. Il sentait d'instinct qu'il valait mieux ne pas dire la vérité à ces hommes. Ils ne comprendraient pas. Il était préférable de suivre le plan de Morgan.

Il prit une nouvelle inspiration, puis se tourna vers le capitaine des gardes.

— Pourriez-vous m'expliquer comment ces hommes sont entrés, capitaine ? demanda-t-il.

Immédiatement sur le défensive, le capitaine répliqua :

— Je l'ignore, Sire. De toute évidence, ils ont attaqué les gardes postés devant votre porte. Trois ont été tués, et quatre autres grièvement blessés.

Kelson hocha la tête. Il comprenait ce qui s'était passé, maintenant.

— Je vois, dit-il. Et qui sont nos assaillants ? demanda-t-il en se tournant vers Morgan.

Celui-ci marcha jusqu'au prisonnier, et lui arracha d'un seul mouvement son heaume et sa coiffe de mailles. Le visage qu'il découvrit alors lui jeta un regard haineux.

— Messire Edgar de Mathelwaite ! s'exclama Kelson.
— N'est-ce pas l'un de vos vassaux, général Morgan ? demanda le capitaine en levant de nouveau son épée.

Morgan décela la menace, et prit soin de garder les mains bien en vue lorsqu'il se retourna pour répondre.

— C'est vrai, capitaine. Il s'agit de l'un de mes hommes.

Il tourna vers Edgar un regard patient.

— Pourriez-vous nous expliquer ce qui se passe, Edgar ? demanda-t-il. Qu'est-ce qui vous a poussé à trahir ainsi votre roi ?

L'homme parut un instant décontenancé, puis jeta un regard coupable à Kelson.

— Je ne faisais qu'exécuter les ordres, Votre Grâce, dit-il.

— Les ordres de qui, Edgar ?
— Les... les v... les vôtres, Votre Grâce, bégaya Methelwaite

— Les miens ? répéta Morgan, sidéré.
— Morgan vous a donné l'ordre d'assassiner le roi ? s'écria le capitaine avec indignation, en avançant d'un air menaçant la pointe de son épée vers la gorge de Morgan.

— Ça suffit ! intervint Kelson en écartant le bras du capitaine d'un geste impatient. Messire Edgar, veuillez être un peu plus précis.

L'homme se jeta à genoux devant lui, en écartant les bras.

— Pardonnez-moi, Sire ! demanda-t-il d'une voix implorante. Je ne voulais pas le faire. Aucun de nous ne le voulait. Mais le seigneur Alaric nous y a forcés. Il a... Il a un pouvoir sur les hommes. Il peut les obliger à faire tout ce qu'il veut. Il est...

— Ça suffit ! s'exclama de nouveau Kelson, dont les yeux lançaient des éclairs.

— Sire, implora le capitaine en essayant de se rapprocher de Morgan, laissez-moi l'arrêter, je vous en prie ! Vous savez bien que ce qu'il dit est vrai ! Tout le monde le dit ! C'est un assassin, un monstre, un...

— Cet homme ment, fit Kelson en tournant ses yeux froids de Haldane vers le capitaine. Et le général Morgan n'a rien d'un traître !

— Sire, je vous jure que... fit Edgar d'une voix tremblante.

— Silence !

On n'entendait plus dans la chambre que la respiration rauque d'Edgar et celle, profonde et lente, de Kelson. Celui-ci jeta un regard de côté à Morgan, pour lui demander conseil, mais le général secoua presque imperceptiblement la tête. Tout ce qu'il pourrait dire à ce stade ne ferait qu'aggraver la situation. Le jeune prince devait les tirer de là par lui-même.

— Levez-vous, dit Kelson en s'adressant au prisonnier.

Celui-ci obéit. Le prince fit du regard le tour des hommes assemblés autour de lui, et parla à l'intention de tout le monde.

— Vous croyez que Morgan ment et qu'il me trahit comme vous pensez qu'il vous a trahis, dit-il. Mais j'affirme que c'est cet homme qui est un traître. Morgan ne pourrait demander à personne de m'ôter la vie. Il a juré solennellement à mon père de me protéger, et il n'a qu'une seule parole.

Se tournant vers Morgan pour le regarder dans les yeux, il poursuivit :

— Nous devons maintenant déterminer pourquoi cet homme nous ment, et pour le compte de qui il a agi. Je pourrais demander à Morgan de l'interroger. Vous savez tous qu'il a des pouvoirs derynis et qu'il est capable d'extorquer la vérité de n'importe qui. Mais vous n'avez pas confiance en lui, et vous douteriez de la véracité des réponses.

Quittant Morgan des yeux, il s'approcha d'Edgar. Le silence complet régnait dans la chambre tandis qu'il se postait face au prisonnier.

— Messires, dit-il, je suis le digne fils de mon père,

au moins sur ce chapitre, car je sais voir quand un homme ment, et je peux le forcer, moi aussi, à dire toute la vérité.

Il capta le regard d'Edgar et ne le lâcha plus.

— Seigneur Edgar de Mathelwaite, dit-il, regardez-moi bien, et dites-moi qui je suis.

Le prisonnier semblait physiquement incapable de détacher son regard du prince. Morgan était surpris. Duncan avait dû lui apprendre à clairvoir !

— Qui suis-je ? insista Kelson.

— Vous êtes le prince Kelson Cinhil Rhys Anthony Haldane, héritier apparent de Son Altesse défunte le roi Brion, récita Edgar d'une voix mécanique.

— Et qui est cet homme ? demanda Kelson en désignant Morgan.

— Le général Alaric Anthony Morgan, mon suzerain, Sire.

— Je vois, fit Kelson en plissant les paupières dans un intense effort de concentration. Messire Edgar, est-ce que Morgan vous a donné l'ordre de m'assassiner ?

Promptement, sans un seul battement de paupières, Edgar répondit :

— Non, Sire.

Il y eut des mouvements parmi les gardes, et un léger murmure circula dans la pièce. Le capitaine contemplait son prisonnier d'un air incrédule.

— *Qui* vous a ordonné de m'assassiner, messire Edgar ? poursuivit calmement le prince.

Les yeux de l'homme s'élargirent, comme s'il était en proie à un conflit intérieur. Il balbutia :

— Nous ne sommes point venus vous assassiner, Sire. C'est le général Morgan que nous voulions châtier. Ainsi périssent les assassins qui frappent traîtreusement dans l'ombre !

Échappant à la vigilance de ceux qui le gardaient, il se rua soudain sur Morgan, dans l'intention de l'étrangler de ses mains. Morgan fit dédaigneusement un pas de côté et le repoussa dans les bras des hommes d'armes. Edgar continua de se débattre quelques instants. Puis Kelson leva la main pour imposer le silence.

— Expliquez-nous ce que vous venez de dire, Edgar, murmura-t-il en faisant de nouveau face au captif. À quoi faisiez-vous allusion ?

— Morgan le sait très bien ! s'écria le prisonnier d'une voix fielleuse. Demandez-lui comment il a percé le cœur du jeune Michael DeForest dans les souterrains du palais. Demandez-lui s'il sait qu'il a raté son coup et que sa victime a eu le temps de tracer sur le sol, avec son propre sang, avant de rendre l'âme, la forme du griffon des Corwyn qui l'accuse formellement !

— Hein ? s'écria le capitaine des gardes, stupéfait, tandis que les murmures reprenaient de plus belle parmi ses hommes.

Étonné lui aussi, Kelson regarda Morgan.

— Tu sais de quoi il parle ? chuchota-t-il.

Autour d'eux, le silence se fit tandis que tous tendaient l'oreille pour écouter ce que Morgan allait répondre. Plusieurs épées s'étaient de nouveau pointées sur le général impassible, qui secoua la tête en murmurant :

— Je n'en ai pas la moindre idée. Il faut que tu sondes plus profond, Kelson.

— Pas la moindre idée, vous entendez ça ? fit une voix ironique parmi les gardes.

Kelson lança un regard sévère en direction de celui qui avait fait ce commentaire. Puis il se tourna vers Mathelwaite pour le regarder de nouveau de ses yeux perçants.

— Messire Edgar, comment savez-vous que tout ceci est vrai ?

— Je l'ai vu de mes propres yeux, Sire. Messire Lawrence et Harold Fitzmartin étaient là aussi, ils peuvent en témoigner.

— Vous avez assisté au meurtre, ou vous avez seulement découvert le corps ?

— Seulement le corps, Majesté.

Kelson fronça les sourcils. Il se mordilla rêveusement la lèvre.

— Dans quelles circonstances avez-vous fait cette découverte ? demanda-t-il.

— Nous étions... nous étions...

— Parlez ! commanda Kelson.

— On nous a... donné l'ordre de nous rendre à cet endroit, murmura Edgar comme s'il luttait contre une force puissante qui voulait l'empêcher de parler.

— Qui vous a donné cet ordre ? insista Kelson. Quelle est la personne au courant de ce qui s'était passé qui vous a donné l'ordre d'aller là-bas ?

Edgar eut un haut-le-corps.

— Par pitié, Sire, ne me forcez point à vous le dire...

— *Qui vous a donné cet ordre ?* répéta le prince, dont les yeux se mirent à briller d'un éclat intérieur.

— Sire, je...

Soudain, avant que les gardes, surpris, eussent le temps de réagir, il fit un bond de côté et arracha une dague à la ceinture de l'un des hommes qui l'entouraient.

Morgan s'était précipité pour l'arrêter, devinant ce qui allait se passer, mais sachant qu'il ne pourrait rien faire. Lorsque sa main se referma sur le poignet d'Edgar, il était trop tard. La poignée de la dague émergeait seule de son abdomen, et il s'écroulait déjà tandis que les gardes horrifiés étaient paralysés de stupeur.

— Il a... préféré mourir de sa propre main plutôt que de vous donner ce nom, Sire, murmura le capitaine. Quels pouvoirs démoniaques peuvent obliger un homme à...

Il se tourna d'un air épouvanté vers Morgan.

— Emmenez ce cadavre ! ordonna sèchement Kelson. Emmenez ses amis, également. Et laissez-nous. Qu'on ne nous dérange plus, sous aucun prétexte.

Il se détourna tandis que les gardes s'empressaient d'obéir. Il avait conscience de tous les regards effrayés braqués sur lui. Morgan s'écarta discrètement tandis que les gardes finissaient d'évacuer les lieux. Puis il se glissa lui aussi dans le couloir.

Il espérait que Derry, avec l'aide de Dieu, était quelque

part dans les parages. S'il avait suivi les ordres de Morgan, comme ce dernier n'en doutait pas, il faisait partie du détachement de la garde qui avait été attaqué par les trois hommes. Le capitaine avait parlé de trois morts et de quatre blessés graves au moins. Il fallait espérer que Derry figurait parmi les survivants.

Le corridor était une vraie scène de carnage. Il y avait du sang, des morts et des blessés partout. Des médecins étaient en train de s'occuper de certains d'entre eux, et les gardes en évacuaient d'autres sur des brancards. Morgan se pencha sur chaque corps pour essayer de trouver Derry, mais il ne le voyait nulle part.

Il allait s'adresser à l'un des médecins lorsqu'il reconnut le manteau bleu familier un peu plus loin dans le corridor. Il se précipita. Le corps inanimé de Derry gisait contre le mur. Un chirurgien était en train d'examiner la blessure qu'il avait au côté. Il se releva, le visage sombre, et reconnut le général.

— Désolé, dit-il. On ne peut plus rien faire pour lui, Votre Grâce. Il n'en a plus que pour quelques minutes. Je dois m'occuper de ceux pour qui il y a encore un espoir.

Il tourna les talons, sans même demander l'identité du mourant. Morgan s'agenouilla à côté de Derry, et écarta le col qui lui dissimulait à demi le visage. Tandis qu'il lui prenait la main, les mots de la femme en gris lui revinrent en mémoire : « *Je te ferai payer ce que tu as fait à mon père. Je détruirai tous ceux que tu aimes, l'un après l'autre, en prenant mon temps.* »

Il y avait d'abord eu Brion, puis Ralson, puis le jeune Colin de Fianna, puis ses hommes. Et maintenant, Derry le quittait aussi. Sans qu'il eût rien pu faire pour arrêter Charissa.

Sans lâcher la main de Derry, il lui souleva une paupière. Il était encore vivant, mais pas pour longtemps. Une terrible blessure lui avait ouvert le côté. Il devait avoir la rate éclatée, et Dieu sait quoi d'autre. Des artères vitales avait été sectionnées, car le sang jaillissait par saccades à chaque battement de cœur.

Morgan sortit un mouchoir de sa manche et le pressa contre la blessure pour essayer de ralentir l'hémorragie, tout en sachant à quel point son geste était futile. Si seulement il pouvait faire quelque chose, inverser le temps ou faire appel à des pouvoirs...

Soudain, il se redressa, sidéré par l'idée impossible qui venait de germer en lui. Un jour, quelque part, il y avait très longtemps de cela, il avait lu quelque chose concernant de tels pouvoirs de guérison, réservés à quelques praticiens du grand art deryni qui exerçaient en des temps reculés.

Mais il ne fallait pas y songer. Il s'agissait de maîtres derynis à part entière, puissamment entraînés, et non de demi-sang comme lui. Et c'était une époque différente, où les hommes croyaient encore aux miracles et où les pouvoirs divins n'étaient pas aussi difficiles à capter. Comment pouvait-il avoir l'audace de songer à des choses pareilles ?

Cependant, s'il y avait pour Derry la plus petite chance de s'en sortir, il fallait essayer. Ce pouvoir avait existé dans le passé, et il avait en lui des parcelles de savoir-faire qui pouvaient, avec l'aide de Dieu...

Il plaça, résolu, les deux mains sur le front de Derry, en faisant le vide dans son esprit puis en se concentrant puissamment. Il se servit, comme point de focalisation, du griffon de sa bague, comme il l'avait fait plus tôt au moment où il avait eu sa vision.

Les yeux fermés, il chercha de toutes ses forces à invoquer le lointain pouvoir de guérison qui pouvait redonner toute son intégrité à Derry. Il faisait froid dans la pénombre du corridor, mais il se mit à transpirer à grosses gouttes, qui coulaient de son front sur ses mains.

Puis quelque chose se produisit. L'espace d'un très bref instant, il eut l'impression qu'une paire de mains se superposaient aux siennes, et qu'à travers elles un courant d'énergie passait, redonnant force au corps agonisant.

Il rouvrit les paupières, surpris. Derry venait de pousser

un profond soupir. Ses lèvres frémirent, et sa respiration se régularisa pour prendre le rythme du sommeil profond.

Fasciné, Morgan ôta ses mains du front de son jeune ami, et les porta au mouchoir qui couvrait la plaie. Il hésita un instant, de peur de rompre le charme. Puis il souleva un coin du tissu.

La blessure avait disparu. Il n'y avait plus rien, même pas une cicatrice marquant son emplacement. Incrédule, Morgan regarda ses mains. Puis il vérifia avec précipitation le pansement que Derry avait au poignet. Là encore, il n'y avait plus aucune trace ! Il fit un pas en arrière, chancelant, incapable d'accepter l'idée même de ce qui venait de se passer.

À ce moment-là, une voix, derrière lui, parvint à ses oreilles, qui lui figea les sangs et hérissa le fin duvet qu'il avait sur la nuque.

— Bien joué, Morgan !

CHAPITRE 11

Tel père, tel fils.

Morgan fit volte-face avec appréhension, presque certain qu'il allait voir le personnage de sa vision. Mais ce ne fut pas le fantôme de saint Camber qui s'approcha de lui. C'était Bran Coris, au sourire suffisant, suivi d'Ewan, de Nigel, de Ian et de tout un cortège de nobles de haut rang qui venaient se rendre compte du carnage.

— Bien joué, vraiment, répéta Bran. Vous avez fini le travail, n'est-ce pas ? À présent, vous êtes le seul homme en vie à savoir exactement ce qui s'est passé durant cette longue chevauchée jusqu'à Rhemuth !

Morgan se força à demeurer calme et courtois tandis que les autres se rassemblaient en bloc derrière Bran.

— Désolé de vous décevoir, messire Bran, dit-il en faisant signe à l'un des médecins de venir s'occuper de Derry, mais il n'est pas mort, simplement évanoui. Sans doute un oubli fâcheux de la part de ceux qui ont orchestré le spectacle de ce soir.

Morgan n'avait aucune intention de faire étalage de son nouveau talent. Cela n'aurait servi qu'à attiser les jalousies et les haines à son encontre.

Jehana se fraya un chemin parmi les courtisans en train de murmurer, et se plaça entre Ewan et Ian, ce dernier plus élégant que jamais. La reine elle-même était particulièrement belle et séduisante avec sa longue chevelure auburn qui lui descendait jusqu'à la taille. Morgan regrettait de n'avoir jamais pu s'entendre avec la fière épouse du roi Brion. Elle portait une robe de chambre mauve pâle jetée à la hâte sur ses vêtements de nuit, qu'elle maintenait à hauteur de sa nuque d'une main très blanche où étincelaient les joyaux de la bague offerte par Brion.

— Votre Majesté, déclara Morgan en s'inclinant pour essayer d'éviter de nouvelles frictions, croyez que je regrette bien les bouleversements qui viennent de se produire à une heure si tardive, mais je n'y suis pour rien.

Le visage de Jehana se durcit. Ses yeux brillèrent d'un éclat vert glacé.

— Pour rien, dites-vous, Morgan ? Vous me prenez pour une idiote ? Vous croyez que je ne suis pas au courant de l'assassinat d'un garde dans mon propre palais ? Je crois que vous me devez une explication avant que je ne vous fasse arrêter par mes hommes et exécuter pour meurtre.

À ce moment-là, Kelson fit son apparition dans le couloir, le visage épuisé et hagard, mais déterminé.

— Morgan m'a déjà fourni toutes les explications nécessaires, Mère, dit-il en s'avançant d'un pas tranquille pour se placer à côté du général. Et il n'y aura plus ni arrestation ni exécution dans ce palais sans mon assentiment, est-ce bien clair ?

Tous, sauf Jehana, inclinèrent respectueusement la tête. Kelson les regarda tour à tour sans ciller.

— Je sais que vous vous posez des questions sur l'identité de ceux qui ont attenté cette nuit à ma vie, poursuivit Kelson. Je me les pose aussi. Et je ne doute pas que nous aurons toutes les réponses en temps utile. Tous ceux qui se mettront en travers de mon chemin jusqu'à mon couronnement seront considérés comme des traîtres et auront le châtiment qu'ils méritent. Je ne tolérerai plus que l'on mette en doute la loyauté de Morgan ni mon jugement à cet égard. Toute personne qui désobéira saura à son détriment comment mon père m'a appris à régner.

De nouveau, Jehana s'abstint de s'incliner en même temps que les autres. Ses yeux lançaient des éclairs en direction de son fils.

— Tu oses me défier sur un point aussi important, Kelson ? chuchota-t-elle. Je suis sûre que tu te trompes.

— Je te prie de regagner tes appartements, Mère, lui dit le prince d'une voix ferme. Je n'ai pas envie de discuter avec toi devant ma cour.

Voyant qu'elle ne répondait pas, Kelson reporta son attention sur le capitaine des gardes, qui avait fini d'inspecter la chambre avec ses hommes et attendait dans le couloir.

— Capitaine, je me retire pour le reste de la nuit. Veillez à ce que je ne sois plus dérangé. Le général Morgan restera avec moi.

— À vos ordres, Majesté.

— Quant à vous, Madame ma mère, Messeigneurs, continua Kelson, je vous verrai demain matin. Je vous suggère de vous reposer aussi. Demain n'est pas un jour comme les autres.

Tournant sèchement sur ses talons, il rentra dans ses appartements, suivi de Morgan, et le verrou claqua avec un bruit final.

La reine, après quelques instants d'hésitation, se retira, résignée, dans sa chambre. Ian imita le groupe de courtisans qui se dispersaient, puis fit signe à un garde de le suivre et prit un corridor latéral obscur.

Dès que la porte se fut refermée, Kelson vacilla, puis s'écroula presque aux pieds du général, qui le retint de justesse par ses vêtements. Il le souleva dans ses bras puissants et marcha jusqu'au lit royal où il le déposa. Au même moment, Duncan sortit enfin de la terrasse où il s'était caché.

— Hum... Il fait bien froid, là-dehors, commenta-t-il en soufflant sur ses doigts pour les réchauffer. Il va bien ? demanda-t-il en se rapprochant du lit par l'autre côté.

— Ça va aller, dit Morgan en défaisant le col et le pourpoint de Kelson. Il s'est épuisé à intervenir comme il l'a fait. Tu disais toi-même qu'il ne se réveillerait pas avant le matin.

— C'est une bonne chose pour toi qu'il l'ait fait, déclara Duncan en touchant le front du prince puis en commençant à défaire le bandage qui lui entourait la main. Tu aurais eu du mal à t'expliquer avec ces hommes.

Avec un grognement d'approbation, il remit le bandage en place. Pendant ce temps, Morgan retirait la cape de Kelson et lui soulevait les épaules pour que le prêtre fasse glisser son pourpoint. Kelson ouvrit les yeux à ce moment-là.

— Duncan ? Morgan ? questionna-t-il d'une voix faible.

— Nous sommes là, mon prince, lui dit Morgan en lui plaçant un oreiller sous la tête.

— Est-ce que je me suis bien comporté ? demanda le jeune prince dans un murmure. J'ai l'impression d'avoir été un peu trop solennel.

— C'était exactement le ton qu'il fallait, lui dit Morgan avec un sourire. Brion aurait été fier de toi.

Kelson sourit à son tour, en fixant le plafond au-dessus de lui.

— Je l'ai vu, Morgan. Et j'ai entendu sa voix. Juste avant, tu sais... Il a prononcé mon nom, et puis... (Il tourna la tête vers Duncan.) C'était comme si j'étais enveloppé dans un tissu de soie, ou plutôt de fils de lumière... Non, de clair de lune. Et il y avait quelqu'un d'autre à côté de lui, Duncan. Quelqu'un qui avait des cheveux dorés et le visage brillant. Et ce n'était pas toi, Morgan. J'ai eu un peu peur, je me souviens, mais...

— Ne parle plus, maintenant, murmura Morgan en plaçant une main sur son front. Il faut dormir, pour reprendre des forces. Repose-toi. Nous sommes là pour veiller sur toi.

Les paupières de Kelson battirent deux ou trois fois, puis se refermèrent. Il fut bientôt plongé dans un profond sommeil. Morgan sourit, et aida Duncan à lui retirer ses bottes. Puis ils le couvrirent chaudement, et éteignirent les chandelles qui éclairaient le lit. Ils allèrent ensuite s'asseoir devant la cheminée.

— Il se passe des choses étranges, murmura Morgan en contemplant rêveusement les flammes. Je suis prêt à parier que je sais à qui appartient le second visage qu'il a vu pendant le rituel.

— Tu veux parler de saint Camber ? demanda Duncan en hochant la tête.

— Oui. Et j'ai autre chose à t'annoncer, qui va te glacer le sang. Derry était dans le couloir, agonisant. Il avait une blessure béante au côté, tu aurais pu y passer le poing. Et je l'ai guéri !

— Tu as fait *quoi* ?

— Je sais, ça paraît ridicule. Mais je me suis souvenu de ce pouvoir que certains Derynis avaient dans l'ancien temps. Et je me suis dit qu'il fallait risquer le tout pour le tout. C'était un fol espoir, et je ne croyais pas qu'un demi-Deryni comme moi, qui n'a jamais été libre d'utiliser les pouvoirs qu'il possède qu'à un certain degré seulement...

Il n'acheva pas sa phrase. Les yeux mi-clos, secouant la tête, il prit une profonde inspiration et poursuivit :

— Quoi qu'il en soit, j'ai voulu essayer. Je me suis servi de mon griffon comme point de concentration, exactement comme à la bibliothèque, lorsque je cherchais un indice. J'avais les mains sur son front, et les yeux fermés. Et, tout à coup, j'ai senti une autre présence, une autre paire de mains sur les miennes, un afflux d'énergie qui passait en moi mais qui venait d'autre part. Je te jure, Duncan, par tout ce que j'ai de plus sacré au monde, que je n'ai jamais rien fait ni éprouvé de pareil. Lorsque j'ai rouvert les yeux, tremblant comme cela ne m'est jamais arrivé, tu peux me croire, Derry s'est mis à respirer normalement, comme s'il était simplement endormi. Et ses blessures avaient disparu sans laisser la moindre trace !

Duncan le regardait bouche bée.

— Je te le jure, Duncan, poursuivit Morgan, presque comme s'il se parlait à lui-même, il a été totalement guéri. Même son poignet n'avait plus rien. Je... C'est toi l'expert en miracles, Duncan. Pourrais-tu m'expliquer ce qui s'est passé ?

Le prélat retrouva suffisamment de présence d'esprit pour fermer la bouche. Puis il secoua la tête avec incrédulité.

— Je ne sais que te dire, Alaric. Tu... Tu crois que cette présence est la même que dans ta vision ?

Morgan se massa le menton du creux de la main droite.

— Je l'ignore. Mais tout se passe comme si quelqu'un me mettait dans la tête des idées sur lesquelles je n'ai aucun contrôle. Je suis presque prêt à croire que saint Camber de Culdi veille sur nous, Duncan. En fait, je pense que je suis prêt à croire n'importe quoi.

Il marcha jusqu'à la terrasse, et écarta légèrement les tentures. Puis il demeura là un bon moment à contempler le ciel noir au-dessus de la cité endormie.

— Toi et moi, nous ne sommes que des demi-sang, après tout, dit-il. Que savons-nous au juste des pouvoirs derynis ?

— Il doit y avoir une explication rationnelle, Alaric. Nous la trouverons peut-être lorsque cette lutte sanglante pour le pouvoir sera terminée.

— Comme tu voudras. C'est une façon commode d'écarter le problème. Mais j'en ai encore un à résoudre. Tu n'as pas été frappé par quelque chose d'autre dans ce qui s'est passé aujourd'hui ?

— Tu veux parler d'Edgar et de ses accusations contre toi ?

— Non. Je veux parler de Kelson et de sa démonstration de clairvoir. Tu aurais pu me dire que tu lui avais enseigné cela. J'aurais été beaucoup moins inquiet pour lui.

— Enseigné, moi ? répliqua Duncan, mystifié. Tu veux dire que ce n'est pas toi qui...

Morgan laissa retomber la tenture et se tourna vers Duncan, sidéré.

— Tu ne plaisantes pas ? Ce n'est ni toi ni moi ? Qui, alors ? Se pourrait-il que Brion...

— Tu n'y penses pas ! Brion n'était pas un Deryni. Seul un Deryni a pu lui enseigner ça.

— Il ne t'a jamais vu le faire ? insista Morgan.

— Jamais ! Je ne me suis jamais livré à aucune démonstration en sa présence jusqu'à aujourd'hui. Rappelle-toi, il ne savait même pas ce que j'étais, ni que j'avais de tels pouvoirs. Mais il t'a sans doute vu, toi.

— C'est possible en effet. Mais qu'est-ce que ça change ? Il lui aurait fallu les pouvoirs de son père, et tu dis toi-même qu'il n'est pas encore en état de les utiliser. Mais... il me vient une étrange pensée, Duncan. Si ce garçon avait du sang deryni dans les veines ?

— Je ne vois guère comment ce serait possible, fit gravement Duncan. Brion était totalement humain, la chose ne fait aucun doute. Tu ne... veux pas insinuer que Brion ne serait pas son père, par hasard ? Ce serait absurde.

Morgan secoua la tête, perdu dans ses pensées.

— Non, Duncan. Je sais que Brion est bien son père. La ressemblance est trop frappante. Mais Jehana...

Ses paupières se plissèrent tandis qu'il laissait sa phrase en suspens. Il regarda Duncan, et fut soulagé de constater que son cousin voyait enfin où il voulait en venir.

— La reine, une Derynie ? Cela expliquerait bien des choses, en effet. Son attitude devant les pouvoirs de Brion, par exemple, ou son animosité à ton égard, extérieurement étayée par sa ferveur religieuse... Tu crois qu'elle se rend compte de la situation ?

— Pas forcément. Tu sais comme moi à quel point il est dangereux de se proclamer deryni à notre époque. Dans de nombreuses familles, au cours des cinq ou six générations qui nous ont précédés, il y a eu des parents qui ont décidé de cacher leurs origines à leurs enfants, pour leur éviter des problèmes. La loi civile aussi bien qu'ecclésiastique interdit toute pratique ésotérique. Comment un Deryni élevé dans ces conditions pourrait-il réaliser ses pouvoirs ? Il faut être guidé par quelqu'un. Si ce n'est pas le cas, rien ne se passe. Je ne dis pas que c'est ce qui est arrivé à Jehana, mais nous ne devons pas exclure cette possibilité. Il y a probablement des milliers de Derynis qui s'ignorent autour de nous.

— Je n'ai pas d'arguments à t'opposer, déclara Duncan. Mais si cette hypothèse se vérifie, nous pourrons peut-être avoir un atout supplémentaire demain. Nous ignorons encore si le rituel a totalement réussi, bien que Kelson nous ait donné ce soir un brillant aperçu de ses nouveaux talents.

Morgan secoua gravement la tête.

— Je n'aime pas ça. Kelson n'a aucune expérience. Nous ne pouvons compter que sur la bonne transmission des pouvoirs de Brion. Mais est-ce que ce sera suffisant ? Te rends-tu compte de la responsabilité que Brion nous a laissée ? Il y a des moments où je me demande si c'est un bienfait ou une malédiction.

— Nous n'avons pas accepté cette tâche parce que nous espérions qu'elle serait de tout repos, dit Duncan. N'est-ce pas plutôt parce que nous aimions Brion comme nous aimons son fils, et aussi parce que sa cause était juste ?

— Épargne-moi tes sermons, gloussa Morgan. Tu sais très bien quelles étaient mes motivations. Les mêmes que les tiennes.

Il serra les poings, en frottant machinalement du pouce la bague au griffon.

— Mais tu dois admettre, poursuivit-il, qu'un grand nombre d'inconnues se sont révélées. Les pouvoirs de Kelson, par exemple. Ou Jehana. Comment peut-elle prendre tranquillement le parti de ceux qui veulent tuer son fils ? Et il me semble qu'il y a un traître parmi nous.

— Un traître ?

— Il est au palais, et ce doit être quelqu'un d'important. Tu ne t'imagines tout de même pas que Charissa a organisé toute seule l'affaire d'Edgar ? Il faut qu'elle ait un allié sûr dans nos murs.

— Puisque tu en es à recenser nos ennuis, en voici un autre, et de taille, fit Duncan. Supposons que Charissa, demain, réussisse à vaincre Kelson. La chose est possible, si certains paramètres se retournent contre nous. Que deviendra notre jeune ami, dans ce cas ? Et que deviendra son royaume ? Que deviendront tous ceux qui ont soutenu Brion dans le passé ? Toi, par exemple.

— Et toi aussi, cousin, rétorqua Morgan en haussant un sourcil. Si Charissa gagne, ton col ecclésiastique ne te protégera pas longtemps. En tant que confesseur de Kelson et cousin de ton serviteur, de toute manière, tu étais perdu dès le début. Et le rôle que tu t'apprêtes à jouer demain ne fera que signer ton arrêt de mort.

— Tu as peur ? demanda Duncan en souriant.

— Pardi ! grogna Morgan. Il faudrait être inconscient pour ne pas avoir peur. Et je n'ai pas encore atteint ce stade, du moins je l'espère. Quoi qu'il en soit, nous ne résoudrons rien en continuant à spéculer toute la nuit. Je ne sais pas ce que tu en penses, mais, pour ma part, je dors debout !

— Tu as raison, fit Duncan. Sans compter que je ne suis pas censé être ici, moi. En me dépêchant, j'arriverai peut-être à rentrer à temps avant qu'on vienne me chercher. Je ne sais pas si mon estimé archevêque approuverait certaines des occupations auxquelles je me suis livré cette nuit. (Il se tourna pour regarder Kelson endormi, puis se dirigea vers le passage secret.) Je crois que je me suis plus servi de mon pouvoir depuis vingt-quatre heures que durant les dix dernières années.

— C'est bien de t'exercer. Tu devrais le faire plus souvent, fit Morgan avec un sourire en ouvrant le passage secret et en lui tendant un chandelier.

Une moitié de Duncan, celle qui lui avait fait prononcer ses vœux, lui disait qu'il devrait ignorer cette remarque, mais finalement il rendit son sourire à Morgan.

— Tu n'as besoin de rien ? demanda-t-il en s'immobilisant dans l'ouverture. Kelson devrait en principe dormir jusqu'à l'aube, mais...

— C'est ce que tu as dit la dernière fois, rappelle-toi.

— Je ne suis pas responsable de ce qui s'est passé, chuchota Duncan en feignant le plus grand sérieux. Mais je pense que tu as eu assez d'invités comme ça pour ce soir. En ce qui me concerne, je suis trop fatigué pour rester jusqu'à la fin du bal.

Avant que Morgan ait pu trouver une réplique, Duncan disparut dans l'ombre. Le général referma le passage en souriant. Puis il retourna s'asseoir devant la cheminée.

La journée avait été longue. Les deux dernières semaines, en fait, avaient été interminables. Et, même s'il voyait maintenant l'autre bout du tunnel, il n'ignorait pas que le plus difficile était encore à venir.

Il se frotta les paupières d'une main lasse, en faisant un effort pour oublier les soucis qui l'accablaient. S'il voulait être utile à Kelson demain matin, il avait intérêt à s'accorder quelques heures de sommeil.

Il tira le fauteuil à côté du lit de Kelson, défit sa cape et s'installa confortablement au creux des coussins. Il eut à peine la force d'ôter ses bottes et de se couvrir de la cape à doublure noire avant de sombrer dans un lourd sommeil. Il savait que Kelson était en sécurité, et qu'il se réveillerait instantanément si quelque chose d'anormal se produisait.

Pour Ian Howell, la nuit venait juste de commencer. Suivi du garde à qui il avait fait signe, il ouvrit la porte de sa chambre et la referma sans bruit derrière eux.

— Comment t'appelles-tu, mon brave ? demanda-t-il.

— John d'Elsworth, Monseigneur, répliqua vivement l'homme.

Il n'était pas comme le premier garde qu'il avait utilisé dans ses pratiques maléfiques. John d'Elsworth était plus âgé, plus mûr, plus athlétique. C'était pour cette dernière raison que Ian avait porté son choix sur lui. Souriant, il alla s'asseoir à une petite table, dans un coin de la chambre, et se versa un verre de vin.

— J'aurais une mission à te confier, dit-il à l'homme.

— Oui, Monseigneur, répliqua le garde, avec vivacité.

Après avoir trempé ses lèvres dans la coupe de vin, Ian se leva et marcha posément vers John d'Elsworth, qu'il fixa dans les yeux.

— Regarde-moi bien, commanda-t-il.

Le garde obéit, perplexe, et Ian lui montra son index.

— Tu vois mon doigt ?

— Oui, Monseigneur.

Ian lui toucha le front, entre les deux yeux, en prononçant une seule parole :

— Dors.

Les paupières de l'homme se fermèrent aussitôt. Il ne fallut à Ian que quelques secondes de concentration pour établir la liaison avec la femme qui se trouvait à plusieurs kilomètres de là, l'aura crépitante qui se mit à briller autour de lui projetant des ombres spectrales sur les tapisseries des murs.

— Charissa, tu m'entends,

Les lèvres de l'homme remuèrent, mais ce fut une autre voix que la sienne qui répondit :

— Je t'entends.

— Ils sont allés dans la crypte comme tu l'avais prévu, ma chérie. Kelson porte sur lui l'Œil de Rom. Je ne crois pas que quelqu'un d'autre l'ait remarqué dans toute cette confusion. J'ignore s'ils ont réussi à effectuer le transfert de pouvoir. Le prince semblait épuisé, mais il n'y a rien d'étonnant à cela.

Il y eut un moment de silence, puis le garde répondit d'une voix grave qui avait les intonations de celle de Charissa.

— Ils n'ont pas pu aller jusqu'au bout du transfert. Cela ne se fait qu'à l'occasion du couronnement ou d'une autre cérémonie importante. Ce qui veut dire que nous avons encore le temps d'agir pour leur miner le moral. Tu sais ce que tu dois faire dans la cathédrale ?

— Naturellement.

— Parfait. Assure-toi que ce sera la bonne personne qui sera blâmée. J'ai reçu tout à l'heure une nouvelle injonction du Conseil Cambérien m'intimant de ne plus intervenir. Naturellement, je n'en tiens pas compte. Mais il vaut mieux qu'ils restent dans le brouillard encore un certain temps. Après tout, Morgan est un demi-Deryni, et il est tout à fait concevable que le Conseil rejette toute la faute sur lui si nous manœuvrons bien.

Ian s'esclaffa.

— L'idée que le Conseil puisse dicter sa conduite à la fille du Marluk est vraiment saugrenue, de toute manière. Pour qui se prend ce Coram ?

Il reçut l'impression distincte d'un sourire complaisant tandis que la voix répliquait :

— Ne t'inquiète pas de ça, Ian. Tu ferais mieux de t'occuper de ce qu'il y a à faire avant que ton sujet ne s'épuise. S'il meurt, cela risque d'éveiller des soupçons, et je ne voudrais pas que tu sois découvert prématurément.

— Ne crains rien, ma biche, fit Ian. À très bientôt.

L'aura s'éteignit, et Ian rouvrit les yeux. Le sujet était toujours sous sa domination.

— John d'Elsworth, est-ce que tu m'entends ? demanda-t-il.

— Oui.

Ian lui toucha les paupières du bout des doigts, en exerçant une légère pression.

— Tu vas oublier tout ce qui vient de se passer, John. Tu as bien compris ? Lorsque tu te réveilleras, tout ce que tu te rappelleras, c'est que je t'ai demandé de m'escorter jusqu'à ma chambre.

L'homme hocha la tête de manière presque imperceptible.

— Parfait, murmura Ian en abaissant les mains. Réveille-toi, maintenant.

Ian retourna s'asseoir devant la petite table et but tranquillement son vin. Les yeux de John s'ouvrirent, et il regarda Ian comme si rien ne s'était passé.

— Désirez-vous quelque chose d'autre, Monseigneur ? demanda-t-il.

— Non, fit Ian en s'essuyant les lèvres du revers de la manche. Mais j'apprécierais que tu montes la garde devant ma porte. Avec tous ces assassins qui hantent les couloirs du palais, je ne me sens plus en sécurité à Rhemuth.

— À vos ordres, Monseigneur, fit John en s'inclinant. Je veillerai à ce que personne ne vous dérange.

Ian leva sa coupe en guise de remerciement, but le reste du vin d'un trait, puis reposa la coupe sur la table tandis que la porte se refermait derrière John d'Elsworth.

Il lui restait une tâche à accomplir. Un simple assassinat, rien de plus. Cela pouvait certes être salissant, et relativement fatigant, car il y avait, en fait, trois personnes à éliminer, mais il ne pensait pas que cela poserait un sérieux défi à ses talents. Cela risquait même d'être passablement monotone.

Il était fâcheux qu'il ne lui restât plus assez d'énergie pour se transporter plus loin que la cathédrale, mais ce n'était pas grave. Charissa reconstituerait ses réserves dès qu'il retournerait auprès d'elle. D'ailleurs, tout compte fait, cela lui ferait du bien de marcher un peu. Rien de tel que l'air frais d'une nuit de novembre pour éclaircir les idées d'un homme qui s'apprête à tuer et le mettre dans un état d'esprit propice à l'accomplissement d'autres tâches plus plaisantes.

Il gagna d'un pas vif le centre de la chambre en drapant sa cape autour de lui. Puis il murmura les paroles du charme que lui avait enseigné Charissa, fit le geste approprié des deux bras... et disparut.

Plus tard — beaucoup plus tard —, Ian immobilisa sa monture au cœur d'une forêt située dans les collines au nord de Rhemuth. Il tendit l'oreille, silencieux, durant un long moment, puis fit avancer son cheval au pas dans la nuit sans lune. Une neige fine tombait, et Ian s'emmitoufla un peu plus dans son épaisse cape tandis que le cheval avançait sans bruit dans le noir.

Il arriva au pied d'une falaise de roche nue, dont le sommet se perdait dans le ciel sombre. Il la longea sur sa gauche durant deux kilomètres environ avant d'être hélé par une voix rude.

— Qui va là ?
— Messire Ian. Je viens voir Sa Grâce.

Quelqu'un alluma un flambeau. L'homme qui le tenait s'avança lentement. Dans le cercle de lumière Ian distingua une demi-douzaine de silhouettes autour de lui. Lorsque celui qui tenait le flambeau l'eut presque rejoint, un autre homme sortit de l'obscurité et vint prendre la bride de son cheval.

— Désolé, Monseigneur, dit-il d'une voix rude, mais nous ne vous attendions pas cette nuit.

Ian rejeta sa capuche en arrière et descendit de sa monture.

— Sa Grâce n'est pas encore couchée ? demanda-t-il.

— Non, Monseigneur, répondit le capitaine en s'avançant vers la falaise pour y appuyer la paume d'une main. Mais j'ignore si elle vous attend.

Un pan de roche s'enfonça, révélant un passage secret qui s'enfonçait vers le cœur de la falaise. Ian s'avança à l'intérieur, suivi du capitaine et de quelques-uns de ses hommes.

— Ne vous inquiétez pas pour cela, dit-il avec un petit sourire que personne ne remarqua dans la pénombre.

Il attendit que sa vision s'habitue à l'obscurité, puis continua d'un pas déterminé dans le long couloir revêtu de dalles de marbre.

On pouvait apercevoir un peu plus loin la lueur d'une torche fixée au mur. Il frappa plusieurs fois l'une contre l'autre ses mains gantées de cuir pour les réchauffer. Ses bottes résonnaient lourdement sur le marbre. La cape bruissait à chaque pas contre le cuir verni de ses bottes à la coupe élégante. Le fin fourreau d'acier de son épée heurtait de temps à autre sa jambe gauche, produisant un petit tintement sec.

D'étranges alliances se formaient parfois dans la poursuite d'un objectif. Il n'aurait jamais cru s'associer un jour à la ténébreuse Charissa. Il ne l'avait même pas envisagé, au début. Aujourd'hui, pourtant, la fille du Marluk lui faisait presque entièrement confiance, et ils avaient décidé de combiner leurs ressources pour atteindre leurs objectifs communs. Qui aurait songé, un an plus tôt, que lui, Ian Howell, serait sur le point de devenir le maître de Corwyn ?

Il sourit intérieurement à cette idée, mais tout en se gardant de trop triompher à l'avance. Un grand destin l'attendait s'il était capable de tourner la situation à son avantage. Mais avec une femme comme Charissa, il fallait être prudent. Lorsque Kelson et Morgan seraient éliminés et qu'il aurait assuré son emprise sur le royaume, il lui faudrait songer à régler les autres problèmes. En attendant...

Ses éperons d'argent résonnèrent joyeusement tandis qu'il descendait quelques marches de granit. Les torches, dans leurs supports de bronze, jetaient des reflets pourpres sur sa chevelure châtain, reflétant peut-être les pensées encore plus écarlates de l'homme qui avançait d'un pas si assuré.

Il passa devant un poste de garde en saluant avec une nonchalance étudiée, puis arriva en vue d'une double porte dorée devant laquelle deux Maures de haute taille montaient la garde.

Ils ne firent aucun geste pour l'arrêter. Il franchit la double porte et la referma derrière lui sans faire de bruit. Puis il s'adossa aux moulures dorées pour contempler la femme assise devant sa coiffeuse, en train de démêler ses longs cheveux clairs. Il n'avait plus de pensées hostiles à son égard. La situation ne s'y prêtait pas.

— Alors, Ian ? demanda Charissa sans se retourner, d'une voix basse et légèrement voilée, avec aux lèvres un sourire un rien goguenard.

Ian se rapprocha d'elle en la fixant d'un regard à la fois intense et décontracté.

— Tout s'est passé exactement comme tu l'avais prévu, ma chère, dit-il en posant la main sur son épaule. En doutais-tu ?

Il alla se verser une coupe de vin à l'aide d'un flacon en cristal, la vida d'un trait, la remplit de nouveau, et alla la poser sur la petite table de chevet à côté du grand lit.

— Je sais que tes prouesses sont généralement à la hauteur de ton talent, murmura Charissa sans interrompre la régularité de ses coups de brosse.

Ian défit la fermeture de sa lourde cape et la jeta sur une banquette. Puis il détacha son ceinturon avec son épée et les laissa tomber par terre avant de s'asseoir au creux du grand lit recouvert de satin.

— Tu crois qu'il n'y aura pas de problèmes demain, Ian ? lui demanda Charissa en posant sa brosse.

Elle se leva et ajusta les plis de sa robe de chambre qui formait un halo d'azur éthéré autour d'elle.

— Cela m'étonnerait fort, murmura Ian en souriant, appuyé en arrière sur un coude, la coupe de vin à la main. Kelson a ordonné qu'on ne le dérange pas jusqu'au matin. S'il faisait quoi que ce soit d'ici là, nous en serions immédiatement informés. J'ai quelqu'un de sûr qui veille.

Il suivit d'un œil avide chacun de ses mouvements tandis qu'elle se dirigeait vers lui.

— Il ne veut pas être dérangé, dis-tu ? murmura-t-elle en posant une main délicate sur son épaule. Je crois que je vais donner le même ordre à mes gardes.

CHAPITRE 12

> Car le rire, sans conteste, cache une
> âme fragile.

Le silence du petit matin fut brisé par une série de coups rapides frappés à la porte. Morgan se réveilla aussitôt, en alerte. La lumière indiquait qu'il était temps de se lever, et une prompte évaluation de sa condition physique lui apprit que son sommeil avait enfin été réparateur. Quoi qu'il arrive dans les heures qui viendraient, il se sentait de taille à l'affronter.

Il alla entrebâiller la porte avec prudence. Un rapide mouvement de poignet avait fait surgir la fine dague dans sa main

— Qui est là ? demanda-t-il à voix basse.

— Rhodri, le Grand Chambellan, Votre Grâce, lui répondit une voix. Les chambriers de Sa Majesté souhaitent savoir dans combien de temps elle sera prête à prendre son bain et à s'habiller. Il commence à se faire tard.

Morgan remit le stylet dans sa manche et ouvrit la porte. Un vieux monsieur à l'air digne, aux cheveux blancs et au pourpoint de velours couleur aubergine s'avança et s'inclina respectueusement devant Morgan.

— Votre Grâce.

— Quelle heure est-il, messire Rhodri ? demanda tranquillement Morgan.

— Passé tierce, Votre Grâce. Je vous aurais réveillé

plus tôt, mais j'ai pensé que Son Altesse et vous aimeriez dormir un peu plus longtemps. La procession ne commence que dans une heure.

— Merci, messire Rhodri, fit Morgan en souriant. Dites aux chambriers que le prince va bientôt être prêt. Et tâchez de trouver mon aide de camp, Derry. Si j'assiste au couronnement dans cet état, personne ne doutera que je suis bien la fripouille que certains m'accusent d'être.

Il passa une main qui en disait long sur la barbe de trois jours qui lui couvrait les joues et le menton. Le Grand Chambellan sourit. Morgan et lui se connaissaient de longue date, depuis l'époque où le général était entré à la cour de Brion comme simple page. Rhodri était déjà chambellan, et les années n'avaient fait que renforcer l'affection que le petit garçon aux cheveux d'or avait alors suscitée chez son aîné, et que Morgan lui rendait depuis avec constance.

— Personne n'a jamais eu aucun doute sur votre intégrité, Votre Grâce, déclara Rhodri sur un ton qui n'admettait pas de réplique. Y a-t-il autre chose que je puisse faire pour votre service ?

Morgan secoua la tête, puis fit claquer ses doigts en se ravisant.

— Oui. J'aimerais que vous fassiez quérir Monsignor McLain. Kelson aura besoin de le voir avant de partir pour la cathédrale.

— À vos ordres, Votre Grâce, fit Rhodri en s'inclinant.

Tandis que Morgan refermait la porte avec le verrou, il s'avisa soudain que la chambre était de nouveau glacée, et la traversa nu-pieds pour attiser le feu et remettre des bûches dans l'âtre. Cela fait, il se dirigea vers la terrasse pour écarter les tentures.

Il eut soudain conscience d'être observé. Il se retourna, et sourit à Kelson, qui s'était redressé dans son lit.

— Bonjour, mon prince, dit-il d'un ton joyeux. Comment te sens-tu, ce matin ?

Kelson remonta ses couvertures jusqu'à son cou.

— J'ai froid, dit-il. Et je meurs de faim. Quelle heure peut-il bien être ?

Morgan éclata de rire. Il posa la main sur le front de Kelson, puis lui prit le poignet pour défaire son bandage.

— Ne t'inquiète pas, dit-il. Nous avons tout le temps. Tes chambriers sont en train de te préparer un bain. Quant au petit déjeuner, tu sais que tu n'y auras pas droit avant la cérémonie.

Kelson fit deux ou trois bonds de frustration sur son lit. Puis il regarda la paume de sa main que Morgan venait de découvrir. À part une légère marque rose de chaque côté, il n'y avait plus aucune trace de ce qui s'était passé la nuit dernière. Et tandis que Morgan lui retournait la main dans tous les sens pour l'examiner, le jeune prince fut surpris de ne ressentir aucune douleur.

Il regarda Morgan, qui jeta le bandage et lui relâcha la main.

— Tout est normal ? demanda-t-il.

Morgan lui donna une tape affectueuse sur l'épaule en disant :

— Ne t'inquiète pas. Tu es parfaitement en forme.

— Dans ce cas, il n'y a aucune raison pour que je reste une seconde de plus au lit ?

— Aucune.

Morgan lui tendit la robe de chambre qui se trouvait à ses pieds. Puis l'aida à la revêtir. Une fois vêtu Kelson alla devant la cheminée, où il se laissa tomber dans un fauteuil.

— Mmm, ça fait du bien de se réchauffer, dit-il. Quel est le programme, maintenant ?

— D'abord, ton bain. Tout le monde t'attend déjà. Ensuite, tes chambriers t'aideront à t'habiller.

— Je sais m'habiller tout seul, fit Kelson en plissant le nez.

— Un roi doit se faire aider par ses chambriers, particulièrement le jour de son couronnement. C'est la tradition. Avec toutes les responsabilités qui t'attendent, tu n'es pas censé t'occuper de problèmes aussi terre à terre que le choix d'un vêtement.

Il poussa gentiment Kelson vers la porte du salon de toilette. Mais le jeune prince se retourna sur le seuil pour le regarder d'un air suspicieux.

— Et j'ai combien de chambriers ? demanda-t-il.

— Six, je crois, répondit Morgan en prenant un air désinvolte.

— Six ! s'exclama Kelson, indigné. Je n'ai pas besoin de tout ce monde autour de moi !

— C'est une rébellion ? interrogea Morgan en s'efforçant de ne pas sourire.

Il comprenait Kelson. Il n'aurait pas aimé être à sa place. Mais il y avait des choses que l'on ne pouvait pas éviter dans la vie. Kelson le savait très bien, son expression l'indiquait, mais il n'aimait pas que Morgan ait le dernier mot.

Au moment d'entrer dans le salon de toilette, le jeune prince se retourna soudain, une fois de plus, pour s'écrier en feignant l'indignation :

— Je suis sûr que c'est un complot contre moi.

— J'ai comploté pour faire de toi un roi, rétorqua Morgan, qui commençait à trouver que le jeu avait assez duré. Et maintenant, courage, il faut y aller !

Il fit mine de pousser le prince dans l'autre pièce, mais ce dernier esquiva, puis pénétra dignement dans le salon de toilette, non sans avoir tiré moqueusement la langue à Morgan avant de refermer la porte.

Le général leva les yeux au ciel, comme pour invoquer le saint qui régissait les caprices des princes de sang royal. La maturité dont Kelson avait fait montre depuis vingt-quatre heures semblait avoir totalement disparu. Il espérait que cette humeur ne durerait pas toute la journée.

Avant de décider de ce qu'il convenait de faire maintenant, il entendit un nouveau coup à la porte.

— Qui est là ?

— Derry, Votre Grâce, répondit une voix familière.

Morgan alla ôter le verrou pour le laisser entrer. Il était accompagné de deux écuyers chargés de serviettes, d'eau chaude et de vêtements propres. Derry lui-même portait un uniforme flambant neuf et semblait frais et dispos. Son bras n'était plus en écharpe.

— Je suis heureux de te voir en pleine forme, lui dit Morgan.

— Oui, Votre Grâce. C'est tout de même étrange, n'est-ce pas ? répliqua Derry sans laisser percer aucune émotion. Vous pourriez peut-être m'expliquer...

— Pas maintenant, Derry, interrompit Morgan en s'écartant pour les laisser entrer. Je n'aspire pour le moment qu'à me refaire une beauté, et à prendre un bon bain.

— Je comprends, Votre Grâce, fit Derry d'un air entendu avant de se tourner vers les deux écuyers. Suivez-moi, mes amis, je vais vous montrer comment Sa Seigneurie aime qu'on lui prépare son bain.

Morgan émit un léger gloussement tandis que Derry prenait la situation en main. Puis il suivit les trois hommes. Au moins, il ferait bonne figure au couronnement, et ne ressemblerait pas à l'Homme Sauvage de Torenth. Quant aux explications, Derry attendrait qu'ils se retrouvent seuls pour les avoir.

Quelqu'un d'autre, dans le palais, faisait aussi ses préparatifs. Quelqu'un pour qui la journée avait commencé beaucoup plus tôt, en un lieu situé à de nombreux kilomètres de là. Sortant des bras d'une femme incroyablement belle et incroyablement mauvaise, porté par les ailes d'un charme deryni, il venait accomplir une tâche précise avant de s'en retourner de la même manière qu'il était arrivé.

Dans un renfoncement situé à l'angle de l'un des principaux corridors, il attendit patiemment le passage de ceux qu'il guettait. Il y eut d'abord un groupe de pages et d'écuyers en livrée de cérémonie, les bras chargés de robes et d'ornements blanc et or, qui ne pouvaient être destinés qu'à Kelson. Mais ce n'étaient pas les personnes qu'il cherchait.

Au passage du cortège, il fit mine d'être occupé à agrafer la fermeture rétive de sa cape dorée. Dès qu'ils eurent disparu, cependant, il reprit sa surveillance.

Au bout de dix minutes, après avoir répété deux ou trois fois le subterfuge de l'agrafe, il vit enfin arriver ceux qu'il attendait. Deux écuyers royaux chargés d'une cape resplendissante de velours noir et d'une cassette de bois noir poli.

Son intervention fut minutée à la perfection. Il se mit en travers de leur chemin juste au moment où ils arrivaient à hauteur du renfoncement. La manœuvre fit perdre l'équilibre à l'un des deux hommes, ce qui était prévu. Ian se confondit en excuses et aida l'homme à se relever et à ramasser les chaînes et les bijoux divers qui étaient tombés de la cassette.

À aucun moment il ne vint à l'idée de l'écuyer de vérifier le contenu de la cassette. Comment aurait-il pu se douter que le puissant seigneur Ian venait de substituer quelque chose à un certain insigne honorifique particulièrement ouvragé, celui de Champion du Roi ?

Morgan se contempla d'un œil critique dans le miroir tandis que Derry essuyait les dernières traces de savon sur son menton et sous ses oreilles. Il ne se sentait plus le même homme. Porter une chemise et des chausses propres était un luxe qu'il ne connaissait plus depuis des mois. Cela suffisait presque à lui faire apprécier la chance qu'il avait d'être bien né.

Tandis que Derry renvoyait les deux écuyers qui l'assistaient, Duncan se glissa dans la chambre en faisant signe au jeune seigneur des Marches de ne pas révéler sa présence. Il prit silencieusement la place de Derry, derrière Morgan, et continua de brosser consciencieusement son habit. Puis il murmura d'un ton innocent :

— Tiens, tiens, l'enfant prodigue essaie d'améliorer son apparence !

Morgan, surpris, fit volte-face. La dague avait presque surgi dans sa main lorsqu'il se rendit compte que c'était Duncan. D'un geste, il demanda à Derry d'aller vaquer à ses autres occupations. Puis il se laissa tomber dans un fauteuil tandis que Duncan prenait place devant la cheminée.

— Je n'aime pas que tu arrives ainsi sans prévenir, lui dit Morgan. Si Derry n'avait pas été là, j'aurais pu te trancher la gorge avant de savoir qui tu étais.

— Je suis sûr que ta main se serait arrêtée à temps, répliqua Duncan avec un sourire tranquille. Il ne s'est rien passé d'autre pendant la nuit après mon départ, j'imagine ?

— Que voudrais-tu qu'il se soit passé ?

— Je ne sais pas, moi. Un tremblement de terre, une inondation, un autre miracle. En tout cas, j'ai une petite surprise pour toi, ce matin.

— Une surprise ? Tu es sûr que je suis capable de résister à une nouvelle surprise ? J'ai déjà eu mon compte, ces dernières vingt-quatre heures, tu ne trouves pas ?

— Celle-ci n'est pas méchante, fit Duncan avec un petit sourire en tirant de sa ceinture un objet de faible taille enveloppé dans un morceau de velours qu'il déposa dans le creux de la main du général. Kelson m'a prié de te remettre ceci. Je pense qu'il t'a désigné comme son champion.

— Son champion ? fit Morgan en le fixant intensément. Qu'est-ce qui te fait croire ça ?

— Tu sais, il arrive qu'il me fasse des confidences sans que tu en sois nécessairement au courant, murmura Duncan en faisant mine de contempler innocemment le plafond. D'ailleurs, qui croyais-tu qu'il désignerait, vieux fou ? Moi, peut-être ?

Morgan éclata de rire. Avec un haussement d'épaules, il déroula le morceau de velours. Il contenait un anneau portant un sceau massif constitué d'une pierre d'onyx ovale taillée en cabochon et portant sur la face le lion d'or de Gwynedd.

Fasciné, Morgan contempla le sceau un bon moment, puis frotta la pierre contre sa manche. Elle brilla comme un ciel étoilé tandis que Morgan glissait l'anneau à l'index de sa main droite puis tendait ses deux mains en parallèle devant lui, paumes vers le bas. Le lion de Gwynedd et le griffon de Corwyn rivalisèrent alors d'éclat.

— Je ne m'y attendais vraiment pas, fit Morgan à voix basse, l'air presque intimidé. La fonction de champion du roi a toujours été une charge héréditaire.

Il regarda de nouveau la bague, comme s'il était incapable d'y croire, puis hocha longuement la tête.

— Où est Kelson ? demanda Duncan. Je ne l'ai pas vu.

— Dans son bain, répondit Morgan en prenant une de ses bottes vernies de frais et se mettant à la briquer à l'aide d'un chiffon. Il était un peu... perturbé à l'idée que tant de monde allait l'aider à s'habiller. Je lui ai expliqué que ces contraintes faisaient partie de son métier de roi, et qu'il faudrait bien qu'il s'y habitue.

— Quand il verra tout ce qu'il doit revêtir pour cette cérémonie, il sera content d'avoir des chambriers. Moi-même, j'ai souvent apprécié l'aide d'un assistant quand il fallait me préparer pour une occasion importante. Tous ces lacets, toutes ces dentelles...

— Avoue que tu aimes bien ça ! gloussa Morgan en s'attaquant à sa deuxième botte. Au fait, tu n'as pas eu de problème, la nuit dernière ?

— Seulement pour trouver le sommeil.

Duncan ramassa la cotte de mailles de son cousin, et la retourna pour la remettre à l'endroit. Morgan la prit et l'enfila par la tête sur la chemise blanche. Puis il la lissa aux entournures. Par-dessus, il revêtit une deuxième chemise de soie pourpre, lacée sur le devant. Duncan l'aida à lacer les manches jusqu'au poignet, puis lui tendit un pourpoint de velours noir brodé d'or et de fines perles. Morgan émit un sifflement entre ses dents devant l'extravagance d'un tel vêtement, mais il le mit sans faire de commentaire. Il remonta les manches fendues pour laisser voir la soie pourpre en dessous, puis leva les bras tandis que Duncan lui ceignait la taille d'une large ceinture écarlate.

Il prit son épée dans son fourreau de cuir râpé et l'accrocha à un anneau dissimulé sous la ceinture tandis que Duncan faisait un pas en arrière pour admirer l'effet global. Le prêtre hocha la tête et haussa un sourcil légèrement moqueur.

— Il n'y a pas de doute, murmura-t-il. Tu es le champion le plus diaboliquement séduisant que cette cour ait connu depuis une éternité !

— Je ne peux pas te donner tort, fit Morgan en redressant fièrement la tête.

— Mais tu es aussi le plus fat que nous ayons jamais connu, poursuivit son cousin sur le même ton.

— Hein ?

Duncan agita un doigt indigné dans sa direction.

— N'oublie pas, Alaric. Je suis ton père spirituel. Ce que je t'en dis, c'est pour ton propre bien.

Il n'était plus possible pour Morgan de demeurer sérieux. Il partit d'un énorme éclat de rire. Duncan l'imita bientôt, en se laissant tomber dans le moelleux fauteuil. Leurs rires résonnèrent si bien qu'un valet en livrée écarlate passa bientôt la tête à la porte du boudoir de Kelson pour demander d'un air offusqué à Morgan :

— Tout va bien, Votre Grâce ?

Morgan réussit à se contrôler suffisamment pour faire signe à l'homme de se retirer. Puis il se ravisa et lui cria :

— Est-ce que Son Altesse est prête ? Monsignor McLain va bientôt partir pour la cathédrale.

— Je suis prêt, dit Kelson en s'avançant dans la chambre.

Morgan écarquilla les yeux tandis que Duncan se levait d'un bond. Ils avaient tous les deux du mal à croire que le roi vêtu de blanc et d'or qui leur faisait face fût le même que le jeune garçon qui s'était agenouillé, tremblant, à leur côté, la nuit dernière.

Entièrement vêtu de satin et de soie, il se tenait devant eux comme un jeune ange, et la blancheur crémeuse de ses atours royaux n'était relevée que par les somptueux ornements d'or et de rubis incrustés dans l'étoffe. Pardessus le tout était posée une magnifique cape ivoire en satin rehaussé d'or, d'argent et de joyaux, et doublée d'écarlate.

Il tenait à la main une paire de gants de chevreau d'un blanc immaculé et des éperons d'argent incrustés d'or. Sa tête était nue, comme il sied à un monarque encore non couronné.

— Je vois que tu as été informé de ta nouvelle charge, déclara Kelson en notant avec approbation les changements que Morgan avait apportés à sa mise. Je voudrais également te donner ceci.

Il lui tendit les éperons en lui faisant signe de se lever. Puis il se tourna vers le personnage qui attendait toujours devant la porte.

— Gilles, peux-tu nous donner le reste de l'équipement du général Morgan ?

L'homme s'inclina et se tourna pour faire un signe. Trois assistants entrèrent. Deux d'entre eux portaient les affaires que Ian avait interceptées dans le couloir aux petites heures du matin. Le troisième était chargé d'un grand baudrier de cuir rouge aux bords incrustés d'or. Les trois assistants se mirent en ligne derrière leur chef. Kelson se tourna vers Morgan.

— En ta qualité de champion du roi, lui dit-il avec un léger sourire, il y a un certain nombre d'attributs que tu dois porter durant la cérémonie. J'espère que tu ne vois aucun inconvénient à ce que mes chambriers t'aident à les revêtir pendant que je m'entretiens avec mon confesseur.

Les trois chambriers entourèrent Morgan avec tout leur attirail. Le prince fit signe à Duncan de le suivre. Ils sortirent sur la terrasse et refermèrent la porte derrière eux. Par la vitre, ils virent le regard irrité de Morgan tandis que les trois hommes s'affairaient autour de lui.

Kelson les regarda quelques instants en souriant, puis se tourna vers Duncan.

— Tu crois qu'il est très fâché contre moi ? demanda-t-il.

Duncan secoua la tête avec un sourire.

— J'en doute, mon prince. Il était trop fier de te voir quand tu es entré pour t'en vouloir longtemps.

Kelson sourit. Il contempla la cité, au loin, en s'accoudant à la balustrade de pierre froide. Le vent lui ébouriffait légèrement les cheveux, mais la cape, trop lourde, ne bougeait pas. Au-dessus d'eux, des nuages noirs couraient à travers le ciel, menaçant d'occulter le soleil, et l'air était soudain devenu plus humide.

Kelson croisa les bras sur sa poitrine, puis baissa les yeux un long moment avant de demander finalement à voix basse :

— Duncan, qu'est-ce qui fait d'un homme un monarque ?

Duncan médita la question quelques secondes avant de répondre.

— Je ne sais si quelqu'un peut vraiment le dire, mon fils. Il se peut que les rois ne soient pas différents des autres hommes, après tout. Naturellement, leurs responsabilités sont plus lourdes. Mais tu n'as pas à te faire de souci pour ça.

— Il y a des rois qui ne sont pas des hommes tout à fait comme les autres, répliqua gravement Kelson. Comment font-ils face aux tâches qui leur sont demandées ? Et si un roi s'aperçoit qu'il n'est pas quelqu'un d'extraordinaire, après tout, que doit-il faire lorsque ce que les autres attendent de lui n'est pas...

— Tu n'es pas un homme ordinaire, Kelson, lui dit Duncan d'une voix neutre. Et je suis certain que tu feras un souverain hors du commun. N'en doute pas. Et ne l'oublie surtout jamais.

Kelson remâcha cette réponse dans sa tête un bon moment. Puis il s'agenouilla devant le prêtre.

— Donne-moi ta bénédiction, murmura-t-il. Extraordinaire ou non, j'ai peur, et je ne me sens pas du tout roi.

Morgan écumait tandis que les chambriers du roi tournaient autour de lui comme autant de mouches. Il faisait des efforts méritoires pour ne pas bouger et garder bonne contenance, car il savait que Kelson pouvait le voir de la terrasse. Mais c'était plus fort que lui. Il se sentait nerveux quand tout ce monde s'occupait de lui.

Deux écuyers, à genoux devant lui, fixaient soigneusement les éperons dorés à ses bottes, dont ils ravivaient en même temps l'éclat d'un dernier coup de chiffon. Celui qui s'appelait Gilles prit l'épée de Morgan pour la passer à un de ses compagnons. Puis il assujettit le grand baudrier de cuir rouge en travers de sa poitrine. Lorsqu'il remit l'épée en place, Morgan poussa intérieurement un soupir de soulagement. Il se sentait presque nu sans son arme. Et le mince stylet, dans sa manche, ne lui aurait pas été d'un grand secours si l'un de ces hommes avait décidé soudain de débarrasser le monde d'un Deryni de plus.

Pendant qu'il s'occupait de régler l'inclinaison et la hauteur de l'épée à sa convenance, Gilles ouvrit le coffre en bois pour en sortir la chaîne d'or et l'insigne qui allait avec. Mais il n'eut pas la satisfaction de faire durer davantage la cérémonie. Morgan lui arracha impatiemment la chaîne des mains et se la passa autour du cou. Plus vite il en terminerait avec tout ça, mieux les choses iraient pour lui.

Les deux écuyers, à ses pieds, donnèrent un dernier coup à ses bottes avant de se relever. Un troisième lui ajusta, au moins pour la troisième fois, les manches de son pourpoint. Puis Gilles lui présenta un miroir tandis que deux de ses hommes déployaient une magnifique cape de velours noir à col de renard noir, doublée de soie grenat.

Morgan ne put retenir un froncement de sourcils. Jamais il n'avait porté de vêtement aussi resplendissant.

Tandis que les écuyers déposaient la cape sur ses épaules et mettaient la chaîne en place pour qu'elle ne se prenne pas dans le col, Morgan fut obligé d'admettre, en son for intérieur, que le résultat était assez impressionnant.

Il se tournait pour s'admirer de profil dans le miroir lorsque plusieurs coups vigoureux résonnèrent contre la porte. La main de Morgan se porta automatiquement sur le pommeau de son épée. Les chambriers reculèrent, surpris. Les coups cessèrent un instant, puis reprirent de plus belle.

— Alaric ! Alaric ! Tu es encore là ? Il faut que je te parle ! C'est urgent ! fit la voix de Nigel.

En quatre longues enjambées, Morgan fut derrière la porte et tira le verrou. Nigel s'engouffra dans la chambre et referma derrière lui. Le duc royal paraissait bouleversé.

— Où est Kelson ? demanda-t-il d'une voix haletante. Sortez d'ici, vous tous, ajouta-t-il à l'adresse des chambriers.

Tandis qu'ils obéissaient, Morgan alla frapper à la porte-fenêtre de la terrasse. Duncan passa la tête, vit Nigel et comprit, à l'expression de Morgan, qu'il se passait quelque chose de grave. Il aida Kelson à se redresser et s'écarta pour le laisser entrer dans la chambre.

— Qu'y a-t-il, mon oncle ? demanda le prince.

Nigel se mordit la lèvre supérieure. Il hésitait à dire à Kelson ce qu'il avait vu. En outre, comment pouvait-il relater les faits sans avoir l'air de les mettre tous en accusation ?

— Ce n'est pas facile..., commença-t-il.
— Venez-en au fait ! coupa Morgan.

Nigel déglutit, le visage blême, puis prononça dans un souffle à peine audible :

— Voilà. Quelqu'un a violé la sépulture de Brion la nuit dernière.

Kelson jeta un bref coup d'œil à Morgan et à Duncan.
— Continue, dit-il.

Nigel baissa la tête, gêné. Le prince n'avait pas paru surpris. Se pouvait-il que...

— Quelqu'un s'est introduit dans le caveau et a ouvert le sépulcre, reprit Nigel en hésitant. Les vêtements du roi et ses bijoux ont été dérobés. Le corps a été abandonné tout nu sur la pierre froide. Les deux gardes ont été retrouvés la gorge tranchée. Ils ne semblent pas avoir offert de résistance. Quant à Rogier, qui les commandait, il a péri au pied du tombeau ; mais le plus étrange est qu'il avait la main crispée sur la dague plantée dans son cœur, et que son visage avait l'expression la plus terrible que j'aie jamais vue, comme s'il luttait contre la force qui lui a fait commettre son acte.

Kelson était devenu de plus en plus pâle à mesure que Nigel poursuivait son récit. Il s'était agrippé au bras de Duncan pour ne pas défaillir. Le prêtre était également d'une pâleur mortelle. Morgan, embarrassé, gardait les yeux baissés.

— Vous voulez savoir si nous sommes pour quelque chose dans cette sinistre histoire, Nigel, c'est bien cela ? demanda-t-il.

— Vous ? fit Nigel en sursautant. Vous savez très bien, Morgan, que je ne vous soupçonnerais jamais. D'un autre côté, ajouta-t-il en faisant passer le poids de son corps d'un pied sur l'autre, plus embarrassé que jamais, vous vous doutez de ce que les autres vont dire.

— Que le maudit Deryni se montre sous son vrai jour, intervint tranquillement Duncan. Et il sera difficile de leur donner le démenti, car nous étions bien dans la crypte la nuit dernière.

— Je le savais, fit Nigel en hochant lentement la tête.

— Vous le saviez ? s'étonna Duncan.

Les épaules de Nigel tombèrent, et il poussa un soupir misérable.

— Ce n'est pas tout. Alaric n'est pas le seul à être impliqué, cette fois-ci, j'en ai bien peur. Je vous ai dit que

Rogier avait une main sur la dague qui lui a dispensé la mort, mais j'ai omis de mentionner ce qu'il serrait dans son autre main.

Ses trois interlocuteurs étaient accrochés à ses lèvres.

— Un petit crucifix d'argent, murmura-t-il. Le vôtre, Duncan !

CHAPITRE 13

*Matin nouveau, main baguée. Le Signe
du Défenseur scellera ta Force...*

L'espace d'un instant, le prêtre cessa de respirer. Que pouvait-il répliquer devant une telle accusation ? Le crucifix était bien le sien. La sépulture avait été profanée, et le rapprochement était inévitable.

Non seulement il allait être accusé d'avoir participé à tous les événements étranges qui s'étaient produits ces derniers jours, mais son identité même était compromise. Seuls Kelson et Alaric étaient au courant, en principe, du sang deryni qui coulait dans ses veines, et il eût préféré que les choses demeurent ainsi. Mais on allait maintenant se poser des questions sur ses liens avec le prince et avec Alaric. Et comment expliquer le rôle qu'il avait joué dans leur escapade nocturne ?

Il se racla la gorge, embarrassé, et décida qu'il fallait mettre Nigel au courant d'une partie de la vérité. Il savait qu'il pouvait compter, en cas de besoin, sur la discrétion du duc royal.

— Nous étions bien dans la crypte la nuit dernière, dit-il. Et nous avons ouvert le tombeau de Brion. Je ne le nie pas. Mais lorsque nous sommes repartis, le tombeau était fermé, et Rogier et les gardes étaient bien vivants. Inutile de dire que nous n'avons pillé aucune sépulture.

Nigel secoua la tête. Il ne comprenait vraiment pas.

— Mais pourquoi êtes-vous descendus dans la crypte ? demanda-t-il.

— Parce que nous aurions couru un terrible risque si

nous ne l'avions pas fait, intervint Morgan. Le rituel établi par Brion pour la transmission de ses pouvoirs à son fils exigeait l'utilisation d'un objet qui est resté sur le corps par erreur. Il nous fallait absolument cet objet. Nous n'avions pas le choix.

Il baissa les yeux vers ses mains, où les deux bagues scintillaient.

— C'est une bonne chose que nous ayons ouvert le tombeau, au demeurant, poursuivit-il. Brion était sous le coup d'un... sortilège qui avait modifié son apparence, et maintenait son âme en partie prisonnière. Nous l'avons libérée par la même occasion.

— Seigneur Dieu ! murmura Nigel. Et vous êtes sûrs que vous n'avez rien fait d'autre ?

— Nous avons pris ce que nous étions venus chercher, poursuivit Morgan, imperturbable. L'Œil de Rom. Kelson ne voulait pas l'enlever à Brion sans rien lui laisser en échange, aussi Duncan a-t-il déposé son crucifix dans le cercueil. Nous ne pensions pas que quelqu'un le rouvrirait après nous.

— Pauvre Brion, murmura Nigel. Et pauvre Kelson, aussi. Vous allez tous être accusés de ce qui s'est passé, quoi que vous puissiez dire pour vous défendre. Qu'allons-nous faire, Alaric ?

Avant que Morgan ait pu répondre, des coups retentirent sur la porte. Nigel sursauta.

— Mon Dieu ! s'écria-t-il avec appréhension. Ce doit être Jehana. Elle est déjà au courant, au sujet du crucifix. Il faut la laisser entrer avant qu'elle ne fasse enfoncer la porte !

Kelson alla ôter le verrou d'un pas décidé. Jehana s'engouffra dans la chambre, mais le prince referma aussitôt la porte au nez des gardes qui l'accompagnaient. Jehana était si furieuse qu'elle ne sembla rien remarquer. Elle marcha droit sur Duncan et Morgan, qu'elle toisa d'un regard noir.

— Comment avez-vous osé ? s'écria-t-elle, presque

sans desserrer les dents. Comment avez-vous pu vous en prendre à lui ? Et *vous*, père Duncan ! ajouta-t-elle en se tournant vers le prêtre. Vous vous intitulez homme d'Église ! Les assassins n'ont pas droit à ce nom !

Elle ouvrit le poing pour exhiber le petit crucifix de Duncan, maculé de sang, qu'elle agita sous les yeux du prêtre.

— Qu'avez-vous à répondre à cela ? demanda-t-elle sur le même ton. Je vous défie de me fournir une explication rationnelle !

Voyant que Duncan ne répondait pas, elle se tournait vers Morgan pour l'invectiver à son tour lorsqu'elle aperçut l'Œil de Rom à l'oreille de Kelson. Elle se figea, comme si elle était incapable de croire ce que voyaient ses yeux, puis se tourna vers son fils avec une expression de fureur glacée.

— Monstre ! lança-t-elle. Créature des ténèbres enfantée par erreur ! Tu as osé profané le tombeau de ton propre père ! Tu as tué pour t'emparer du pouvoir ! Oh, Kelson ! Vois où t'a conduit cette horrible malédiction derynie !

Kelson, atterré, demeurait sans réplique. Comment sa propre mère pouvait-elle le croire capable de pareils crimes ? Comment le sens de la vérité avait-il pu être déformé en elle au point qu'elle les crût responsables de la terrible profanation de la crypte royale !

— Jehana, fit Morgan d'une voix calme, ce n'est pas ce que vous croyez. Nous avons seulement...

— Je ne veux pas entendre vos explications ! coupa la reine d'une voix glacée. Et je vous interdis de présumer de ce que je crois ou ne crois pas, espèce de... démon ! Vous avez corrompu mon mari, vous avez même causé sa mort, peut-être, et maintenant vous vous en prenez à mon fils, mon unique fils. C'est vous qui avez traîtreusement assassiné ce pauvre Rogier. Je ne veux pas vous écouter. Quant à toi, Kelson, j'aurais voulu ne jamais te mettre au monde !

Kelson devint blême.

— Voyons, Mère...

— Ne m'appelle plus jamais ainsi ! Je ne veux plus rien avoir à faire avec toi. Morgan te conduira tout seul à ton couronnement. Je ne souffrirai pas de voir le trône de Gwynedd usurpé par un... par un...

Elle se mit soudain à sangloter bruyamment, le visage enfoui dans ses mains. Kelson allait s'avancer pour la consoler, mais Morgan l'en empêcha d'un regard fulgurant. S'ils voulaient avoir une toute petite chance de s'en tirer, il leur fallait s'assurer le soutien de Jehana, même donné à contrecœur. Et il était temps, pour cela, de dévoiler son dernier atout.

— Jehana ? murmura-t-il.

— Laissez-moi tranquille, sanglota la reine.

Morgan se rapprocha néanmoins d'elle, et commença à lui parler à voix basse.

— Très bien, dit-il. L'heure est venue de mettre certaines choses au point, même s'il ne nous reste plus beaucoup de temps pour cela. Kelson est innocent de ce dont vous l'accusez. Vous devriez...

— Gardez vos mensonges derynis pour quelqu'un d'autre, Morgan, répliqua-t-elle en essuyant ses larmes et en posant la main sur le verrou de la porte.

Morgan s'interposa vivement et s'adossa à la porte. Il la regarda droit dans les yeux en murmurant tranquillement :

— Des mensonges derynis, Jehana ? Vous associez souvent ces deux termes, n'est-ce pas ? C'est plutôt curieux, dans la bouche de quelqu'un de votre sorte.

Jehana se figea. Une expression d'étonnement méfiant se peignit sur ses traits.

— Que voulez-vous dire par là ?

— Ne feignez pas l'innocence. Vous savez très bien de quoi je parle. Je me demande pourquoi je n'y avais pas pensé plus tôt. Cela explique tellement bien votre attitude ces dernières années.

— De quoi parlez-vous donc ? fit Jehana avec un mouvement de recul presque imperceptible devant l'assurance du général.

— Du sang deryni qui coule dans vos veines, bien sûr, fit ce dernier d'une voix calme. Cela vous vient-il du côté maternel ou paternel ? Des deux à la fois, peut-être.

— Du s... sang deryni, moi ? Vous êtes fou, Morgan !

Les yeux de la reine s'étaient agrandis de stupéfaction, mais aussi d'une terreur qui trahissait le doute introduit dans son esprit par les paroles de Morgan. Celui-ci continua avec un petit sourire.

— Ce n'est pas mon avis. Kelson a un fort héritage deryni, qui lui vient bien de quelque part, et vous savez aussi bien que moi que ce n'est pas du côté de Brion.

Jehana se força à éclater de rire.

— C'est la chose la plus ridicule que j'aie jamais entendu dire ! Tout le monde connaît mes sentiments envers les Derynis !

— Parmi les gens qui ont le plus vociféré contre les « démons » derynis à toutes les époques de l'histoire, Jehana, il y avait des Derynis ou des demi-sang. Ceux qui ont étudié le phénomène l'expliquent par un sentiment de culpabilité refoulée. Ils disent que c'est ce qui arrive quand un peuple entier cache ses origines pendant des générations. Il finit par renier son propre héritage.

— Non ! s'exclama Jehana. Vous mentez ! Je le saurais, si c'était vrai !

— Vous l'avez peut-être toujours su, d'une certaine manière.

— Non ! Je n'ai jamais eu la moindre goutte de...

— Vous pouvez le prouver, interrompit Morgan d'une voix douce. Il existe un moyen, vous savez.

— Lequel ? murmura Jehana en reculant.

Morgan la saisit par le bras et la força à se rapprocher.

— Laissez-moi vous clairvoir, Jehana. Nous saurons une fois pour toutes à quoi nous en tenir.

Les yeux de la reine s'agrandirent d'horreur. Elle essaya de se dégager.

— Non ! Jamais ! Lâchez-moi !

— Acceptez-vous de conclure un marché, alors ? demanda Morgan sans diminuer la pression sur son bras.

— Quel marché ?

— C'est très simple. Nous savons très bien, tous les deux, ce que je trouverais si j'utilisais le clairvoir. Je vous épargne cette épreuve. Je vous laisse vivre un peu plus longtemps avec vos illusions. À une condition.

— Laquelle ?

— Vous serez présente au couronnement, et vous soutiendrez Kelson, officiellement au moins. Vous n'interviendrez pas contre lui dans les événements, quels qu'ils soient, qui se produiront aujourd'hui. Vous acceptez ?

— C'est un ultimatum ? demanda Jehana, retrouvant une partie de sa vivacité.

— Appelez cela ainsi, si vous le souhaitez. Alors, que choisissez-vous ? Le clairvoir, ou votre coopération, au moins pour aujourd'hui ?

Jehana lança un regard furtif à Kelson. La menace de Morgan était terrible pour elle. Elle avait envisagé, plus ou moins consciemment, l'hypothèse de ses origines derynies. Mais elle n'était pas tout à fait prête à en accepter la confirmation. Le couronnement lui semblait infiniment préférable à cette épreuve. Elle releva la tête, mais ses yeux refusaient de rencontrer le regard de Morgan.

— C'est bien, dit-elle d'une voix à peine audible dans la chambre silencieuse.

— C'est bien, quoi ? insista Morgan.

— J'assisterai au couronnement, fit la reine d'une voix réticente.

— Et vous vous comporterez normalement ? Vous ne ferez pas de scène ? Vous ne nous gênerez pas ? Je vous promets, Jehana, que tout finira par se résoudre à votre entière satisfaction. Vous ne serez pas déçue. Il faut nous faire confiance.

— Confiance ? murmura-t-elle. Je suppose que je n'ai

pas le choix, ajouta-t-elle les yeux baissés. Je promets de ne pas faire de scène.

Morgan lui lâcha le bras.

— Merci, Jehana.

— Je n'ai que faire de vos remerciements, Morgan, murmura fièrement la reine en tirant le verrou. N'oubliez pas que j'agis sous la contrainte. Je ne le fais pas de gaieté de cœur. Veuillez m'excuser, à présent. Nous nous verrons à la procession.

Sur un signe de Morgan, Nigel se leva pour accompagner la reine. Morgan referma la porte derrière eux. Puis il se tourna vers Duncan et Kelson.

— J'ai l'impression que nous allons devoir improviser à partir d'ici, dit-il. Impossible de savoir d'où viendra le prochain coup. Je regrette d'avoir dû traiter ta mère un peu rudement, Kelson, mais je n'avais pas le choix.

— Y a-t-il vraiment une chance pour que j'aie du sang deryni, Morgan ? demanda le jeune garçon. D'où te vient cette idée ? Est-ce uniquement une ruse pour forcer ma mère à coopérer ?

Le général haussa les épaules.

— Nous ne pouvons pas encore avoir de certitude, Kelson. Il y a de fortes présomptions, en tout cas. Dans d'autres circonstances, j'utiliserais le clairvoir pour le vérifier, mais nous ne pouvons pas nous permettre aujourd'hui cette dépense d'énergie juste pour satisfaire notre curiosité. Il te faudra te contenter des pouvoirs que t'a transmis Brion.

— Je comprends.

— Parfait. Dans ce cas, allons donner le départ de la procession. Tu es prêt, Duncan ?

— Prêt, répondit l'ecclésiastique.

— Mon prince ?

Kelson prit une longue inspiration.

— Allons-y, dit-il.

Charissa leva les yeux de la petite boule de cristal qu'elle avait devant elle.

— Ainsi, la petite reine a du sang deryni, murmura-t-elle rêveusement. Tu ne pourrais pas cesser de faire les cent pas, Ian ? Tu me rends nerveuse !

Celui à qui elle s'adressait ainsi s'immobilisa presque au milieu d'un pas, et s'inclina dans la direction de Charissa.

— Désolé, ma toute belle, répondit-il avec bonne humeur. Tu sais comme je déteste attendre. Il y a des mois que toutes mes pensées convergent vers ce qui va se passer aujourd'hui.

— J'en suis consciente, répliqua Charissa en ajustant la couronne de saphir sur ses cheveux clairs. Encore un peu de patience, et tu seras largement récompensé.

Ian leva son gobelet comme pour souligner ces paroles.

— Merci, amour, dit-il. Mais pour en revenir à Jehana... Tu crois que c'est vraiment une Derynie ?

— Si c'en est une, j'en fais mon affaire, répliqua Charissa en haussant les épaules. Je n'ai vraiment nul besoin de me soucier en ce moment d'une Derynie sans formation, de lignée inconnue, et qui renie, par surcroît, son héritage.

Ian se leva, boucla son ceinturon, puis ramassa sa cape d'or qu'il glissa sous son bras.

— Il vaut mieux que j'y aille, à présent. La procession doit être en train de se constituer. Tu es sûre que je dois attendre la dernière minute pour me révéler ?

— Il vaut mieux que tu ne fasses pas ton entrée avec moi, dit-elle en souriant. Et si je suis contrainte de t'appeler pour m'aider ouvertement, ce sera pour que Morgan soit détruit à tout prix, tu comprends bien ?

— C'est parfaitement clair, ma colombe, répondit Ian avec un clin d'œil. Rendez-vous à la cathédrale, dans ce cas.

Lorsqu'il fut sorti, Charissa reporta son attention sur la boule de cristal. Elle y voyait à peu près ce que voyait Morgan. Plus exactement, ce que voyait la pierre incorporée à l'insigne de la nouvelle charge du général. Kelson était à sa gauche, assis dans sa voiture royale. Devant Morgan, on voyait le bout des oreilles du palefroi noir qu'il montait.

Ils allaient bientôt arriver à la cathédrale. Il était temps qu'elle se prépare aussi.

Arrêtant sa monture devant la cathédrale Saint-George, Morgan regarda suspicieusement autour de lui, comme il l'avait fait une bonne centaine de fois durant la lente procession. Non loin de lui, en avant, le carrosse royal, une voiture légère et découverte, avait également fait halte. Trois évêques et deux archevêques attendaient Kelson pour l'escorter jusqu'à l'endroit qui lui était réservé au sein du nouveau cortège en formation.

Les archevêques Corrigan et Loris avaient des mines d'enterrement. Morgan supposait qu'ils avaient appris ce qui s'était passé dans la crypte. L'évêque Arilan, par contre, souriait chaleureusement à son jeune roi. Duncan se tenait à bonne distance des archevêques. Il essayait d'être à la fois le plus près possible de Kelson pour lui accorder son soutien moral, et de rester hors de portée de ses supérieurs.

Descendant de cheval, Morgan hocha la tête en direction de son cousin. Puis il fit signe à Derry de le rejoindre, sans cesser de balayer la foule d'un regard inquiet.

— Des problèmes ? demanda Derry.

— Je ne sais pas, fit Morgan en remuant le menton en direction de Kelson et des archevêques. Tu n'as rien remarqué de spécial ?

— Aucun signe de Charissa, si c'est ce que vous voulez dire, Votre Grâce. Mais je trouve la foule un peu bizarre. On dirait qu'ils s'attendent à ce que quelque chose se passe.

— Ils n'ont pas tort. Il va se passer quelque chose, fit Morgan en scrutant les bâtiments autour de la place. Tu vois ce clocher ? ajouta-t-il. J'aimerais que tu y grimpes pour faire le guet. Charissa va certainement amener une petite troupe avec elle. Elle ne peut pas faire son apparition comme ça. Tu nous préviendras dès que tu la verras arriver. Cela devrait nous donner au moins cinq minutes avant son entrée dans la cathédrale.

— Entendu, fit Derry. À votre avis, quand interviendra-t-elle ?

— Pas avant une bonne heure, je pense. Si je connais bien Charissa, elle attendra que la cérémonie soit bien avancée pour l'interrompre. Elle n'ignore pas que nous nous attendons à son arrivée. Elle cherche à augmenter notre nervosité pour diminuer nos moyens.

— J'ai l'impression qu'elle n'est pas loin d'y parvenir, murmura Derry.

Tandis qu'il s'éloignait pour rejoindre son poste de guet, Morgan se fraya discrètement un chemin vers Duncan parmi les enfants de chœur et les servants qui s'affairaient dans tous les sens. Il faisait de son mieux pour éviter d'être aperçu par Loris et par Corrigan.

— Que se passe-t-il ? demanda-t-il à voix basse en rejoignant son cousin.

— Tu ne vas pas me croire, fit Duncan en haussant un sourcil. Corrigan est tellement bouleversé par ce qui s'est passé dans la crypte qu'il a menacé d'annuler la cérémonie. Kelson a réussi à le calmer, et c'est alors que Loris est entré dans la danse. Il voulait t'arrêter, me suspendre et traduire Kelson devant un tribunal pour hérésie.

— Morbleu ! C'est tout ? demanda Morgan en roulant des yeux effarés.

— Ne t'inquiète pas, poursuivit Duncan. Kelson lui a rivé son clou. Il a menacé de le bannir et de lui retirer ses pouvoirs temporels pour avoir seulement eu de telles pensées. Il a fait savoir à Corrigan qu'il risquait également le bannissement s'il s'engageait sur le chemin de la dissidence. J'aurais voulu que tu voies sa tête. L'idée qu'Arilan ou un autre évêque puisse lui succéder et s'emparer de tous ses privilèges a suffi à le rendre muet.

Morgan laissa échapper un soupir de soulagement.

— Tu crois qu'ils vont encore nous causer des

ennuis ? Il ne faudrait pas que nous ayons à combattre une opposition religieuse en plus de tout le reste.

— Je crois qu'ils se tiendront tranquilles, fit Duncan en secouant la tête. Ils sont partis en murmurant des mots comme hérésie et excommunication, et je peux te dire qu'ils ne sont pas très contents que ce soit moi qui m'occupe de la cérémonie, mais je ne crois pas qu'ils fassent quoi que ce soit qui puisse mettre leur position en danger. Même Loris n'est pas fanatique à ce point.

— J'espère que tu ne te trompes pas. Je suppose que tu as réussi à les éviter jusqu'ici.

— Il a fallu que je me fasse tout petit. Et j'espère bien éviter la confrontation le plus longtemps possible.

Un enfant de chœur en surplis blanc immaculé et soutanelle rouge accourut aux côtés de Duncan et le tira par la manche avec insistance. Il s'éloigna pour prendre place dans la procession. Au même moment, un page se présenta devant Morgan avec son épée d'apparat et lui indiqua la place où il devait se mettre.

Kelson passa à quelques mètres pour prendre lui aussi sa place dans le cortège. Morgan lui fit un sourire pour l'encourager, mais le jeune garçon était, de toute évidence, trop absorbé pour le remarquer. Loris et Corrigan l'encadraient. Ils jetèrent des regards noirs au général en passant. Arilan, derrière eux, lui sourit avec bienveillance, comme pour lui dire de ne pas trop s'en faire.

Qu'ils aillent au diable, ces archevêques ! Ils n'avaient pas le droit de troubler Kelson de cette manière. Il avait plus de soucis qu'un garçon de quatorze ans n'aurait dû en avoir. Et ces deux archevêques à la mine patibulaire, au lieu d'alléger son fardeau, ne faisaient que l'aggraver.

Quelqu'un avait dû donner un signal, car le chœur des garçons, en tête du cortège, entama soudain l'hymne processionnel. La file s'ébranla. D'abord le chœur, puis une troupe de garçons de messe au visage lisse et aux surplis impeccables sur leurs soutanelles rouges, tous portant de hauts cierges dans des chandeliers d'argent étincelants.

Derrière eux venait un thuriféraire qui balançait un encensoir à l'odeur prenante au bout d'une longue chaîne d'or. Il était suivi d'un diacre chargé de la lourde croix dorée de l'archevêché de Rhemuth. Après cela venait l'archevêque lui-même, resplendissant dans ses vêtements or et blanc, la grande crosse à la main, la mitre rehaussée de joyaux ajoutant deux ou trois dizaines de centimètres à sa stature, le visage figé dans une expression grave et solennelle.

Kelson venait ensuite, sous un dais broché d'or tenu par quatre nobles en livrée pourpre. Il était flanqué de l'archevêque Loris et de l'évêque Arilan, en costume analogue à celui de Corrigan, chacun portant la mitre correspondant à son office. Quatre autres évêques marchaient derrière eux.

Après les évêques venait Duncan, à la place d'honneur réservée au confesseur du roi. Il portait l'Anneau de Feu sur un petit plateau d'argent richement ouvragé. Le plateau et l'anneau jetaient des feux étincelants sur le surplis de dentelle blanche qu'il portait sur sa soutane, et projetaient des reflets sur son visage.

Morgan suivait avec l'épée d'apparat dans son fourreau, tenue à bout de bras devant lui. Après lui marchait Nigel, le visage blême et l'air solennel, chargé de la couronne royale sur son coussinet de velours. Derrière lui, deux par deux, venaient Jehana et Ewan, le duc Jared et le seigneur Kevin McLain, les seigneurs Ian Howell et Bran Coris, plus une troupe de nobles, hommes et femmes, que l'on avait voulu honorer en les incluant dans la procession. La plupart, bien sûr, n'avaient pas la moindre idée des événements qui se tramaient sous la surface de cette auguste occasion.

Les pensées de Kelson tournaient à toute allure tandis que la tête de la procession se rapprochait du maître-autel à l'intérieur de la cathédrale. Il avait écarté de ses préoccupations sa dispute avec les archevêques, considérée comme mineure et pouvant attendre. Il y avait des dangers plus urgents à guetter. La terrible Charissa ne s'était pas encore manifestée, mais il ne doutait pas qu'elle le ferait avant que la cérémonie ne prît fin.

Il s'agenouilla sur son prie-Dieu personnel, à droite de l'autel, pour se recueillir pendant que le reste de la procession s'installait dans la cathédrale. Mais il ne parvenait pas à se concentrer. Il ne cessait de regarder à droite et à gauche à travers ses mains jointes devant ses yeux.

Où était-elle ?

Il se demandait s'il aurait été dans le même état de confusion sans la menace de Celle de l'Ombre. Sincèrement, il devait reconnaître qu'il lui aurait été difficile de rester serein même dans les meilleures circonstances. Il se sentit immédiatement un peu moins coupable. Et il se promit de mieux se contrôler dès que la cérémonie commencerait.

Une fois l'hymne processionnel achevé et les derniers participants installés, Arilan et Loris se placèrent de chaque côté de l'autel et attendirent. C'était le moment de la reconnaissance. Kelson prit une profonde inspiration, se signa, puis releva la tête et laissa les deux prélats l'aider à se relever. Tandis qu'ils se tournaient avec lui face au peuple, l'archevêque Corrigan s'avança et lui prit la main droite.

— Messeigneurs, dit-il d'une voix vibrante et forte, j'amène ici devant vous Kelson, votre roi incontesté. Êtes-vous prêts à lui rendre hommage et à le servir ?

— Dieu sauve le roi Kelson ! fut la réponse.

Après s'être légèrement incliné devant la congrégation, Corrigan fit un geste en direction de l'autel. Arilan et Loris escortèrent le roi maintenant reconnu jusqu'aux marches de l'autel. Tous s'inclinèrent à l'unisson. Puis Corrigan et Kelson, seuls, grimpèrent les trois dernières marches. D'une poigne ferme, Corrigan plaça la main droite de Kelson sur les Saintes Écritures, posa sa propre main sur celle de Kelson, et commença à lire le serment du sacre.

— Seigneur Kelson, êtes-vous prêt à prêter serment ? demanda-t-il.

— Je suis prêt, répondit Kelson.

Corrigan se dressa alors de toute sa hauteur.

— Kelson Cinhil Rhys Anthony Haldane, reconnu ici et affirmé devant Dieu et les hommes être l'héritier incontesté de feu notre bien-aimé roi Brion, promettez-vous et jurez-vous solennellement de maintenir la paix à Gwynedd et de gouverner son peuple conformément à nos vénérables lois et coutumes ?

— Je le promets solennellement.

— Ferez-vous respecter, de tout votre pouvoir, la cause de la loi et de la justice, dans tous vos jugements et avec miséricorde ?

Kelson regarda autour de lui. Il sentait revenir son assurance.

— Vous engagez-vous à pourchasser le mal et l'injustice, et à respecter la loi divine ?

— À tout cela, je m'engage de tout mon cœur, répliqua Kelson d'une voix ferme.

Tandis que Corrigan replaçait sur l'autel le livre de serment du sacre, le regard de Kelson croisa celui de Morgan, qui lui adressa un sourire rassurant. D'un élégant mouvement de poignet, il traça sur le papier sa nouvelle signature, *Kelsonus Rex*, puis souleva le document de la main gauche tout en posant de nouveau la droite sur les Saintes Écritures.

— Tout ce que j'ai promis, dit-il solennellement, je jure de l'exécuter, avec l'aide de Dieu.

Il remit le livre à l'un des officiants, puis se laissa guider vers le prie-Dieu royal. Tandis qu'il s'y agenouillait, un mouvement, sur sa droite, attira son regard. Il vit Derry qui se glissait discrètement derrière Morgan et conférait avec lui à voix basse. Mais la voix de l'archevêque s'éleva à ce moment-là pour entonner la prière traditionnelle du sacre, et il ne put entendre un seul mot de ce que disait Derry.

Il n'était pas difficile, cependant, de deviner de quoi il s'agissait. Le regard sombre de Morgan en direction de Duncan en disait long. Charissa arrivait. Derry l'avait vue du haut du clocher arriver avec sa suite. Ils disposaient encore de dix minutes au maximum avant la grande confrontation.

La prière pour le roi s'acheva sans que Kelson en ait entendu un mot. Les deux prélats le conduisirent de nouveau devant le maître-autel, cette fois-ci pour qu'il se prosterne avant la consécration.

Le chœur entama un nouvel hymne tandis que Kelson se prosternait sur le tapis devant l'autel. Le long manteau ivoire le recouvrait entièrement, à l'exception de la tête et de l'extrémité des bottes. Autour de lui, le clergé au complet s'était agenouillé, en prière.

Kelson serra les poings. Il pria, lui aussi, pour que Dieu lui donne la force de surmonter la terreur qui lui glaçait la nuque. Il se disait qu'il ne lui arriverait rien, qu'il saurait contrer tout ce que Celle de l'Ombre tenterait de faire contre le roi légitime de Gwynedd.

L'hymne prit fin, et les prélats relevèrent Kelson et lui ôtèrent le manteau d'ivoire. Puis, tandis que les quatre chevaliers qui tenaient le dais s'avançaient, il s'agenouilla de nouveau sur les marches de l'autel pour recevoir les marques du chrême qui allaient faire de lui le roi légitime de Gwynedd.

Morgan regarda Kelson avec fierté tandis qu'il recevait la sainte onction sur la tête et les mains. Il essayait de chasser l'angoisse terrible causée par la présence qui se rapprochait de la cathédrale. À la fin de l'onction, lorsque le chœur se lança dans un nouvel hymne aux accents vibrants, Morgan tendit l'oreille pour essayer de savoir ce qui se passait dehors. Il se raidit légèrement lorsque, aux bruits de la cérémonie liturgique, se mêlèrent les échos spectraux des bruits de sabots ferrés claquant contre la chaussée pavée.

Kelson se releva pour être investi des attributs de son

office. Des prêtres agrafèrent sur ses épaules la robe d'apparat écarlate sertie de joyaux, puis touchèrent ses talons avec des éperons d'or. Tandis qu'on entendait, derrière les portes de la cathédrale, les heurts de l'acier à nu contre les cottes de mailles, l'archevêque Corrigan prit l'Anneau de Feu des mains de Duncan, le bénit à mi-voix, le leva un instant à hauteur de son épaule, et le glissa à l'index gauche de Kelson.

Puis il fit signe à Morgan de s'avancer avec l'épée d'apparat.

C'était le moment que le général attendait. Car, même avec l'Anneau de Feu au doigt, il ne pouvait pas y avoir de magie pour Kelson tant que le Signe du Défenseur n'aurait pas scellé sa force. Il s'avança dignement pour se placer au côté de Kelson, sortit la grande épée de son fourreau et la déposa entre les mains de Corrigan, en priant pour que celui-ci achève rapidement de la bénir afin qu'elle soit toujours utilisée au service du bon droit.

Finalement, Corrigan présenta l'épée à Kelson. Celui-ci, après avoir jeté un regard anxieux à Morgan, posa les lèvres sur le pommeau de l'arme, et la donna de nouveau à Morgan. Au moment où elle passait dans les mains de ce dernier, Kelson toucha rapidement le griffon de Morgan, puis se figea d'étonnement.

Il n'avait rien senti au contact du griffon. Ni surgissement de pouvoir, ni scellement de force promis par le rituel établi par Brion. Angoissé, il chercha à capter le regard de Morgan, et celui-ci sentit une boule angoissée se former dans sa gorge.

Ils avaient échoué. Quelque part, le rituel avait été bloqué ! De toute évidence, le griffon n'était pas le Signe du Défenseur !

Des pas résonnèrent sur le parvis de la cathédrale. Il régnait maintenant un silence presque total. Tout le monde attendait ce qui allait se passer tandis que Corrigan, inconscient de tout le reste, poursuivait la cérémonie d'investiture et tendait à Kelson le sceptre de Gwynedd incrusté de joyaux.

À ce moment, les portes de la cathédrale s'ouvrirent grand avec un grincement étouffé, et un vent glacé envahit la nef en sifflant.

Morgan tourna lentement la tête, mais il savait déjà ce qu'il allait voir. Et il ne se trompait pas.

La silhouette de Charissa, duchesse de Tolan, également connue sous le nom de Dame des Brumes ou de Celle de l'Ombre, s'encadrait dans l'entrée, voilée de gris pâle et de bleu, enveloppée d'un tourbillon de brume vivante qui spiralait autour d'elle comme une aura sinistre.

CHAPITRE 14

Mais alors qui est le Défenseur ?

Kelson ne tourna pas la tête, malgré l'envie qu'il avait de le faire, en entendant la porte craquer sur ses gonds. Il se rendait compte, tandis que le bruit perçait le silence, que le fait de satisfaire prématurément sa curiosité aurait peut-être pour seul résultat de lui faire perdre la maîtrise de ses nerfs. Il n'avait encore jamais vu Charissa, et il n'était pas sûr de ses propres réactions.

Il n'était pas recommandé non plus, il le savait, de demeurer à genoux le dos tourné à l'ennemi. Il prenait sans doute un terrible risque en restant dans cette position pendant que Charissa avançait. En d'autres circonstances, il n'aurait jamais commis pareille erreur stratégique. Mais il était désarmé, de toute manière. Cela ne changeait pas grand-chose pour lui. Il y avait un moment où la théorie devait céder le pas à l'improvisation, et, honnêtement, il n'avait aucune idée de ce qu'il allait faire quand il se retournerait.

Il lui fallait du temps pour réfléchir. S'il devait donner le change à Charissa — et il ne voyait pas ce qu'il aurait pu faire d'autre à ce stade —, il fallait qu'il se donne clairement un objectif en dehors de la simple survie. Il ne pensait pas qu'il allait se transformer en statue de pierre lorsqu'il lui ferait face, mais il n'y avait aucune raison de tenter le destin. Brion lui avait appris cela de nombreuses années auparavant.

Les pas de plusieurs personnes se rapprochaient dans

la nef. Charissa n'était pas venue seule. Du coin de l'œil, Kelson vit que Morgan avait posé la main sur le pommeau de son épée. Hasardant un regard sur sa gauche, il vit Duncan faire signe à l'archevêque de poursuivre la cérémonie.

Kelson l'approuvait tout à fait. Plus la cérémonie était avancée, plus il renforçait sa légitimité, et plus il avait de chances de découvrir un moyen de résoudre ce problème.

L'archevêque Corrigan prit la couronne de Gwynedd sur son coussinet de velours et la leva au-dessus de la tête de Kelson. Les pas étaient beaucoup plus proches, à présent. Kelson vit le regard de Corrigan se porter, par-dessus sa tête, en direction de l'allée derrière lui. L'archevêque s'humecta nerveusement les lèvres avant de prononcer l'invocation du sacre. À sa droite, le visage de Jehana devint pâle tandis que les pas cessaient brusquement de résonner dans le transept.

— Accorde ta bénédiction, ô Seigneur, nous t'en prions, à...

— Arrêtez ! commanda une voix de femme à la tonalité modérée.

Corrigan se figea, la couronne toujours en l'air. Puis il l'abaissa en jetant un regard d'excuse à Kelson. Il regarda de nouveau par-dessus les épaules de ce dernier, et recula d'un pas. On entendit un bref fracas métallique sur les marches de l'autel, puis le silence retomba. Lentement, Kelson se releva et se tourna pour faire face aux intrus.

La signification du gantelet d'acier jeté devant lui sur les marches ne lui échappait pas, non plus que celle de la présence d'hommes en armes alignés dans l'allée derrière la femme. Il vit qu'il y avait au moins trois douzaines de soldats dans la cathédrale. Certains portaient l'ample robe noire des émirs maures de Charissa. Les autres, plus traditionnellement, étaient vêtus de costumes de bataille et de cottes de mailles. Deux des

Maures flanquaient leur maîtresse à gauche et à droite, les bras croisés sur la poitrine et le visage sombre et impassible sous la djellaba de velours noir.

L'attention de Kelson se concentrait cependant principalement sur la femme, qui ne ressemblait pas du tout à ce qu'il attendait. Elle était, en vérité, d'une très grande beauté !

Il était évident qu'elle le savait, et qu'elle avait l'habitude de se servir de ses charmes comme d'une arme à ajouter à d'autres, moins naturelles.

Une robe de soie bleu-gris la drapait, partant d'un haut col rigide agrémenté de joyaux fermé autour du cou d'ivoire. Une cape de velours et de renard gris foncé la protégeait du froid. Ses longs cheveux blond pâle étaient roulés en tresse au sommet de sa tête, que couronnait un petit diadème en saphir. Le tout formait une masse scintillante sur laquelle était posé un voile d'un bleu arachnéen qui descendait jusque dans son dos et adoucissait l'expression dure et décidée de son visage.

Ce fut cette expression qui fit reprendre ses sens à Kelson. Lorsqu'il la regarda de nouveau, il s'aperçut que la tresse de cheveux et le diadème ressemblaient à s'y méprendre à une lourde couronne d'or enveloppée d'un voile bleu et symbolisant pour elle, sans aucun doute, la couronne royale qu'elle espérait s'approprier avant la fin du jour.

Elle inclina la tête en guise de salut moqueur lorsque le regard de Kelson croisa le sien, puis baissa les yeux vers le gantelet de fer jeté sur les marches qui les séparaient. La signification de ce regard n'échappa nullement à Kelson, qui sentit une colère froide monter en lui. Il lui fallait neutraliser cette créature maléfique, ou tout au moins l'empêcher d'agir tant qu'il n'aurait pas trouvé le moyen de lui faire subir le sort qu'elle méritait.

— Que venez-vous faire dans la Maison de Dieu ?

demanda-t-il d'une voix ferme tandis qu'un début de plan commençait à se former dans sa tête.

Ses yeux gris étincelaient d'un éclat glacé qui n'était pas sans rappeler à Charissa le regard de Brion, vingt ans plus tôt. Il semblait avoir le double de son âge réel, et avait une présence étonnante pour quelqu'un qui ne possédait aucune expérience du pouvoir. Quel dommage qu'il ne puisse pas vivre un peu plus longtemps pour en profiter !

— Ce que je veux ? demanda-t-elle d'une voix féline. Je veux ta mort, bien sûr, Kelson. Tu devais t'en douter un peu, n'est-ce pas ? Ton « champion » ne t'aurait-il donc pas prévenu ?

Elle se tourna pour adresser un sourire suave à Morgan, puis reporta son attention sur Kelson. Mais celui-ci n'était pas amusé.

— Vos insinuations sont aussi déplacées que votre présence ici, répliqua-t-il froidement. Retirez-vous avant que notre patience n'atteigne ses limites. Les hommes en armes ne sont pas les bienvenus dans cette Maison.

Charissa eut un sourire condescendant.

— Belles paroles, mon petit prince. Malheureusement, tu ne peux pas te débarrasser de moi aussi facilement, ajouta-t-elle en désignant le gantelet. Je conteste ton droit de régner sur Gwynedd. Tu comprendras que je ne puisse quitter ces lieux tant que mon défi n'aura point reçu de réponse.

Le regard de Kelson se posa froidement sur les hommes qui escortaient Charissa, puis de nouveau sur cette femme dont le seul but, il le savait, était de l'entraîner dans un inévitable duel de magie. Il savait cependant que, sans les pouvoirs de son père, il n'était pas de taille à l'affronter. Par bonheur, il y avait encore un moyen de retarder la confrontation sans faillir aux règles de l'honneur. Cela lui fournirait peut-être le délai dont il avait besoin pour se préparer à l'inéluctable affrontement.

Après avoir jeté un nouveau regard aux hommes de Charissa, il prit sa décision.

— Très bien, dit-il. En tant que roi de Gwynedd, nous relevons votre défi. Et, selon les règles en la matière, nous déclarons que notre champion combattra le vôtre à une date et en un lieu à déterminer ultérieurement. Cela vous sied-il ?

Il savait Morgan capable de battre sans problème n'importe quel homme de l'entourage de Charissa.

Un éclair de colère traversa le visage de cette dernière, mais elle le dissimula aussitôt. Elle avait espéré laisser vivre Morgan un peu plus longtemps pour qu'il voie périr aujourd'hui les derniers des Haldane et souffre comme elle avait souffert en voyant mourir son père. Mais ce n'était pas si important que cela. L'idée qui la préoccupait le plus était que Ian ne serait peut-être pas de taille à la débarrasser de Morgan.

— Bien joué, Kelson, dit-elle. Tu as réussi à retarder notre confrontation de cinq minutes au moins, car j'ai toujours l'intention de te défier ensuite en combat singulier.

— Pas tant que notre champion sera debout !

— Il est facile de remédier à cela. Pour commencer, il n'est pas question de fixer ultérieurement la date de ce combat. Il aura lieu ici même, et sans plus tarder. Tu n'as pas le choix. De plus, je n'ai pas l'intention de confier mon sort à ceux qui m'ont accompagnée jusqu'ici. Mon champion est assis là-bas, et il est prêt à se battre pour moi.

Elle désigna d'un geste théâtral l'aile droite de la cathédrale, où Ian s'était levé parmi les nobles pour s'avancer avec un sourire sardonique. Il avait la main sur la garde de son épée, et son regard était fixé sur Kelson.

Ce dernier était stupéfait de découvrir que Ian était un traître. Il l'avait toujours considéré comme loyal, même s'il appartenait à l'opposition. Cela expliquait, en fait, bien des événements étranges qui s'étaient produits au palais depuis le retour de Morgan. Ian avait sans doute profité de sa liberté d'aller et venir partout pour déposer le stenrect, tuer les gardes et profaner le tombeau de Brion.

En y repensant bien, il se rendait compte, à présent, que tous les propos du jeune noble, ces derniers temps, avaient contribué à salir la réputation de Morgan et à semer le doute dans les esprits. En fait, il devait avoir lui-même quelques pouvoirs derynis. Et ses motivations n'étaient pas difficiles à deviner. Kelson savait mieux que personne que les Marches de l'Est confinaient avec le duché de Corwyn qui appartenait à la famille de Morgan.

Rien de tout cela, naturellement, ne transparut sur le visage de Kelson. Seuls ses yeux se plissèrent légèrement tandis qu'il se tournait vers Ian pour dire d'une voix menaçante et solennelle qui résonna dans le silence de la cathédrale :

— Vous oseriez lever l'épée contre votre roi, Ian ? Et dans la Maison de Dieu, qui plus est ?

— Dans celle-ci comme dans mille autres, répliqua Ian en tirant son épée et en s'inclinant raidement. Votre champion va-t-il se décider à se montrer, ou faut-il que j'aille le pourfendre là où il se cache ?

Souple et silencieux comme un chat, Morgan s'avança en sortant à son tour l'épée du fourreau.

— Garde tes paroles pour quand tu auras la victoire, traître ! lança-t-il avec mépris.

De la pointe de son arme, il cueillit le gantelet et le lança adroitement à travers les airs pour qu'il atterrisse avec précision aux pieds de Charissa.

— Je relève le défi au nom de Kelson Haldane, roi de Gwynedd ! s'écria-t-il fièrement.

— Ce n'est pas encore dit ! fit Ian en s'avançant vers lui d'un air décidé tandis que les hommes de Charissa reculaient afin de laisser aux deux adversaires suffisamment de place pour se battre.

Ian étudia son ennemi un bon moment en balançant doucement, presque nonchalamment, la pointe de son épée devant lui. Morgan fit de même. Il ne perdait pas de vue un seul des mouvements que faisait l'autre. Il n'avait jamais croisé le fer avec lui jusqu'ici, mais il avait une assurance et une désinvolture dont il fallait se méfier.

Morgan n'avait pas le moindre doute sur ses propres capacités. Il n'avait jamais rencontré d'adversaire à sa mesure, et il espérait que ce n'était pas aujourd'hui qu'il le ferait. Mais il convenait d'être prudent tant qu'il ne saurait pas à quel genre de bretteur il avait affaire. L'enjeu était trop important. Il fallait à tout prix qu'il remporte la victoire pour Kelson.

Ils tournaient ainsi l'un autour de l'autre depuis un bon moment lorsque Ian se fendit brusquement, essayant de profiter de l'effet de surprise de la première attaque pour percer la défense de son adversaire. Mais Morgan ne se laissa pas prendre. Il para tranquillement, contre-attaqua, puis reprit de la distance, se rendant compte que ce combat ne serait pas de tout repos. Patiemment, il maintint un barrage d'acier sifflant autour de lui, en se contentant de parer les attaques de Ian pour mieux se donner le temps d'étudier sa technique.

Soudain, il entrevit l'ouverture espérée, et passa aussitôt à l'offensive. Sa manœuvre lui permit d'entailler le riche pourpoint de velours de son adversaire, et de lui piquer l'épaule droite au sang. Ian fit un bond en arrière.

Il était furieux de s'être laissé toucher. Il se considérait comme un bretteur de premier ordre, même s'il faisait délibérément des efforts pour que cela ne se sache pas trop. Il appréciait peu que son premier combat en public soit terni par une blessure, même superficielle. Ce n'était pas bon pour sa réputation.

Il se lança de nouveau à l'attaque avec une rage décuplée. Il se battait maintenant avec ses émotions plus qu'avec sa raison, et c'était précisément l'effet escompté par Morgan. Finalement, il prit un trop gros risque en négligeant sa garde un peu plus qu'il n'eût été raisonnable. Après avoir paré une première attaque de Morgan, il dut se découvrir sur la droite, et le général en profita pour lui loger une bonne longueur de lame dans le flanc.

L'épée lui tomba de la main. Son visage se vida de toutes ses couleurs. Morgan retira sa lame et fit un pas en arrière. Ian chancela, surpris et horrifié. Puis il s'écroula sur son épée. Au moment où ses yeux se fermaient, Morgan secoua dédaigneusement la tête, puis essuya son arme contre le pourpoint de l'homme terrassé. Il se tourna ensuite vers Charissa, l'épée toujours à nu.

Les yeux de Celle de l'Ombre lancèrent des éclairs tandis que Morgan s'avançait vers elle, mais ne laissèrent rien soupçonner du mouvement qu'elle venait de déceler derrière lui.

— Qui règne sur Gwynedd, maintenant ? demanda Morgan en brandissant son épée sous le nez de Charissa.

Derrière lui, une main se leva, l'éclat d'une lame de dague brilla, puis vola vers son dos. Les doigts de Charissa dessinèrent dans l'air un rapide sortilège tandis que quelqu'un criait :

— Morgan ! Attention !

Le général fit volte-face. La dague volait vers lui. Il voulut l'esquiver, mais sa chaîne d'apparat se resserra soudain autour de son cou, en le déséquilibrant.

La lame se ficha dans son épaule. Il trébucha, lâchant l'épée, qui résonna bruyamment sur les dalles de marbre.

Duncan et deux autres prêtres se précipitèrent pour le relever. Morgan arracha rageusement la chaîne et la jeta vers Charissa. Il grimaça de douleur tandis que Duncan et les deux autres prêtres l'entraînaient vers l'autel pour le faire asseoir sur les marches.

— Qui règne sur Gwynedd, maintenant, mon fier ami ? s'exclama Charissa en riant. Je t'aurais cru assez malin pour ne pas tourner le dos à un ennemi blessé !

Tandis que Kelson, Nigel et les autres amis de Morgan s'empressaient autour de lui, Charissa marcha d'un pas tranquille jusqu'à l'endroit où gisait Ian, et le retourna du bout de sa chaussure. Il gémit, et elle se baissa pour lui parler en le regardant froidement dans les yeux.

— Bien joué, dit-elle. Dommage que tu ne puisses assister à la suite des événements. Je n'ai ni le temps ni la réserve de pouvoir suffisants pour te sauver.

Grimaçant de douleur, Ian voulut protester.

— Mais tu avais promis, Charissa ! Tu disais que je serais le nouveau duc de Corwyn, et que nous...

— Je regrette, mon ami, tu as essayé, mais tu n'as pas tout à fait réussi. Dommage, il y a certaines choses dans lesquelles tu excellais.

— Charissa, par pitié...

Elle mit un doigt sur sa bouche.

— Tu sais bien que je déteste que l'on implore. Je ne peux rien faire pour toi. C'est tout. Tu ne peux rien y faire, toi non plus, n'est-ce pas, pauvre petit mortel ? Tu me manqueras, Ian, même si tu avais l'intention de te débarrasser de moi plus tard.

Il voulut parler de nouveau, ses yeux agrandis à l'idée qu'elle avait deviné son secret. La main de Celle de l'Ombre jeta un nouveau sortilège. Durant quelques secondes, il lutta pour respirer, ses mains agrippées au manteau de Charissa. Puis il s'affaissa. La vie l'avait quitté. La sorcière derynie se redressa tranquillement.

— Alors, Kelson ? demanda-t-elle moqueusement. Notre petit duel n'a rien décidé. Mon champion est mort, certes, mais le tien est bien mal en point. Je me vois dans l'obligation de te défier de nouveau si je veux obtenir satisfaction.

Morgan leva les yeux à ces mots, et voulut se redresser. Le mouvement lui causa une douleur considérable, et il fit la grimace. Des gouttes de transpiration perlaient à son front. Duncan était en train de lui bander l'épaule. Le général fit signe à Kelson qu'il voulait lui parler, et ce dernier se pencha pour qu'il puisse murmurer quelques mots à son oreille.

— Fais attention, Kelson. Elle va essayer de te piéger. Ta seule chance est de gagner du temps et de découvrir la clé de tes pouvoirs. Je suis sûr qu'elle est ici quelque part. Nous avons dû négliger un détail.

— J'essaierai, Alaric, répondit Kelson.

— J'aurais aimé pouvoir t'aider davantage, mon prince, murmura le général.

Il se laissa aller en arrière, sur le point de perdre connaissance, tandis que Kelson lui prenait la main en disant :

— Ne t'inquiète pas, tout se passera bien.

Le jeune roi se redressa. Tous les yeux étaient braqués sur lui tandis qu'il grimpait les marches de l'autel. Les archevêques et les autres prélats s'écartèrent sur son passage. Il s'aperçut qu'ils faisaient de la place, en réalité, pour le duel d'un autre genre auquel ils s'attendaient à assister maintenant.

Kelson ajusta son manteau pourpre sur ses épaules et regarda autour de lui. Tous les visages étaient tendus. La menace des hommes en armes qui accompagnaient Charissa pesait lourdement sur la congrégation. Il aperçut Nigel, confiant, à côté de Jehana, pâle et immobile dans le silence résonnant de la cathédrale, les mains crispées, les yeux éplorés.

— Alors, Kelson ? demanda Charissa d'une voix un peu plus forte. On dirait que tu hésites, mon petit prince. Je n'ose en deviner les raisons, ajouta-t-elle en retroussant ses lèvres pleines dans un sourire démoniaque.

Il la regarda froidement.

— Je vous conseille une fois de plus de vous retirer,

dit-il d'une voix posée. Notre champion vit, il a vaincu le vôtre. Nous avons remporté cette cause.

Charissa se mit à rire, puis secoua la tête.

— Ce serait trop facile, Kelson. Puisque tu n'as pas encore compris, je te défie personnellement, ici même et sans plus attendre, en un combat mortel où la magie sera utilisée au gré de chacun, comme le permet la loi de ce royaume.

Un murmure de crainte se répandit dans la cathédrale tandis que Charissa poursuivait :

— Tu sais très bien que c'est ce que je voulais depuis le début. Tu ne peux pas éviter cette confrontation. C'est une question d'honneur. Ton père aurait compris tout de suite de quoi je parle.

Le visage de Kelson s'empourpra légèrement, mais il réussit à conserver des traits impassibles.

— Notre père avait, par nécessité, l'habitude de tuer, Charissa. Nous admettons que nous n'avons pas beaucoup d'expérience sur ce point. Mais nous pensons qu'il y a eu assez de sang versé, ces dernières semaines, et il nous déplairait fort d'ajouter une aussi gracieuse personne que vous sur la liste des victimes.

— Voilà de fort belles paroles, approuva Charissa. Le fils du lion est gonflé de vent, comme son père. Mais j'ai bien peur que la ressemblance ne s'arrête là, ajouta-t-elle avec un sourire mauvais. Où est le pouvoir qui pourrait appuyer ces beaux sentiments ? Nous savons tous qu'il s'est éteint avec Brion sur la plaine de Candor Rhea.

Kelson ne se démonta pas. Il la fixa de ses yeux gris perçants en lui lançant dédaigneusement :

— Vraiment, Charissa ? Tu crois qu'il s'est éteint, pauvre sorcière ?

Elle haussa les épaules.

— À toi de prouver le contraire, jeune coq présomptueux.

— Tu es prête à jouer ta vie là-dessus ? N'oublie pas

que mon père a vaincu le tien et lui a ôté son pouvoir. Tu aurais dû penser que, si j'ai les pouvoirs du roi Brion, je détiens aussi les secrets de tes propres pouvoirs, et qu'ils me permettront de te faire connaître le même sort qu'à l'infâme créature qui t'a engendrée.

— Si tu les as, mais seulement si tu les as, rétorqua Charissa en faisant des efforts visibles pour maîtriser la rage qui montait en elle. Mais j'ai fini par me débarrasser de ton assassin de père, et ne penses-tu pas que cela pourrait faire une différence ?

Jehana, incapable de se contenir plus longtemps, s'interposa soudain entre son fils et Charissa.

— Non ! Je t'empêcherai de tuer aussi mon fils, vile sorcière derynie ! Tu ne toucheras pas à un seul cheveu de Kelson !

Les deux femmes s'affrontèrent du regard. Puis Charissa éclata de rire.

— Ma pauvre Jehana ! Tu ne comprends pas qu'il est trop tard, à présent ? Tu as renoncé à tes chances il y a des années, en reniant la meilleure partie de toi pour accepter de n'être qu'une pauvre humaine. Cette question ne te concerne plus. Écarte-toi de mon chemin.

Jehana se redressa de toute sa hauteur. Ses yeux verts s'assombrirent, puis se mirent à briller d'une étrange lueur.

— Tu ne détruiras pas mon fils, sorcière ! s'écria-t-elle. Même si je dois aller jusqu'aux portes de l'enfer pour t'en empêcher, je ne te laisserai pas le prendre, Dieu m'en est témoin !

Tandis que Charissa éclatait de nouveau d'un rire moqueur, un halo se forma soudain autour de la reine. Kelson, qui allait lui saisir le bras pour l'écarter du danger, fut incapable d'achever son mouvement. Jehana pointa les deux mains en direction de Charissa, et de longs éclairs de lumière dorée jaillirent du bout de ses doigts en direction de la terrible femme en gris. Tout le pouvoir sans contrôle d'une Derynie à part entière était lancé vers Celle de l'Ombre, uniquement guidé par le désespoir d'une mère qui voulait sauver son seul enfant sans se soucier des conséquences que cela pourrait avoir sur elle.

Mais Jehana n'avait aucune pratique. Trop longtemps elle avait refusé son héritage deryni. Il était trop tard pour qu'elle pût l'utiliser efficacement contre une femme comme Charissa, son contraire, qui disposait de forces tout aussi puissantes, mais soigneusement maîtrisées au fil des années, et dont la reine ne pouvait pas soupçonner la richesse.

Sans s'émouvoir, Charissa s'était entourée d'un écran protecteur qui résistait à tout ce que Jehana était capable d'invoquer contre elle. Puis elle s'apprêta à porter un coup mortel à cette Derynie inachevée qui osait défier ses pouvoirs.

L'air entre les deux femmes crépita et s'illumina tandis que de terribles décharges d'énergie se heurtaient et se neutralisaient. Kelson, les yeux écarquillés, suivait le combat où sa mère, contre toute attente, semblait tenir bon. Mais, déjà, Duncan et Morgan avaient repéré le piège que Charissa était en train de tendre à son ennemie royale, et utilisaient toute leur énergie pour tenter de dévier le coup mortel.

Tout fut fini en quelques secondes. Avec un gémissement, Jehana s'affaissa sur le riche tapis qui recouvrait les marches. Elle semblait dormir comme un enfant. Kelson était déjà à son côté, et Duncan se précipitait pour s'agenouiller devant elle et lui prendre le pouls. Une expression amère se peignit sur son visage. Secouant la tête, il fit signe à Nigel et à Ewan de l'emporter. Le corps de la reine était toujours enveloppé d'un faible halo de lumière bleue crépitante. Duncan aida alors Kelson à se relever. Puis il lui dit, d'une voix assez faible pour que personne d'autre ne l'entende :

— Elle n'est pas morte. Alaric et moi avons évité le pire. Je pense qu'elle est plongée dans un coma contrôlé par Charissa. Elle vivra si nous parvenons à rompre le charme, ou si Charissa la libère, soit de son propre gré, soit par sa mort. Comme il est peu probable qu'elle choisisse la première solution, nous devrons lui imposer la seconde. Tu as maintenant une raison supplémentaire de te battre.

Kelson hocha sombrement la tête. Les idées tournaient à toute vitesse dans sa tête. Il venait d'avoir confirmation de quelque chose d'infiniment précieux pour lui. Il avait du sang deryni ! Et, à en juger par ce que venait d'accomplir sa mère, il pouvait dès maintenant se servir de ces pouvoirs-là. Mais, contrairement à sa mère, il était prêt à les accepter, et il avait reçu une formation pour cela. S'il pouvait appliquer certains principes qui lui avaient été enseignés...

Mais il y avait aussi les pouvoirs de Brion. Ils devaient toujours être disponibles. Un détail leur avait échappé. Probablement dans la formulation du quatrain. Le sceau de Morgan n'était pas le Signe du Défenseur. Qui était, alors, ce Défenseur ? Maintenant qu'il y repensait, il se souvenait que Morgan était appelé le Protecteur, et non le Défenseur, dans la première strophe du quatrain. Le Défenseur était quelqu'un d'autre. Et il fallait trouver son « Signe ».

Charissa reprit sa place devant les marches de l'autel et désigna du doigt le gantelet qui était resté là où Morgan l'avait jeté. Elle avait un sourire sinistre aux lèvres. Elle ne doutait plus, maintenant, d'avoir le dessus. Kelson n'avait pas les pouvoirs de son père ; s'il les avait eus, il les aurait utilisés pour protéger Jehana. Il n'était pas assez perfide pour sacrifier sa mère dans le seul but de se ménager un effet de surprise qui lui assurerait ultérieurement la victoire. Et elle savait également que le bouclier d'énergie qui avait sauvé Jehana d'une mort immédiate ne venait pas de lui.

Elle remua légèrement le menton dans sa direction tandis qu'il prenait place en haut des marches pour affronter son regard.

— Et maintenant, Kelson Haldane, fils de Brion, acceptes-tu mon honorable défi ? Veux-tu te battre avec moi à la manière de nos vénérables ancêtres derynis ? Ou faut-il que je t'abatte ici même, comme un pauvre martyr trop lâche pour se défendre ? Tu étais plein de belles paroles, tout à l'heure. Approche, prouve-moi que ce n'était pas simple forfanterie de ta part.

CHAPITRE 15

> Et la bataille commença, qu'un simple esprit humain ne saurait concevoir.

Kelson cherchait désespérément la solution dans sa tête. Il tournait et retournait chaque information qu'il possédait sur la magie derynie, à la recherche d'une clé. Les mains nouées l'une avec l'autre, il frotta machinalement l'Anneau de Feu, et se récita, pour la centième fois, le passage du quatrain : « *Matin nouveau, main baguée. Le Signe du Défenseur scellera ta Force...* »
Le Signe du Défenseur...
Soudain, le regard de Kelson se porta par hasard aux pieds de Charissa. Il n'avait jamais remarqué que les dalles du transept, à l'endroit où elle se tenait, étaient incrustées de marques représentant... représentant... mais oui ! les sceaux de différents saints, parmi lesquels... Par exemple ! Pourquoi n'y avait-il pas pensé plus tôt ?

Essayant de maîtriser son excitation, il se força à faire méthodiquement du regard le tour du cercle de sceaux, cherchant celui qu'il espérait trouver. Si la cathédrale avait été moins ancienne, il savait qu'il n'aurait eu aucune chance. Mais à Saint-George... Oui ! Il le voyait ! Le sceau de saint Camber, que l'on appelait autrefois *Defensor Hominum*, le Défenseur de l'Humanité !

Il leva un regard triomphant vers son adversaire. Il tenait la réponse ! Elle était là, devant lui, depuis le début ! Il ne pouvait pas se tromper ! Ils avaient commis sans le vouloir une méprise en confondant les deux termes de Protecteur et Défenseur lors de leur première lecture du quatrain. Cela avait compromis tout le rituel. Mais maintenant qu'il avait compris...

Il s'adressa à Charissa d'une voix ferme, plantant le décor pour ce qui allait suivre.

— Tu laisses entendre que j'ai peur de t'affronter, Charissa, dit-il. Tu as avoué publiquement le meurtre du roi Brion. Tu as blessé quelqu'un pour qui j'ai la plus grande amitié, et humilié ma mère, qui voulait t'empêcher d'utiliser sur moi tes pouvoirs maléfiques. Le temps des paroles est passé. Le temps de la clémence aussi. Je t'avais offert de te retirer pour t'épargner l'humiliation d'une défaite. Puisque tu persistes à provoquer cet affrontement, j'accepte de relever ton défi, et je t'avertis solennellement que tu n'auras plus droit à aucune pitié de ma part.

Charissa éclata d'un grand rire en rejetant la tête en arrière.

— Celle de l'Ombre n'a que faire de la pitié d'un misérable petit prince aux ailes rognées. Descends, si tu n'es pas un lâche. Kelson. Je t'attends.

Kelson lui jeta un regard méprisant, puis se tourna vers Morgan et Duncan pour leur faire un bref signe de tête. Il défit la fibule qui maintenait le lourd manteau sur ses épaules. Aussitôt, Nigel fut à son côté pour le prendre. Il émanait du duc royal une angoisse et un espoir presque tangibles à la lumière des perceptions nouvellement accrues de Kelson. Ce dernier lança une onde rassurante à l'adresse de son oncle, puis se tourna pour descendre lentement les marches de l'autel tandis que Nigel pliait le manteau sur son bras et rejoignait Duncan et Morgan sur la droite.

Charissa recula à l'autre extrémité du transept, une quarantaine de pas en arrière, et attendit que Kelson se baisse pour ramasser le gantelet.

Il se redressa lentement, calculant le trajet qui pourrait l'amener le plus rapidement possible devant le sceau de Camber. Du coin de l'œil, il pouvait voir son objectif, à une vingtaine de pas devant lui, légèrement sur la gauche. Il se mit à avancer lentement vers Charissa, le gantelet à la main, en déviant progressivement sur la gauche pour que le sceau se trouve dans l'alignement de ses pas. Juste avant de l'atteindre, il jeta le gantelet devant lui, sur la droite. Au moment où l'objet résonnait sur le marbre, il se plaça sur le sceau.

Morgan et Duncan le regardaient faire avec une appréhension grandissante. Kelson prenait des risques énormes, et ils n'avaient pas encore compris où il voulait en venir. Il avait un plan, la chose était évidente, et le regard qu'il leur avait lancé avant de descendre les marches le confirmait amplement, mais de quoi pouvait-il s'agir ?

Ce n'est que lorsqu'il se plaça avec assurance sur le sceau de saint Camber qu'ils comprirent son raisonnement. Mais rien de visible ne se passa.

Charissa regarda dédaigneusement le gantelet, puis fit un geste dans sa direction. Il vola jusque dans sa main. Elle le jeta à l'un de ses gardes pendant que la congrégation, pétrifiée, retenait son souffle. Puis elle s'inclina légèrement et s'avança de quelques pas vers Kelson, qui n'avait jamais paru si jeune et si désarmé.

— Êtes-vous prêt, seigneur Kelson ? demanda-t-elle selon la formule consacrée par un long usage.

— Nous sommes prêt, dame Charissa, répondit Kelson sur le même ton.

Elle sourit, et leva les bras en murmurant une incantation entre ses lèvres. Aussitôt, un demi-cercle de flammes bleues surgit derrière elle, enveloppant de son flamboiement glacé une partie du cercle des marques de saints.

Elle baissa les bras, recula de quelques pas, et fit un geste nonchalant vers Kelson.

Celui-ci prit une profonde inspiration. C'était l'heure du test suprême. S'il était incapable de répondre à l'invitation muette de Charissa, cela signifierait qu'il avait perdu son pari et qu'il n'avait pas le pouvoir. Il n'avait rien senti en se plaçant sur le sceau de saint Camber. Il ne connaîtrait la vérité que lorsqu'il essaierait la magie pour la première fois.

Adressant une prière silencieuse au saint renégat sur la

marque duquel il se tenait, il leva les bras au-dessus de sa tête en un mouvement fluide inspiré de celui de Charissa.

Et les mots montèrent d'eux-mêmes à ses lèvres. Des mots qu'il n'avait jamais entendus auparavant. Ils jaillirent en lente incantation qui fit crépiter l'air autour de lui et naître une ligne de feu écarlate derrière lui, qui se courba en un demi-cercle dont les bords rejoignirent les flammes bleues de Charissa. Les deux adversaires furent bientôt entourés d'une circonférence bicolore qui les isolait du reste de l'assistance.

Kelson sourit en abaissant les bras. Il avait senti le pouvoir couler en lui, apportant des dizaines et des dizaines de charmes en puissance dont il n'aurait jamais soupçonné avoir un jour le contrôle. Autour de lui, dans la cathédrale, il entendit le soupir de soulagement de ses partisans qui constataient qu'il avait bien reçu le pouvoir des Haldane.

Mais ce n'était pas tout. Au plus profond de son esprit, Kelson sentait la présence discrète de deux entités, Morgan et Duncan. Une onde de confiance et de félicitations naquit dans un coin reculé de sa conscience, puis s'éteignit.

Charissa avait haussé un sourcil surpris en voyant la réponse de Kelson à son charme. Mais elle leva aussitôt les deux mains devant elle pour prononcer une nouvelle incantation. Celle-ci fut prononcée dans une langue qu'il comprenait, et il en écouta soigneusement les paroles, afin d'invoquer la réplique appropriée dès qu'elle aurait fini.

> *Par la Terre et l'Eau, par le Feu et l'Air,*
> *Je conjure les pouvoirs de fuir ce cercle.*
> *Je fais le vide. Que tous prennent garde.*
> *Nulle chose vivante ne passera cette limite.*

En entendant cela, Nigel tira Duncan par la manche.

— Est-ce qu'il se rend compte de ce qu'elle est en train de faire ? S'il complète le charme en fusionnant les deux arcs...

— Je sais, répondit Duncan avec un sourire grave. S'il

complète le charme, aucun des deux ne pourra plus sortir de ce cercle tant que l'autre ne sera pas mort. C'est ainsi que les anciens duels avaient lieu.

— Mais...

— C'est en partie pour la sécurité des spectateurs qu'ils font cela, Nigel, expliqua Morgan d'une voix rauque. Sans le cercle de confinement, les charmes ont parfois tendance à devenir incontrôlables. Il va y avoir des quantités considérables d'énergie en jeu, venant de plusieurs sources. Je ne sais pas si tu vas aimer tout ce que tu vas voir aujourd'hui.

— Nous savons au moins que Kelson possède maintenant les pouvoirs de son père, fit Duncan tandis que le jeune roi écartait les bras comme il avait vu faire Charissa. Personne ne lui a jamais enseigné toutes ces choses.

D'une voix ferme et cristalline, Kelson répondit au charme de Charissa :

À l'intérieur, Espace et Temps, demeurez en suspens,
Afin que rien ne sorte et que rien n'entre.
Le cercle ne prendra fin que lorsque
Les deux feront un et que celui-ci sera libre.

Des flammes violettes remplacèrent les deux arcs, délimitant un cercle continu de douze mètres de diamètre à l'intérieur duquel le duel à mort devait se dérouler. Comme si quelqu'un leur avait donné un signal, les deux adversaires reculèrent alors chacun à une extrémité de la circonférence, laissant un peu plus d'un mètre entre les flammes et eux, et moins de dix mètres entre eux.

Charissa inclina légèrement la tête. Sa voix résonna dans l'enceinte magique lorsqu'elle prononça les mots de l'ancien rituel :

— Seigneur Kelson, en tant que défié, il est de votre droit et privilège de porter le premier coup. Revendiquez-vous ce droit, ou laissez-vous l'avantage à la partie qui a lancé le défi ?

Kelson s'inclina à son tour.

— Dame Charissa, il est vrai qu'en tant que défié nous avons le droit et le privilège de revendiquer le premier coup. Néanmoins, face à une si gracieuse adversaire, nous lui concédons l'avantage. Vous pouvez porter le premier coup.

Charissa sourit. Nigel murmura à l'oreille de Duncan :

— Que diable fait-il ? Elle a déjà suffisamment d'avantages sur lui.

— Il fait ce qu'il doit faire, répondit Duncan à voix basse. Les règles du duel établissent que l'homme, même si c'est lui qui est défié, doit toujours accorder le premier coup à une dame. Ne vous inquiétez pas. Les premiers charmes ne sont pas dangereux. Ils servent uniquement à tester l'adversaire.

Charissa tendit les mains devant elle, les paumes jointes. Puis elle murmura quelque chose d'inintelligible entre ses dents, tout en écartant lentement les mains. À ce moment-là, une sphère bleue se matérialisa devant elle, en suspens dans les airs, grossissant progressivement, jusqu'à ce qu'elle atteigne la taille et la forme d'un homme en posture de combat.

Dès que la silhouette se fut stabilisée, l'épée à la main, le bouclier au bras, entourée d'un halo bleu qui faisait ressortir sa cotte de mailles, elle fit du regard le tour du cercle et s'arrêta sur Kelson. Crachant des flammèches et de la vapeur bleues, elle s'avança lentement vers le jeune roi.

Celui-ci n'hésita qu'un instant. Avançant le poing droit, il fit surgir une énorme épée écarlate. Lorsque le guerrier bleu fut à sa portée, il tendit la main gauche, et un éclair fourchu en sortit, qui entoura l'épée bleue tandis que la lame écarlate tranchait d'un seul coup la tête de l'entité magique. Elle roula à terre en produisant un son creux, puis toutes les apparitions disparurent, ne laissant plus qu'un filet de vapeur bleue.

Les spectateurs murmurèrent des encouragements devant la prouesse du roi, puis se turent lorsque Charissa, vexée, passa sans plus attendre à l'incantation suivante. Avant même qu'elle remue les lèvres, des vapeurs noires s'étaient formées autour d'elle, et la forme géante et menaçante d'un dragon se dessina.

> *Drakhon haut,*
> *Pouvoir fort.*
> *Victoire totale,*
> *Sommeil des sens.*

Avant qu'elle pût commencer la deuxième strophe, Kelson prononça le contrecharme, et les brumes se diluèrent.

> *Drakhon mort,*
> *Pouvoir faible.*
> *Puissance des sens,*
> *Victoire sur les ombres.*

Les yeux de Charissa se plissèrent de manière menaçante, mais elle ne dit rien. Elle avait escompté une victoire facile, mais il était évident, à présent, que Kelson en savait beaucoup plus qu'elle ne l'aurait cru possible. Elle ne doutait cependant pas de l'issue de cette bataille. Ce n'était pas un jeune parvenu aux pouvoirs tout neufs qui allait vaincre une sorcière derynie habituée à utiliser les siens depuis des années. Mais elle comprenait maintenant que toute sa puissance allait être nécessaire pour mener ce combat.

Patiemment, car elle avait au moins l'avantage de l'endurance, elle se lança dans une série rapide de charmes destinés à sonder les faiblesses de son adversaire. Le processus durerait plus longtemps de cette manière, mais elle serait sûre, ainsi, de remporter la victoire.

Les sortilèges se succédaient d'un bord à l'autre du cercle. Attaques, contre-attaques, parades et ripostes crépitaient au milieu d'éclairs de toutes les couleurs. Les soldats de Charissa, impassibles, se tenaient derrière leur maîtresse, depuis longtemps habitués à ses activités magiques, uniquement soucieux que le duel ne dure pas plus longtemps que prévu. Il y aurait, inévitablement, un soulèvement d'une partie de la population, dès que leur maîtresse aurait supprimé le petit prince parvenu, et ils attendaient avec une certaine impatience la répression et les pillages auxquels ils allaient être appelés à se livrer. Seuls les Maures, au nombre d'une demi-douzaine, suivaient avec quelque intérêt les passes magiques, étant eux-mêmes versés en la matière et toujours à la recherche de nouveaux charmes.

Parmi les autres spectateurs, certains entretenaient de sombres pensées. Nigel ne pouvait détacher son regard du cercle, à la fois fasciné par cette magie et horrifié à l'idée de ce qui pourrait se passer si les choses tournaient mal. Morgan, qui avait du mal à tenir la tête droite, toucha le coude de Duncan de sa main valide. Son cousin lui jeta un regard inquiet, car il était de plus en plus pâle, et la douleur lui tordait les traits malgré les efforts qu'il faisait pour l'endurer.

— Qu'y a-t-il ? Tu as vraiment très mal ?

Serrant les dents, Morgan hocha faiblement la tête.

— J'ai perdu beaucoup de sang, murmura-t-il. Je sens les forces me quitter. L'énergie utilisée pour sauver Jehana m'a vidé.

— Que puis-je faire pour t'aider ?

Morgan essaya d'adopter une position plus confortable sur les marches, mais grimaça lorsque le mouvement raviva le feu de sa blessure.

— Tu te souviens de ce que je t'ai dit hier soir à propos de Derry ? Je veux essayer sur moi, cette fois-ci.

Il montra à Duncan le griffon qu'il portait au doigt.

— Je crois savoir comment il faut faire, maintenant, ajouta-t-il, mais il faut que tu m'aides. Concentre-toi avec moi, renforce la direction de ma pensée, mais n'interviens pas. Je te dis cela parce que j'ai l'impression de m'aventurer là dans des régions... douteuses.

Duncan eut un sourire pâle.

— Tu veux dire que tu as peur de certaines alliances qui frôlent l'hérésie, Alaric ?

— C'est possible, murmura Morgan.

Il jeta un coup d'œil au cercle du duel, et sourit en voyant la manière dont Kelson terrassait un monstre particulièrement redoutable issu de quelque région infernale. Puis il se concentra sur le sceau de son index gauche. Son regard devint légèrement vitreux lorsqu'il se plongea dans la première phase de la technique de Thuryn. Dès qu'il fut en état de transe, Duncan se concentra à son tour sur le griffon. Le prêtre établit aisément la liaison, et laissa ses pensées se mêler à celles de son cousin, en se contentant d'en renforcer le cours et d'en fortifier les points faibles. À côté d'eux, Nigel ne soupçonnait même pas ce qui se passait.

Le temps, pour Kelson, semblait avoir ralenti son cours. L'interminable succession de créatures mythiques ou réelles qu'il avait à combattre ou à invoquer lui-même était comme un cauchemar à moitié enfoui dans la nuit d'un passé incroyablement lointain. Drakhons et guivres, caradots aux tentacules ondoyants, griffons crachant des flammes, stenrects pareils à celui qu'il avait trouvé dans ses jardins, lyfangs... la liste était interminable. Et Charissa préparait encore de nouvelles horreurs contre lesquelles il devrait trouver des parades.

Redressant légèrement la tête, il se força à se concentrer davantage, car il avait soudain l'impression que le dernier charme de Charissa n'était pas de la même nature que les précédents.

Elle remuait les doigts en une série de passes complexes qui donnaient à Kelson l'impression qu'elle préparait un assaut majeur. Il dressa l'oreille pour bien écouter l'incantation qu'elle prononçait à mi-voix.

> *Progéniture de Dagon, chéri de Bael,*
> *Écoute mon appel, viens à mes pieds.*
> *Enfant du tonnerre, obéis à mon ordre.*
> *Apparais, je te l'enjoins.*
>
> *Frappe ce présomptueux petit prince.*
> *Entoure-le d'un manteau de flammes.*

Ravis-lui son pouvoir usurpé
Que Charissa revendique à bon droit !

Avant qu'elle eût fini, un grondement de tonnerre déchira l'air devant elle, et de noires et épaisses vapeurs se condensèrent pour prendre peu à peu une forme vaguement humaine, mais énorme et hérissée d'écailles, de longues griffes et de crocs pointus.

La créature demeura un instant hésitante, clignant ses paupières aux épais replis comme si elle n'était pas habituée à la lumière du jour. Kelson se sentit envahi d'un froid glacé. Il ne connaissait pas de contre-charme pour ce monstre. Tandis que celui-ci s'orientait, puis marchait lourdement dans sa direction, il lança au hasard plusieurs formules, mais elles n'eurent pas d'effet.

Lançant des flammes et des jets de vapeur bleue, hurlant et éructant de défi, le monstre s'avançait toujours en le fixant de ses petits yeux d'où sortaient des rayons rouges qui semblaient balayer toute la cathédrale.

Lorsqu'il fut à mi-chemin, Kelson commença à vraiment paniquer.

CHAPITRE 16

> Tu as placé sur sa tête, ô Seigneur, une couronne de pierres précieuses.
> Il t'a demandé la vie, et tu la lui as donnée.
>
> *Psaumes, 21, 3-4*

Tandis que la créature avançait, Kelson eut soudain l'idée d'un nouveau contre-charme. Il recula d'un pas et prononça d'une voix où l'assurance remplaçait progressivement la panique :

Seigneur de la Lumière, dans ta splendeur radieuse,
Aide-moi si tu entends la prière
De ton humble serviteur
Qui se bat pour son peuple.

Donne-moi la force de terrasser ce démon,
Renvoie-le dans les profondeurs de l'enfer,
Nettoie ce cercle de tout le mal
Que Charissa conjure !

Il leva les deux bras au-dessus de sa tête, puis les abaissa vivement en pointant les deux index sur un endroit précis, à moins de deux pas de l'endroit où le monstre était en train de s'avancer.

À ce moment, le soleil sortit de derrière les nuages pour inonder de lumière multicolore, à travers les hauts vitraux de la cathédrale, un cercle qui s'était formé à l'endroit indiqué par Kelson.

Le monstre ne put faire autrement que d'avancer dans la flaque de lumière, où il commença à se tordre et à exsuder des torrents de vapeur bleue et de flammes âcres et fuligineuses. Il poussa des beuglements stridents de douleur et de rage, ébranla le sol de ses piétinements, mais demeura englué dans la tache de lumière à quelques pas du jeune roi impassible.

Au bout d'un moment, noyé dans la fumée, il s'estompa et disparut, ne laissant pour toute trace que quelques flammèches dorées qui couraient sur le sol à l'intérieur du cercle magique.

Kelson abaissa les mains. L'Anneau de Feu jetait de formidables éclats à son doigt. Le soleil choisit ce moment pour disparaître de nouveau derrière les nuages. Un long soupir de soulagement se propagea dans toute la cathédrale. Kelson regarda alors Charissa dans les yeux. Puis il s'avança fièrement, en notant que l'endroit où le monstre avait péri et où il se tenait maintenant était celui où était gravé le sceau de saint Camber. Il remercia silencieusement la présence ou les forces qui l'avaient aidé, puis prononça d'une voix vibrante d'assurance les paroles suivantes :

Et maintenant Charissa, il est temps que cela finisse.
Je ne me servirai plus de mes pouvoirs
Pour satisfaire ton caprice. Ils sont au service
De mon peuple, et mettront fin aux tiens.

Sur tout ce qu'il y a de sacré, je jure
Que tu seras mise hors d'état de nuire
Et je réfute l'idée qui est tienne
Selon laquelle le bien et le mal sont de même nature.

C'est pourquoi il convient que tu t'apprêtes
Au juste châtiment qui t'attend.
Par ma foi, la lumière du jour, moi vivant,
Ne brillera plus jusqu'à ta défaite !

Sur ces mots, la cathédrale fut brusquement plongée dans la pénombre. Au-dehors, par les portes ouvertes au bout de l'allée, il vit que le ciel était devenu noir alors que midi n'avait pas encore sonné.

Charissa déglutit. Pour la première fois, une expression d'appréhension se peignit sur ses traits. Elle redoutait l'épreuve qui allait suivre, mais elle n'avait pas le choix. Ses doigts s'agitèrent, une fois de plus, pour tracer le signe d'acceptation du charme.

Tu te vantes, petit prince,
Mais je ne crains pas tes paroles creuses.
Les menaces sont trop faciles.

Cependant, je suis lasse, moi aussi, de ce jeu,
Et j'accepte l'épreuve des flammes.
Mais attention ! C'est moi qui en sortirai grandie !

Et, lorsque cette farce aura pris fin,
Que la mort aura emporté le fils de Brion,
C'est moi qui serai sur le trône !

Aussitôt prononcés les derniers mots de l'incantation, les deux moitiés du cercle se recouvrirent d'une aura rouge et bleue qui forma un hémisphère au-dessus des adversaires. À la jonction entre les deux couleurs, une ligne violette se mit à crépiter, éclairant la cathédrale d'une lumière irréelle qui éclipsait celle des cierges allumés un peu partout.

Charissa et Kelson commencèrent alors à repousser cette frontière de toute la force de leur volonté concentrée. La partie sembla un moment égale, mais la zone rouge se mit à gagner inexorablement du terrain sur le bleu de Charissa.

Terrorisée, celle-ci voyait, impuissante, la ligne violette s'avancer sur elle en crépitant comme un serpent de feu. Elle recula, et ses épaules heurtèrent l'hémisphère tangible qui l'empêchait d'aller plus loin. Elle poussa un long cri de rage qui ne fit qu'accélérer le processus. Lorsque les flammes rouges furent sur elle, elle devint presque transparente, puis disparut avec un hurlement qui glaça le sang de tous ceux qui l'entendirent.

Il n'y avait plus rien. Ni cercle, ni hémisphère. Il ne restait plus qu'un jeune garçon vêtu d'un habit blanc éclatant, debout sur le sceau d'un saint renégat depuis longtemps oublié, trop ébloui par sa victoire pour entendre les clameurs qui s'élevaient de tous ceux qui l'avaient soutenu de leurs espoirs et de leurs prières.

Au-dehors, les ténèbres s'étaient dissipées, et le soleil perçait de nouveau à travers les nuages.

Morgan ouvrit les yeux en entendant les clameurs, et sourit. Il porta la main à sa blessure. Elle était guérie. Émerveillé, il leva les yeux et croisa le regard de Duncan, qui venait, lui aussi, de sortir de la demi-transe où il était plongé.

Kelson était à leur côté, encore sous le coup de ce qu'il venait d'accomplir. Morgan se leva, et lui toucha l'épaule. Il se retourna, stupéfait de voir que le général était valide.

— Alaric ! comment as-tu fait pour...

— Pas maintenant, mon prince, murmura Morgan en désignant la foule qui les couvrait de vivats. Nous avons un couronnement à finir !

Il prit Kelson par le bras, et le conduisit vers l'autel où les archevêques attendaient, encore ébahis de ce qui venait de se passer sous leurs yeux. Tandis que les clameurs s'estompaient, Nigel s'avança avec le manteau royal et en drapa fièrement les épaules du jeune souverain. Jehana, libérée du maléfice par la mort de Celle de l'Ombre, redressa la tête avec difficulté et regarda son fils sans comprendre.

Kelson écarta ceux qui l'entouraient pour aller poser un genou à terre devant elle.

— Tu as risqué beaucoup pour moi, lui dit-il en tendant à demi les bras vers elle sans oser la toucher. Me pardonneras-tu jamais d'être allé contre ta volonté ?

Avec un sanglot, elle lui prit les doigts et les porta contre ses lèvres.

— Ne parlons pas de ça maintenant, murmura-t-elle en

lui mouillant la main de ses larmes. Je suis tellement heureuse que tu sois en vie !

Refoulant ses propres larmes, Kelson recula de quelques pas, s'inclina, puis retourna vers l'autel où tout le monde l'attendait.

Il s'agenouilla, imité par toute l'assistance à l'exception des archevêques et des évêques. Puis Corrigan, Loris et Arilan lui apportèrent la couronne de Gwynedd en récitant la formule ancestrale du sacre.

— Accorde ta bénédiction, ô Seigneur, nous t'en prions, à cette couronne. Sanctifie ton serviteur, Kelson, sur la tête de qui tu la places aujourd'hui en signe de majesté royale. Fais qu'il soit, par ta grâce, comblé de toutes les vertus d'un monarque. Au nom du Roi Éternel, notre Seigneur qui vit et règne avec toi dans l'unité du Saint-Esprit, Dieu pour toujours, *amen*.

Tels furent les mots que le peuple entendit.

Mais pour ceux qui avaient du sang deryni, le spectacle et les paroles ne furent pas tout à fait les mêmes. Pour eux, il y avait un quatrième personnage qui tenait la couronne au-dessus de la tête de Kelson. C'était un homme de haute taille, aux cheveux blonds, vêtu de l'ancien costume doré des grands seigneurs derynis. Pour ceux qui pouvaient l'entendre, il y avait un discours fort différent qui se superposait à la formule traditionnelle du sacre. L'inconnu au costume brillant annonçait un destin différent, dans l'ancienne formule des Derynis, au jeune et vaillant roi que l'on était en train de couronner.

— Kelson Cinhil Rhys Anthony Haldane, je te couronne au nom du Tout-Puissant, Celui qui sait tout, et au nom de celui qui fut longtemps le Défenseur de l'Humanité. Kelson Haldane, tu seras roi des Humains et des Derynis. Longue vie et prospérité sur toi, roi de Gwynedd !

Au moment où la couronne touchait la tête de Kelson, la silhouette visible aux seuls yeux des Derynis disparut brusquement, et Morgan se releva en même temps que les autres pour assister à la remise du reste des attributs du pouvoir royal.

Le général se tourna vers Duncan en le poussant du coude.

— Tu as vu la même chose que moi ? chuchota-t-il.

Duncan hocha la tête de manière presque imperceptible.

— Est-ce que tu l'as reconnu ? insista Morgan.

Duncan lui lança un regard oblique, puis reporta son attention sur la cérémonie. Le clergé était en train de jurer allégeance. Tout serait bientôt fini.

— Laisse-moi essayer de deviner, chuchota Duncan. Ce ne serait pas ton mystérieux étranger ?

— Tu crois que c'était saint Camber ?

Duncan secoua négativement la tête, puis fronça les sourcils.

— Il a parlé au *nom* de saint Camber. C'est vraiment un mystère total.

Morgan soupira. Puis il rajusta sa cape de manière à couvrir le trou dans sa tunique et la coulée de sang sur son flanc.

— Je suis content que ce ne soit pas lui, chuchota-t-il à son cousin. Je n'aime pas être l'objet de faveurs spéciales de la part du ciel. Je trouve ça plutôt gênant.

Puis il grimpa les marches pour rendre hommage au nouveau roi. Il mit un genou à terre devant Kelson, et le laissa prendre ses deux mains entre les siennes. Sa voix s'éleva ferme et claire dans le silence de la cathédrale tandis qu'il récitait la formule ancienne.

— Moi, Alaric, duc de Corwyn, je deviens votre homme lige de vie, de membres et de vassalité terrestre. Je jure et promets de vous garder ma foi, de rester loyal envers vous contre tous les autres, de vivre et mourir pour protéger vos droits. Que Dieu m'assiste en cette tâche.

Morgan se releva pour recevoir l'accolade royale. Les autres nobles, Nigel, Ewan, Jared, Kevin McLain, Derry, vinrent à leur tour faire le serment d'hommage et affirmer leur vassalité envers leur nouveau roi. Une nouvelle fois, Morgan prit l'épée d'apparat et la leva, nue, à côté du roi, tandis que les seigneurs et barons du royaume défilaient pour jurer allégeance. Puis une nouvelle procession se forma pour sortir de la cathédrale.

Le clergé franchit d'abord le transept et descendit l'allée. Les soldats de Charissa s'étaient mêlés à la foule qui acclamait Kelson d'une seule voix. Mais ce fut seulement au moment où le nouveau roi et son entourage quittèrent le transept que le soleil choisit de ressortir de derrière les nuages.

Une fois de plus, une lumière dorée inonda, à travers les hauts vitraux de la cathédrale, le cercle de symboles devant lequel s'était arrêté Kelson. Un silence respectueux se fit soudain. Tout le monde regardait la tache de lumière aux pieds du roi, car elle avait été, quelques instants plus tôt, annonciatrice de mort. Mais le roi leva les yeux vers le vitrail et sourit. Puis il marcha d'un pas assuré dans la lumière.

Un long soupir d'émerveillement se propagea dans la nef. La lumière n'apportait plus la mort. Elle faisait briller le costume de Kelson d'un éclat sans pareil, et sa couronne jetait les feux de mille soleils levants.

Il se tourna pour regarder Duncan et Morgan, et leur fit signe de pénétrer avec lui dans la lumière. Ils obéirent sans hésitation.

Les cheveux d'or de Morgan se mirent à scintiller. Sa riche cape de velours noir se para de reflets irisés. Le surplis blanc de Duncan se transforma en un arc-en-ciel de mille couleurs. Puis les trois hommes descendirent l'allée à leur tour.

La procession suivit en entonnant un hymne chaleureux ponctué de vivats :

— Dieu sauve le roi ! Longue vie au roi Kelson !

Puis le souverain de Gwynedd, auréolé de lumière, sortit de la cathédrale pour se montrer à son peuple reconnaissant en liesse.

TABLE DES MATIÈRES

1. Afin que le chasseur ne devienne pas la proie. — 9
2. Des princes ont siégé, et ils ont parlé contre moi. — 34
3. Il n'est nulle fureur en enfer pareille à celle d'une femme dédaignée ou d'une femme en deuil. — 61
4. Et je lui donnerai l'étoile du matin — 91
5. Ô Dieu, donne tes jugements au roi, Et ta justice au fils du roi. — 113
6. Et une voix se fera entendre, issue de la légende. — 134
7. Un porte-parole de l'Infini devra guider... — 148
8. Où les choses ne sont pas toujours ce qu'elles semblent. — 164
9. Dans l'inconnu se cache la terreur, et dans la nuit la fourberie. — 175
10. D'où vient cette merveille, d'où vient ce miracle ? — 190
11. Tel père, tel fils. — 202
12. Car le rire, sans conteste, cache une âme fragile. — 219
13. Matin nouveau, main baguée. Le Signe du Défenseur scellera ta Force... — 234
14. Mais alors qui est le Défenseur ? — 251
15. Et la bataille commença, qu'un simple esprit humain ne saurait concevoir. — 266
16. Tu as placé sur sa tête, ô Seigneur, une couronne de pierres précieuses.
Il t'a demandé la vie, et tu la lui as donnée. — 276

*Achevé d'imprimer en octobre 1994
sur les presses de l'Imprimerie Bussière
à Saint-Amand (Cher)*

POCKET - 12, avenue d'Italie - 75627 Paris Cedex 13
Tél. : 44-16-05-00

— N° d'imp. 2600. —
Dépôt légal : novembre 1994.
Imprimé en France